# 赣地风流

朝颜 著

GAN
DI
FENG
LIU

百花洲文艺出版社
BAIHUAZHOU LITERATURE AND ART PRESS

**图书在版编目（CIP）数据**

赣地风流 / 朝颜著. -- 南昌：百花洲文艺出版社,2021.7
ISBN 978-7-5500-4305-3

Ⅰ.①赣… Ⅱ.①朝… Ⅲ.①散文集 – 中国 – 当代 Ⅳ.①I267

中国版本图书馆CIP数据核字（2021）第130741号

# 赣地风流

朝颜　著

| | | |
|---|---|---|
| 出　版　人 | 章华荣 | |
| 责任编辑 | 胡青松 | |
| 装帧设计 | 方　方 | |
| 制　　作 | 何　丹 | |
| 出版发行 | 百花洲文艺出版社 | |
| 社　　址 | 南昌市红谷滩区世贸路898号博能中心一期A座20楼 | |
| 邮　　编 | 330038 | |
| 经　　销 | 全国新华书店 | |
| 印　　刷 | 江西千叶彩印有限公司 | |
| 开　　本 | 787mm×1092mm 1/16 | 印张 21 |
| 版　　次 | 2021年7月第1版第1次印刷 | |
| 字　　数 | 200千字 | |
| 书　　号 | ISBN 978-7-5500-4305-3 | |
| 定　　价 | 45.00元 | |

赣版权登字：05-2021-222
邮购联系　0791-86895108
网　　址　http://www.bhzwy.com
图书若有印装错误，影响阅读，可向承印厂联系调换。

# 目录

contents

第一篇章　曙色苍茫

# 喊一声泽覃

一

许久许久，我面对着蓝色的电脑屏幕，思维陷于停滞状态。时间一天一天地过去，而我却未著一字。决定书写毛泽覃之初，我满心以为自己能够以文字为媒，使一个逝去的革命者在众生面前活转过来。可是现在，我发现相对于一个身份非凡、英年早逝的烈士，任何的语言都显得那么苍白无力。很多很多的感情在我心中喷涌，然无从落笔。

此时，他已化身为一帧图片，住在百度的空间里。红军帽檐下，是一张年轻英俊的脸庞，一对浓浓的眉毛和一双清亮的眼睛。以一个女人的眼光去品味，他无疑是一个真正的美男子。我静静地凝视着他，紧抿的坚毅的唇，还有风纪扣下，那个似欲跳动的喉结。我努力地搜寻着他的眼神，在那个定定地与我对视的眸子里，总有一些我尚未读懂的语言。泽覃，你若泉下有知，会以怎样的言辞与我的思绪对接呢？

二

日日夜夜的默念中，泽覃，终于毋庸置疑地出现在我的梦魂里。

于是，那些和泽覃有关的画面，一幅一幅地复现开来。

是一个和煦的冬天，我所踏入的，是一片名字叫作泽覃的土地。和三五朋友一起，绕着一座名叫泽覃水库的深湖行走。青山翠树，绿草翩翩，碧绿清澈的湖水让人无以一眼看穿它的内心，它倒映着我们年轻活泼的面庞，还有一脸生动的笑意。而后，我们在湖边安坐下来，任阳光从头顶倾泻而下，任暖意从衣服的每一个缝隙钻进身体。我们快意地交谈，吃五颜六色的各种零食，喝少许的甜酒。闲聊已倦时，自足地闭上眼睛休憩。

我们不必担心远处有枪声划过，也不必派一个哨兵侦察敌情，更不必在睡梦中听到偶尔一声响动便腾地起立，准备一场新的战斗。

这一切，似乎与毛泽覃毫无瓜葛。但我要说的是，如果没有八十年前的那一场翻天覆地的革命，如果没有许多许多像毛泽覃这样的人用鲜血将一方土地染成赤色，今天，我们是否能够拥有这一份惬意与舒畅呢？答案我无须赘述。

还是这一片土地，在这个以泽覃命名的水库的外延，还有一个村庄叫泽覃村。1969年1月1日，为纪念毛泽覃烈士，江西省人民政府批准将瑞金县安治公社改名为泽覃公社，1984年撤社建乡，此后更名为泽覃乡。当年毛泽覃作最后战斗直至牺牲的地方就是泽覃村。除此而外，泽覃中学、泽覃小学、泽覃诊所等等一系列的称呼我们皆耳熟能详。一次次亲切的呼唤，无不铭刻着一方土地、一代又一代人对于一个烈士的不能忘却的怀念。

这怀念的背后，一段战火纷飞的岁月里，生长着多少血与火交融的故事？一个壮志未酬身先死的男人心里，又埋藏了多少未竟的遗憾和哀叹？

# 三

还是回到事件的最初吧。

1905年9月25日，毛泽覃出生于湖南省湘潭县韶山冲。受长兄毛泽东的影响，1921年加入中国社会主义青年团，1923年10月转入中国共产党。此后，一直坚持革命斗争，直至1935年4月26日牺牲，时年二十九岁。

一个人的生平，可以用几句话就将之概括，也可以用很长很长的篇幅进行叙述。对毛泽覃而言，不能忽略的，是他身为毛泽东弟弟的特殊身份。这或许是一种幸运，又或许是一种不幸。如若身为平民，可能平平淡淡地终了一生，甚至长而寿之。从某种意义上说，正是这无法绕过的出身与血缘，终究成就了中国历史上一个响亮的名字，一个铮铮铁骨的好男儿。

将时光的刻针拨回到一百多年前的长沙。

13岁时，毛泽覃便从韶山来到长沙"一师"附小学习，和兄长毛泽东不离左右。毕业后，毛泽覃进入长沙私立协均中学读书。毛泽东向小弟灌输马克思主义，常借些政治书籍给他看。这些政治书籍，无疑打开了毛泽覃人生的一扇天窗。那时候，身处乱世的少年毛泽覃，满脑子都装着主义和真理，他的热血在心中沸腾，革命的烈焰在他的胸膛燃烧。他的青春的冲动像雨后春笋那样蓬勃生发，他似乎看到了前行的曙光，他要伸出手来，把沉沉的黑暗的天空整个翻转过来。

1922年秋冬之交，在毛泽东的安排下，毛泽覃和二哥毛泽民一起到湖南自修大学附设补习学校参加学习，不久毛泽覃便加入了中国共产党，并担任社会主义青年团地方执行委员会书记。年纪轻轻的毛泽覃，一方面听从于兄长的安排，一方面服从于内心的召唤，迅速地完成了由一个进步青年向一个纯粹的布尔什维克主义者的迈进。

彼时的他浑身是胆，意气风发，拳头里迸发着使不完的劲。他不知道，他走上的这条路是一条前途坎坷的不归路；他也不知道，他的生命将会永远定格在二十九岁的青春年华。或者，他根本无暇去思考这些。他只是一心想着快快地奔赴战场，把压迫和束缚民主自由的大山夷为平地。

那时正值湖南工人运动达到高潮之际，十七岁的毛泽覃被中共湘区区委书记毛泽东委以重任，前往水口山铅锌矿区从事工人运动。到水口山后，毛泽覃担任工人俱乐部教育委员兼工人学校教员，领导工人罢工。满腔的热情终于有了用武之地，我想象着，年轻的毛泽覃筋骨舒展，他有着矫健的步伐和爽朗的笑声，一个有力的手势便能掀起一阵滚滚的热潮。

设若我是九十年前的周文楠，必也无法抗拒他的吸引。只是，他从此转战南北，走到哪里，就将革命的热流裹挟向哪里。我只能在遥远的地方朝他喊着：泽——覃！他没有回音。

我知道，我能喊醒的，只是一阕历史。

# 四

为了离毛泽覃近些，再近一些，我屡次造访了党史专家陈上海。今天，我终于捕捉到了他的空闲，得以在他的对面坐下来，洗耳聆听一些我预想中的真知灼见。

他的叙说冷静而客观，有着专业人员最鲜明的洗练特征。掀开历史厚重的扉页，毛泽覃眼神里包含的内容化作鲜活的画面，在我的眼前浮现出来。

那是一个性格刚烈无比的毛泽覃，时间是在1931年11月，地点为瑞金叶坪——这个引后来者无数次虔诚瞻仰的地方。其时，中央代表团主持召开了苏区党的第一次代表大会。会上，中央代表团对中央苏区的工作进行严厉的指责，把毛泽东的正确主张指责为"狭隘经验论""富农路线""极严重的一贯的右倾机会主义"，强调要"集中火力反对右倾"。

血气方刚的毛泽覃坐不住了，面对强大的"左"倾势力，他旗帜鲜明地站出来，坚决支持毛泽东的正确路线。谁都知道，开罪"左"倾中央，面临的将是更加危险的处境。许多人噤若寒蝉，更多的人抱着从众的心理随大流。但是，那份刚烈却在骨子里不安地躁动，支配着毛泽覃勇敢地站起来，他慷慨激昂、义正词严："游击战术不是'右倾逃跑主义'，毛泽东同志在井冈山反'会剿'和中央苏区一、二、三次反'围剿'中，采取'诱敌深入'的作战方针夺取了战斗的胜利，就说明那是正确的！"

事情的起因缘于1931年1月，中共六届四中全会召开，以王明为代表的"左"倾教条主义路线开始在中央占据了统治地位。9月下旬，王明去苏联担任中共驻共产国际代表团团长，博古等人在上海成立了临时中央政治局，继续推行和发展了王明"左"倾冒险主义，不久，这条"左"倾路线就在中央革命根据地开始贯彻。

直到一苏大的召开，这条错误路线似乎着了魔似的，朝着万丈悬崖一步一步地冒进。一错岂能再错？只可惜，上苍是如此地爱开玩笑，牵着中国革命的鼻子兜了一个大大的圈子，让回看历史的后来人唏嘘不已。

在强大的压力下，刚烈的毛泽覃所提出反对意见只如蚍蜉撼树。

一苏大会议根据中共临时中央政治局的指示，罢免和撤销了毛泽东中共苏区中央局代理书记和红一方面军总政委、总前委书记的职务，这也就剥夺了毛泽东在党和军队中的发言权。正确的主张被废弃，错误的路线大行其道，革命的成果即将被葬送。

所有的矛头都直指毛泽东。当然，毫无悬念的，毛泽覃也为他刚烈耿直的性格付出了惨重的代价。

1933年初，王明"左"倾教条主义者给当时担任中共福建省委代理书记的罗明强加了一条罪名——"罗明路线"。不久，毛泽覃和邓小平、谢维俊、古柏四个敢于挺身而出，为身处政治逆境的毛泽东辩护的人，被打成"江西的罗明路线"，遭受到了无休止的批判。

此时的毛泽覃，心里却有着无比坚韧的信仰。他们要反对毛泽东的正确路线和主张，毛泽覃便不停地斗争、申诉。他们要使毛泽东威信扫地，彻底孤立，毛泽覃偏要跟毛泽东通信，支持向农村发展；支持"坚壁清野""诱敌深入"；支持群众武装、地方部队和中央红军都得到发展……

无论受到怎样残酷的打击，他仍然不肯委曲求全，仍然不愿背离自己一直以来深信的真理和主义。直到1934年10月，红军主力长征后，毛泽覃被留在中央苏区坚持游击战争，留下终身的遗憾。

## 五

如此，便埋下了牺牲的伏笔。

打游击的毛泽覃，凭着智勇双全的魄力，在汀瑞边界的丛林中东奔西突。他以超乎寻常的速度和敏锐，一次一次地击溃敌人，又一次一次地从死神的眼皮底下蒙混过关。然而，在危机四伏、风声鹤唳的白区，死亡之手随时都有可能拖住最后的一线生机。这一天的到来，也许是偶然，也许又是必然。

1935年4月25日，毛泽覃率领的红军独立师被打散，他带着部分游击队员穿山越岭，来到瑞金县黄鳝口附近的红林山中，夜宿在黄田坑村一个僻静的小屋里。长期的战斗经验使毛泽覃充满了警惕。那时候，刚刚喘过气来的他，依然没有忘记排兵布阵。深夜，他派一个姓杨的战士到杉背坑去找陶古游击队，请他们一起攻打国民党的黎子岗炮楼；翌日凌晨，他又安排另一个姓何的战士，到下面的村子边查看敌情。

谁曾想，正是这一个查看敌情的哨兵，却成为毛泽覃牺牲的导火索。被俘、招供、引路，一切都来得那样迅速，那样突然。一个勇猛善战的英雄，敌不过命运之神安排的厄运。

清晨的曙光尚未照亮纸槽边的小屋，当枪声凌乱地响起，毛泽覃意识到了死神的迫近。他立即机警地冲到门口，命令战士突围。而他，则担任掩护。

今天我们说到"掩护"二字的时候，可以心平气和、面不改色心不跳，用淡淡的语气徐徐吐出。但是，在敌兵压境生死攸关的战场上，掩护却意味着将生的希望让给别人，将死的危险留给自己。这便是毛泽覃，生死何惧，愿留一股豪气在人间！

一次壮烈的牺牲，成为党史专家用"勇敢"定义毛泽覃的最完美佐证。只是，我常常会忍不住想，在生命的最后一刻，毛泽覃眼前一闪而过的，会是什么呢？是为了革命生生分离的恩爱妻子贺怡，还是她腹中尚不知男女永不能得见的孩子？或者，他什么也没有来得及思想，只看见天边的一片朝霞，红得似血……

# 六

许多年以后，我作为一个虔诚的拜谒者，和一群意欲拍摄下那段历史的人来到了泽覃乡泽覃村黄鳝口。我望着毛泽覃陵园背靠着的那座山——永远的红林山，身体仍禁不住在寒风中颤抖。墓草蓑败，所有的故事都被掩盖在一抔黄土之下。我竭力地搜寻着纪念亭周边能够记载当初那场战斗的每一个蛛丝马迹，却发现只是枉然。

今天我所看到的，是一些铭刻在陵墓上的文字，那些字以"浩气长存"为首领，个个刚劲有力，一如当初毛泽覃的秉性。一块巨大的石碑上，记载着从政府到单位到个人，为了修建这座陵园而捐赠的款项。如今，安宁地享受着"毛泽覃们"恩泽的泽覃人，或者说瑞金人，正用自己的方式表达着对烈士的缅怀。

我转过身去，一个身形瘦小的老妪由后人扶着颤巍巍地朝陵园走来。她，便是为毛泽覃守灵一生的百岁老人张桂清了。她的双耳已经失聪，眼神里不再有当年的激荡。只是，当采访者向她比画着询问过往时，她依然还会泛起一丝激动。只见她用瘪瘪嘴巴清晰地喊出三个字："不要怕！"一次，又一次。

我知道，革命和战斗，在她的心中刻下了的深深烙印，是永远不会消除的了。不能消除的，还有她对毛泽覃一辈子的革命同志情。不然，她为何能够坚守一生，守候在一座不会说话的毛泽覃墓前？

我能够想象得出，在无数个清冷的月夜里，她站在不断拂过的轻风中，凝视着那个隆起的土堆，思念曾经并肩战斗过的同志。她的目光中，一定又一次望见了许多年以前的场景。那时候，毛泽覃给她讲革命的道理，领着她成为游击队的一员。"不要怕！""不要怕！"她在心里一遍一遍地默念着。阴阳两隔的毛泽覃，就是一个什么都不怕的勇士呵！有时，她和地下的毛泽覃低声细语地对话；有时，她甚至干脆大声地呼喊起来：毛——泽——覃！

喊一声泽覃哟，便是喊亮一段难以抹碎的岁月。

青山依旧，夜色苍茫。回应她的只有风吹过树叶的哗哗声，还有秋虫的鸣叫。不，还有，还有，还有平静详和的山川、河流、平原、旷野，还有阳光照耀下的桃红柳绿的新世界……

# 七

又是一个清晨了，在瑞金市塔下寺革命烈士纪念馆内，早起锻炼的人们旋动着肢体，放开了嗓子，将对生活的陶醉与热爱尽情释放。

而毛泽覃的铜塑像就立在纪念馆的右前方，初次前往的女儿，不曾被五花八门的景点与人群吸引，却径直向毛泽覃的铜像欢快地跑去。她没有害怕他是一个冷峻的巨人，反而抚摸着冰凉的大理石基座，仰起了天真的笑脸。冥冥中，是不是有一股力量在指引着一切，我真的不甚明了。

今天的毛泽覃，身披戎装，高高地立于世事之上。他的目光坚毅里带着尘埃落定的安详，正注视着朝阳里的人们。如果他的目光继续远望，必能看见早起的鸟儿正在密林中自由地飞翔，看见袅袅的炊烟正在村庄上笔直地升起。

泽——覃！我抑制住了喉咙里的呼喊。

因为我知道，在这座供奉了无数革命先烈的纪念馆里，喊一声泽覃，便会喊动许许多多个不朽的灵魂。他，还有无数牺牲在这一片红土地上的先烈们，正用灵魂，在高空中俯瞰我们，守护着烂漫生长的鲜花和微笑，守护着他们曾经为之献身的和平。

# 你的光荣时间会懂

一

麻雀飞到窗台上来喳喳地闹，厨房里母亲正在炒菜，一股呛人的辣味儿弥漫在空气中。一如河水照旧平静而缓慢地流淌，这是多么平凡的一天。父亲翻箱倒柜，要整理他的旧文件。然后，他从故纸堆里翻出了一份申请书。他递给我看，郑重其事地。有好多年了，他习惯把家族的一些重要事件向我倾吐。我看到泛黄的纸页，蓝黑钢笔水的字迹，还有一个暗红的手印……它们，无不显现出年代久远的气息。在申请书的右下角，我的二爷——钟运榜的名字赫然在目。

我必须洁净双手，以一种虔诚而恭敬的姿态来捧读它："为恢复我三等荣誉军人光荣称号一事，特汇报本人参加中国工农红军负伤以后的情况……"这是申请书最开头的一句话，甫一读到，我忽然想流泪。

那是我的二爷，在经历过长征、失散，伤痕累累地回归到日常生活的全部印记。而今我们作为后辈打开了它，就像打开一件珍贵的宝藏，翻开了一个离世之人作为红军战士的全部密码，还有他几十年在尘世中翻滚所承受的委屈、酸涩，以及最后的渴望。它保留着一个老红军的血肉和呼吸、疼痛与呼喊，甚至是某种神谕般的指引。

二爷去世时，我才两三岁的样子。准确地说，二爷的面目在我心里早已模糊，如果不是父亲又翻出了二爷与二奶奶的合影照，我几乎完全不记得他的样子。小时候，我对于二爷的主要记忆，来自每年烤烟季节，那些个书写着钟运榜名字的烤烟杆，还有家中老屋门楣上挂的一块"光荣之家"的牌匾，以及每年冬天由村干部送来的一张"光荣之家"的年画。

今天，"光荣"二字的音节轻快地从我们唇边滑过，是如此脆亮如此爽利，只是那音节所承载的艰辛与生死的考验，又岂是吾辈所能感同身受的？

## 二

我的二爷小名贵生，生于1912年10月9日。1931年初，红军进驻江西省瑞金县九堡乡。十九岁的贵生，还没有结婚，还没有对未来进行过更多的畅想。他和麦菜岭许多与他年龄相仿的后生一起，参加了当时的红军少先队。在我们的常识里，一听到"少先队"三个字，总会不由自主地将它和飘扬的红领巾、红苹果似的圆脸蛋、活泼的跑跳步、欢快的歌唱声等等联系在一起。少先队员，那可是刚刚从幼儿园跨入小学大门的稚嫩少年啊。然而在苏区时期，却有这么一群人，年届青年，仍被称为红军少先队。他们拿着红缨枪，跟着红军打土豪、分粮食、学文化、学军事、宣传革命，偶尔还打几次仗。后来我向党史专家了解，方知红军少先队其实就是红军的预备队。

据我的父亲回忆，二爷身材魁梧，在村里同龄人中数特别高大的类型。我无以想象，他曾怎样迈着矫捷的步子奔走呼号，他曾怎样冲锋陷阵、打仗、站岗、做群众工作，他的青年的旺盛精力和激情又是怎样在少先队这个组织里释放和挥洒。而二爷留下的唯一一张照片是坐着的黑白半身照，彼时的他两颊深陷、目光慈蔼，完全是一副波澜不惊的老人神情了。

没过几个月，积极的红军少先队员钟运榜毫无悬念地参加了中国工农红军。这时的他，再也不是跟在红军屁股后头的辅助力量，而是穿上了红军装，走到了战斗的最前线。那时的麦菜岭，就像空气里煮着一锅热气腾腾的粥，处处洋溢着热火朝天的气味。生离与死别，年轻的他还来不及过多地思考，他只是有着一股子往外蹿往外跳的似乎永远使不完的劲。红色在苏区大地上一片一片火一样地蔓延燃烧，红军四次反"围剿"的胜利，加上宣传队铺天盖地的宣传，使更多的人对明天充满了美好的憧憬。

许多年以后，我目睹全村人敲锣打鼓地把一个叔辈送到镇上当兵。那个邻家的叔叔穿上了绿军装，胸前戴着一朵纸做的大红花，有着羞涩和生硬的笑容。"他要去当解放军啰！"全村的小伙伴奔走相告，前往围观。在我们心目中，"当兵"两个字有着无比神圣的含义。仿佛那个人从此变得无比高大，从此就是保家卫国的英雄。而他的整个家庭也被一种光芒环绕和照耀，仿佛从此具备了某种高于寻常的属性。这或许就是年幼的我最初感受到的光荣。

可是我的二爷呢？当他穿上灰色的红军装，当他套着草鞋的大脚踏上了前途未卜的崎岖山路，他有没有过一丝丝的犹疑呢？他的内心是否也曾升腾过一丝半点关于光荣的念头？这时候，我忽然想起英国诗人拜伦的一句话："前进吧！这是行动的时刻，个人算得什么呢，只要那代表了过去的光荣的星星之火能够传给后代，而且永远不熄灭就行了。"我的二爷从没上过学堂，他自然是不知道拜伦的，可是他所做的一切，却与这段话何其吻合。

就这样，钟运榜跟着队伍开拔了。他先是到福建省建宁县接受了一个星期的军训，又迅速补充到红三军十一团特务连当战士。1932年部队整编，他调任红三军十一团三营二连三排九班班长，跟随部队转战南北。其间，多次与白军遭遇，参加过数十次战斗。

在申请书的中间部分，我清楚地看见这么一行字："记得先后打死四名敌人。"读到这里，我的心头突然浮上一种无法说清的滋味。战争何其残酷，若非你死，便是我活。一生善良、忠厚老实的二爷，为了革命端起了枪支，和所有的红军战士一样，红着眼奋勇杀敌。直到晚年，他仍然时常对父亲提起一句话："紧急集合！"那夹生的普通话里，掩藏着一个普通男子对战争年代最深刻的兵荒马乱。这样的烙印是铭刻终身的，它何其清晰何其持久，甚至比肉体的伤疤更难以被岁月消除。他说，只要听到吹号声，听到"紧急集合"这句话，无论多深的夜，无论多浓的睡意，都得迅速爬起来，背上装备前进。我猜想，一个没有丁点文化的人，被任命为班长，除了他的勇敢，必然还与他对纪律的绝对服从和坚决执行有关联。就是凭着这股子负责任的劲，他一直跟随部队四处征战，直到1934年随着红军大部队从瑞金云石山出发，开始了充满那么多不确定的漫漫长征。

## 三

战事瞬间万变，命运从来都没有一个固定的模式。那是1934年冬天，他所属的部队在江西抚州八角亭和白军遭遇，一场激烈的战争不可避免地再次发生。他像往常那样，冲上阵去，用最简陋的武器与敌军交火。也许是他杀敌太专注，也许是敌方力量太强大，更也许以他一个星期的培训所学，他压根没有学会防范天空中的敌人。在敌机的狂轰滥炸之下，他的右手臂和右腰部均不幸被弹片炸伤，多处伤及骨头。由于伤势严重，以至连爬行也不能够。那一刻，他以为他就要死了，死在那个寒冷的远离家乡的冬天。

他相信他再也见不到爹娘了。果然，十多年后当他回返家乡，真的就再也没有见到过他的爹娘。一个念头竟也能一语成谶吗？多年以后，他无数次地怪罪过自己。但是无论如何，爹娘永不会从大地上爬起来，喊他一声"贵生子"了。

万幸的是，那一天受伤的他最终被战友们救起。他们抬着他，将不能动弹的他送进了师卫生院。几天后，他的伤势被简单处理，又转送到第三分院治疗。

可是战争的情势不会为某一个人停留在某一个点上。没能等他好好地养伤，乌云覆盖下来，他头顶上的天空撕破了。没几天，红军战争失利，医院也被敌军摧毁。他身上的伤口尚未痊愈，像一只灰头土脸失去洞穴的土拨鼠，失去了庇护之所。是的，他侥幸逃出魔掌，活了下来，但红军已继续北上，离他越来越远。部队的大规模转移，怎么可能为一个不能行动的红军战士而有所等待呢？钟运榜由此未能跟上部队，成为一名失散的红军战士，永远地告别了他的枪支和他的战场。

红军刚走，白军即刻卷土重来。此时红军身后的土地白茫茫一片，敌势如此狷獗，他们到处搜查红军和苏区干部的下落。蒋军提出在苏区"石头要过刀，茅草要过火，人要换种"的烧杀政策。那几年，他既找不到部队，又不敢回家，成为一个靠讨饭度日的流浪儿。

要知道那时候他还是一个拖着病体行动不便的伤员，他只能靠着顽强的毅力支撑下去，并自行养伤。后来，他流浪至抚州韩坊的张村，在一位张姓老乡家安顿下来，以打零工度日，才算暂时有了栖居之所和稍许安全的保障。

他是不幸的，太多的偶然和险情，阻挡他走完二万五千里长征的路。但从某种意义上说，他又是幸运的，多少战友在往后的征途中牺牲倒下，再也没有回到故乡，而他，却拖着一身的伤病回来了。要知道，当年二十四万人口的瑞金，一共有十一万三千人参军参战，五万多人为革命捐躯，其中有名有姓的烈士一万七千多名。

## 四

1949年底，解放的消息传遍了大江南北，钟运榜终于可以放心地回到家乡麦菜岭，重新见到他日思夜想的故乡和亲人。

从抚州到瑞金，少说有两百多公里的路程。大字不识一个的钟运榜，讲不好普通话又讲不了他乡方言的钟运榜，身无分文没有足以乘车的钱的钟运榜，他是怎样凭着太阳、星星和月亮的指引，认准了归家的方向，风雨兼程地找到他的家乡？一路上，他吃些什么，睡在哪里？讨饭，还是在庄稼地里随便掘几个红薯充饥？夜晚来临的时候，他是躲进破庙，还是随便找一处能遮蔽风雨的屋檐？一切，都成为永久的谜。据父亲回忆，二爷极少提到这些日子里所经历的事情。也许，他宁愿选择忘却，他真的不愿意重新沉浸到一段明明充满了希望，却又如此屈辱如此艰难的黑色岁月中。

无论如何，钟运榜回来了。在他三十八岁，年近不惑的时候回来了。那一年他的父母早已去世，而他还没有结过婚，没有自己的小家庭。他衣衫褴褛带着满脸沧桑一身疲惫回到这个曾经生活了十九年的地方，他几乎两手空空一无所有，除了随身携带的那一身灰色的破军装。在我爷爷的张罗下，他娶了一个被丈夫遗弃的女人为妻。许多年以后，大家才知道她其实是不能生育的。于是，他连自己的子嗣都未能留下一个。

时光推移到1958年，国家对苏区时期参加革命负伤的老同志进行摸底，在全国普遍实施残检，钟运榜与村里的众多红军老战士一起前往公社参加检查。其时，他的弹伤已经痊愈，伤口并不见大，仅被评为荣誉军人三等甲。对此，他欣然接受，并无怨言。在他的心里，能被承认为荣誉军人，便已经足够。从1958年起，钟运榜终于光荣地领上了荣军款。这笔款并不多，但对于他赤贫的家庭而言，多少是一份物质的补贴和精神的慰藉。

然而世事难料，一波三折。1964年春，公社民政科的吕世伟按上级要求，召集全公社荣军进行复检。轮到钟运榜参检时，没等医生检查清楚，吕世伟即态度粗暴地叫道："出去，出去！"仓促之中，钟运榜的荣军复检竟未能通过。我难过的是，多年艰辛而卑微的生活早已让他学会逆来顺受。他不知道反抗，也不会说一句反驳的言辞，他只是沉默无言，满心委屈地走出那个房间。不久，"社教"运动开始，再次召集全公社荣军复检。这次有工作组的张组长监督，他重新恢复了荣军三等甲的称号。不幸的是，此后公社民政干部却遗失了他的复检材料，导致他一再失去光荣称号，也不能领取荣军款。而与他同期参加红军归来的钟天昌、钟同培、钟运锦等红军失散人员，一直享受着老红军的种种待遇。二爷是个文盲，又老实木讷，吃完哑巴亏再无抗争，亦无从怨恨。得失之间，多少草菅人命与世态炎凉尽在其中。

在往后的岁月里，二爷常常为此扼腕长叹。不仅仅为一笔原本应该属于他的补助款，更多的，是作为一个红军老战士不被政府承认的永远的遗憾。因此，才有了1966年10月1日这一份请人代笔的申请书。我能想象，当二爷一字一句地对代笔人念出他的心声，一定有老年的浊泪从眼眶中流下。他甚至哽咽、激愤，几度泣不成声。他在纸上按下殷红的手印，也按下他一生的重量一生的期望。他虽然不认得那些个写在纸上的字，但他一定捧着它们看了一遍又一遍。你看那最后的一段，多么像二爷泣血的心声："我以诚恳之心，请求上级领导能为一个老红军战士做主，重新调查核实，恢复我的荣军称号，切切为盼！"

只是申请书送到公社后，适逢"文革"如火如荼，谁还会去管一个老红军的终身憾事呢？他的等待最终成为一场没有结果的梦。在麦菜岭这个平静的小村庄里，鸡鸣和犬吠每天照常响起，他将并非己出的孙儿驮在肩上，俨然是一个憨厚慈祥的老爷爷。冬天的时候，他提着火笼坐在村子朝南那面墙边，将长衫罩在火笼上，与村里的老幼妇孺一起眯缝着眼睛晒太阳、拉家常。仿佛战争这件事，从来没有发生过；仿佛光荣这个词，从来没有与他发生过任何关联。

## 五

延至1982年春，料峭的寒气没有从空气里散去，年已古稀的二爷，仍然没有等来一场温暖的确认。他走的时候，什么都没有说，枕头边摆着已经破得不成样子的旧红军衫。其实，他从来没有将那一段岁月从记忆里勾销，他的无奈和遗憾从来没有被忘怀过。他只是个毫无还手之力的，从战场上回来然后安静活着的众多老实公民之一。他只领取过五年荣军款，可是他的荣军称号至死都没有恢复。他与世界握手言和，只因他根本没有申诉的能力。他只能黯然接下时局和命运，接下时间给予他的无奈和委屈。这样的他和无数湮没在时光里的普通劳动者一样，卑微如尘世中的蝼蚁。二爷终身没有生育后人，是我父亲三兄弟将他侍奉到终老，并为他办了后事。那件破旧的红军衫，最后随着二爷永远地埋进了泥土，与大地融为一体。

再往后，二爷的红军身份在一次普查中终于得到了承认。那还是我的父亲，牢牢记着二爷未能实现的夙愿，并为之不断奔走的结果。这多么像达·芬奇所说："光荣常常不是沿着闪光的道路走来的，有时通过遥远的世俗的小路才能够得到它。"此后，二爷曾经生活过的门楣上，终于挂上了"光荣之家"的牌匾；他的后人，也终于可以每年春节在饭厅的醒目处，张贴上"光荣之家"的年画；他的不曾生育过的遗孀，也终于以红军之妻的身份，住进了光荣敬老院……失去的永远失去了，历史与前人开过的这样那样的玩笑，被更多现世的欢笑取代。

八十多年以后，长征离我们多么遥远。我握着一张薄如蝉翼的申请书，想到被秋风吹过的那么多往事，无不被光阴淘洗，进入整个中国整个历史的永恒。时间终究会懂，一位老红军穿越时空的悲伤与光荣。

# 奔跑的小脚

## 一

一双小脚，生生将我的眼泪逼了出来。

彼时，我站在博物馆的一个角落里，被一张黑白照片攫住，被一个女人坎坷丰沛的命运攫住。四周人声嘈杂，我没有挪开步子，只是定定地望着她，望着她的小脚——那双与微胖的身材极不相称，仿佛无法承受生命之重的小脚。

照片中的女子约莫三十岁的年纪，一顶镶着五角星的红军帽，一件深色的长大衣，扎着绑腿，绑腿下，是一双尖尖的"三寸金莲"。她的一只手掖着大衣，眼睛睁得大大的，仿佛这个世界还有太多的未知和疑问等着她去一一打开。

是的，那时候她一定不会知道，前方还有二万五千里的长征路等着她去丈量；她也一定不会知道，自己将创造出一个人类革命史上的千古奇迹。

她叫杨厚珍。

那照片是她出发长征前在瑞金一家照相馆拍下的留影。这一个仅以秒计算的瞬间，就这样定格在了中国女性史上。

小脚，无疑是封建威权加诸女人身上的枷锁，是前朝赠予杨厚珍的痛苦遗物。长征，却是冲破封建威权的一种伟大尝试，是追求人类解放的一次成功突围。在时间的长河中，缠过小脚的女人不计其数，唯有一个人，迈着一双小脚从瑞金出发，爬雪山、过草地，九死一生，最终活着走到了陕北。

这个人，实在是将最卑微的处境和最伟大的成功都集于一身了。

我实在无法想象，那两年的每一日每一分每一秒，那二万五千里的漫漫长路，那重重的险境和困境，一双小脚和一个柔弱的女子是怎样一一将之战胜的。

从旧镜像中抽回目光，我看见了2021年的自己，穿一件驼色的羊绒大衣，手执宽屏的智能手机，双脚在皮靴的包裹中自如伸展。这所有的物质丰裕和精神自由，难道和投身革命的杨厚珍们没有关联吗？

可是这些，杨厚珍却看不到了。

尤其是，当我听到身旁的先生说，杨厚珍正是他祖母的亲姨妈，一种更深刻的震撼击中了我的内心。她离开人世的时候，我还没有出生。她所身处的瑞金，与今天的瑞金迥然不同。但时间安排我们在同一个出生地隔空对视，并且，于冥冥中产生了亲缘的关联。

我怎么能不流泪呢？

回到家里，先生翻出一张发黄的名片，那是杨厚珍的儿媳妇——原九江仪表厂工程师曾宇红留下的。1991年，曾宇红来瑞金出差，在先生家里吃饭，与他当时尚在世的奶奶和父母共叙亲情。毫无疑问，他们一定谈到了杨厚珍，那是他们共同的亲人，也是他们共同的骄傲。

时光移易，两个家族的人一茬茬地出生和老去，赣北与赣南的交集发生得那样少，名片上的电话号码也早是拨不通的了。幸而，先生前些年通过九江的朋友与曾宇红重新取得联系，并一直保存着她的手机号码。

这时候，曾宇红的爱人刘延明，即杨厚珍的亲生儿子，已经八十三岁高龄，略有些耳背了。曾宇红也已八十二岁，但她耳聪目明，忆及杨厚珍的往事，思路清晰，表达准确，着实令我心生感动。

我与杨厚珍，就这样拨开未能重合的光阴，得以灵魂相遇。

## 二

1908年，杨厚珍出生在瑞金城南的一个小巷子里，小名新凤。准确地说，那一年还是清光绪三十四年。封建的枷锁从她一出生便套在了她的身上，尽管她的父亲曾做过小学美术老师，母亲是一名制爆竹的工人。他们没有足够宽阔的想象，可以预见到女儿将要投身的那个未来。

缠脚，是那个时代的女子不可逃避的命运之痛。五岁，她被大人按住，脚指头一根一根生生地掰断，压在脚底，扎紧。她哭啊，闹啊，挣扎啊，一切都无济于事。妈妈流着泪告诫她："不缠脚以后你怎么嫁人？"是啊，以清王朝旧民的见识，人们尚不知道，一个女孩子除了嫁人，还有什么别的出路。

那几乎是可以想见的一生，女孩被禁锢于三寸金莲，禁锢于狭隘的世界，发不出自己的声音，只等待一个或好或坏的男人将她领进家门，为他生儿育女。然后，又让子女走在同样的辙痕之中。三从四德、任劳任怨是她们被指定的所谓美德，一代一代，周而复始。

与身体的疼痛一道接踵而至的，是穷困的日子。没过多久，小新凤的父亲早早去世，抛下年轻的寡母和两个幼小的孩子。仅靠妈妈一个人做工挣钱，一家三口连吃都成了问题。老年的杨厚珍，曾经对家人讲述过一件伤心往事：

"家里没粮食，天天吃稀饭，我端着自己那只碗一百个不情愿，非要吃妈妈的那一碗，可是妈妈高举着碗不让我看。见我实在吵得太厉害了，妈妈就将碗放下来。我一看，里头全是米汤，一粒米花花都没有。"

那应该是杨厚珍突然长大，变得懂事的一个瞬间。没有母女的抱头痛哭，也没有多余的谆谆教诲，她只是目睹了母亲的艰辛、隐忍，以及全部的爱。

当我将杨厚珍的一生贯穿起来重新审视，不难发现，她的挣脱与渴望是从幼年就开始种下了。一个人，唯其经历过最刻骨的痛楚，才会对打碎旧制拥有最强烈的冲动，才能迈着小脚拼了命去追寻新的生活。

直到连稀饭都难以为继了，妈妈只好带着两个孩子投靠了杨厚珍的伯父。彼时，她的伯父在河背街桥下巷经营着一家很大的商铺——源发号，售卖大米、粉干和食盐等日用品，家中店员帮工众多，添上三张嘴完全不是问题。

正是在源发号的成长岁月，打开了杨厚珍原本狭窄的小地方女性视野，将她牵引到一条迥然不同的人生道路上。杨厚珍没有上过学，却因为长期在店里帮忙，增长了不少见识。她缠着堂哥教识字，虽然只有《三字经》《千字文》《增广贤文》等书，却也认得了许多字。同时，店铺里时有进步人士往来，她的思想受到了很大的熏陶，以至对外面的世界产生了深切的向往。

转眼，杨厚珍就长成了仪态万方的大姑娘，她容貌姣好，被人们称为"城南一枝花"。后来，源发号在赣州设立分号，正值青春年华的杨厚珍主动要求到赣州帮店，也因此结识了改变她一生命运的关键人物——罗炳辉。

1927年，时为滇军北伐军将官的罗炳辉来到源发号赣州分号，与杨厚珍一见倾心，二人自由恋爱，很快结为伉俪。那一年，杨厚珍十九岁，罗炳辉三十岁。她也许知道他结过一次婚，已是一个孩子的父亲，但她没有在意那些。一个初涉爱河的女孩，最容易飞蛾扑火一般地奔赴。何况时局如此动荡，南征北战的罗炳辉，自从1913年出来参军，再也没有回过家乡了。

一个是著名的军事家，一个是小脚的旧式女子；一个是云南彝良的农家子弟，一个是江西瑞金的失怙出身。原本相隔万水千山的两个人，就此将命运缠裹到了一起，共同迎向了革命的风暴。

小时候，我曾在父亲工作的电影院观看过影片《从奴隶到将军》。那时候我尚不谙世事，觉得故事离我太过遥远，许多年以后才知道，立下过赫赫战功的罗炳辉，正是电影主人公罗霄的人物原型。

现在，当我意识到这位在战争年代威名远扬，未等新中国成立便早早陨落的将星，竟然与我的家乡，尤其是与我的家族具有某种特别的关系，不禁感慨唏嘘。

三

他们所身处的时代，实在是波云诡谲的乱世。

先是1911年辛亥革命爆发，推翻了清王朝的统治。紧接着"中华民国"成立，在并不稳固的江山之下，又发生了各路军阀混战。另一边，中国共产党于1921年秘密成立，队伍不断发展壮大。共产党领导的工人运动在全国各地掀起高潮，其中也遭受到军阀的血腥镇压。国共两党在短暂的合作之后，又在1927年7月以决裂告终。

那确乎是风雨飘摇的岁月，每一个置身其中的人，都像是一朵浮萍，很难在一个固定的地方扎稳根系。动荡的环境之下，人心也是不安的，前方充满了太多的未知，太多的凶险，又有太多的机遇。当我们今天跳脱出时代，评价那时候每个人的选择是否英明时，自然是条分缕析，头头是道，然而被迷局裹挟的人，需要多么睿智的眼光，才能看穿前路啊。

正如罗炳辉对原有身份的反转和对中国共产党的靠近，以及此后的有生之年，他的绝对信赖投入与誓死效忠。关于他的心路历程，我无须赘述。这在他亲笔所写的自传《我的经历》中记叙得详尽已极。

这一切，对杨厚珍又意味着什么呢？事实是，从青年到中年的每一次命运转折，几乎都贯穿着她对罗炳辉的生死追随。是的，我懂得，一个女人对所爱的男人最真实的跟从与依靠。起初的她，自然不可能拥有革命理想，拥有文韬武略。可是物理和化学的反应，都在无限亲密的交互中，自然而然地生发了。

1929年，罗炳辉出任江西省吉安县靖卫大队大队长，身怀六甲的杨厚珍随同前往。那一年，他们的第一个女儿罗吉安（后改名罗镇涛）在吉安出生。同年7月，罗炳辉秘密加入中国共产党，率部武装起义，随后被任命为中国工农红军江西独立第五团团长。

杨厚珍是1929年11月参加中国工农红军的。从时间节点看，她追随的脚步是如此紧密，其间没有任何的踌躇或犹豫。要知道，那时候罗吉安尚在襁褓，她还是一个身子虚弱的乳母。可是为了革命，杨厚珍很快就将孩子托付给了南昌的一户人家。这样的一次生育和哺养经历，几乎成了她一生数次怀胎生产，又数次与儿女离散的暗示和开头。

如火如荼的革命岁月在杨厚珍的生命中哗然打开。她是那么年轻，那么充满激情。她放开了包裹多年的小脚，与旧制的遗留决绝作别。她学着去做一名医院护理员，像亲人一般照顾着那些伤病的红军战士。短短的时间内，她从护士、护士长，一路走到管理员、指导员之职。可以说，职务的变化见证着杨厚珍在战火中迅速成长的坚实足迹。

兵荒马乱的年月中，杨厚珍一路转战，来到中央苏区，在长汀一带从事革命工作。彼时她担任着福建军区机关合作社主任，需要负责后勤给养等许多工作。有一次，她与警卫员一同骑马去广昌县收缴战利品，忽遇一群劫匪迎面而来。土匪见他们一男一女，势单力薄，便强行勒索。那是杨厚珍第一次真正用到手榴弹，等她扔出去才发现速度慢了，最后自己也被炸伤。

也许正是那一次险情，催逼着杨厚珍，在危机四伏的世界里要更加刚强，更加磨炼自己的本领和意志。

其实，女人哪能是天生的钢铁呢？参加革命，出生入死的每一天，她几乎都是在艰难的考验和不断的历练中度过的。在曾宇红的口中，我听到了一个耐人寻味的故事：

杨厚珍曾经是一个极其害怕死人的人，她文化水平不高，多年浸淫的迷信思想像毒蛇一样在脑子里深深盘踞着。战争是残酷无情的，随时都伴着死亡的发生。而她胆小，怕鬼，一到夜晚就往人堆里钻。为了让她尽快成长，彭德怀想了个办法教育她。一天晚上，彭德怀让杨厚珍去执行一个任务，到对面山上将死人身上的绳子解下来带回营地。那是白天刚刚结束战斗的战场，几乎尸横遍野，杨厚珍吓得浑身哆嗦，可是军队的任务又必须要执行。最终，她麻着胆解回了一根绳子。彭德怀问："你看见鬼没有？""没有。""根本就没有鬼嘛。"从此，她再也没有怕过死人。

一次次的历练，杨厚珍胆子变大了，性格也泼辣了。她处事麻利而果断，脱胎换骨般成长为一个真正的红军女战士。

## 四

杨厚珍又一次随部队转战，离开长汀，回到生养她的瑞金时，是在1930年春天。河背街的池塘边、院落里，桃花、李子花、迎春花鲜艳艳地绽开着；源发号商铺的木屋檐下，燕子正在筑巢安家，叽叽喳喳地飞进飞出；许多低声下气的贫苦工人和农民，似乎也扬眉吐气挺直了腰板。

杨厚珍蓦然感觉到，记忆中那个暮气沉沉的家乡，如今已换了一个新崭崭的天。是的，历史赋予瑞金的伟大使命，早已悄悄地露出了端倪。1927年8月，周恩来、朱德等领导八一南昌起义部队经过瑞金时，县里便在他们的指导下建立了党组织。1929年上半年，毛泽东、朱德等先后三次率红四军来到瑞金，特别是这一年的2月11日，红四军在瑞金大柏地打出了下井冈山后的第一个大胜仗，影响很大。1930年，瑞金成立中共县委、县苏维埃政府和红军第二十四纵队。与此同时，中华苏维埃共和国的筹建，也在紧锣密鼓地策划中。

熟悉杨厚珍的老邻居们也发现，那个离家数年，曾经羞怯怯的小脚女孩儿，身份已经截然不同了。她不仅结了婚，还是一个干练的红军女干部。她的丈夫罗炳辉更是了不得，作为红十二军的军长，率部从长汀出发，经壬田乡，一路凯歌，彻底攻下瑞金，为全县赤化、"一苏大会"在瑞金召开、中华苏维埃共和国定都瑞金创造了有利条件。

怀着各种心情接近杨厚珍的人越来越多，愿意聆听她宣讲革命道理的乡亲也越来越多。是啊，小脚女人都能当红军，还当得有声有色，何况是七尺男儿。在感受着新旧两重天的鲜明变化之时，人们对变革的拥戴和对未来的憧憬愈加炽烈。杨厚珍是1931年加入了中国共产党的，从1930年3月到1934年10月长征出发，在瑞金工作生活的四年多时间里，因受杨厚珍影响而参加红军的青壮年人有很多。后来，这些人多数牺牲在湘江战役中，为杨厚珍一生的心病和痛苦埋下了伏笔。

终其一生，杨厚珍都在思念着家乡和亲人，可是她只在新中国成立后回了一次瑞金，之后再也没有回来过。她对儿子刘延明说："我是不敢回去啊，乡亲们跟我要自己的亲人，我上哪儿给他们找去呀？当年我在台上宣传扩红，那么多人听了我的话，参加了红军，那么多人牺牲在长征路上，那么多亲人苦苦盼望着他们归来……"

还有的妇女，心知丈夫已死，仍苦苦哀求杨厚珍告诉自己，男人是在哪儿死的，怎么死的。她实在不知道应该和乡亲们说什么，怎么说，只有漫无边际地哭。她哭的，不仅是那些牺牲的家乡战士，还有自己再也见不到面的母亲，以及再也找不回来的孩子。那一次，是第二任丈夫刘正明和孙子刘小斌陪她回来的，她要做的最重要的事，就是看望母亲和寻找当年寄养出去的一儿一女。

迎接她的却是最残酷的现实，没有一个消息值得宽慰，没有一个夙愿可以了却：母亲已经归天，寄养到竹岗村的儿子罗金安也夭折了。至亲之人，从此阴阳两隔，能不令人痛彻心扉？唯一还有在世希望的女儿罗瑞安，当年匆匆寄养在了大埠村，可是怎么也找不到下落。杨厚珍躲在住处，哭了三天三夜，匆匆返回北京。

曾宇红还记得，1991年她来到瑞金，完成杨厚珍生前的夙愿，替她的母亲上一次坟。可是那坟已经没有具体的形状了，虽然油菜花开得正艳，她却觉得冷寂而凄清。曾宇红站在旷野中，顺着亲人手指的方向，深深地鞠了三个躬。

杨厚珍不仅仅是一位红军女战士，她还是一个母亲的女儿，一段婚姻中的妻子，这就注定了她在战斗岁月中将备受身心的苦痛和煎熬。

在瑞金生活和工作期间，杨厚珍接二连三地诞下三个孩子。其中有一对龙凤双胞胎，落地后只养活一个，就是女儿罗瑞安。后来，她又生下儿子罗金安。可惜他们在母亲膝下承欢的时间都如此短暂，1934年长征出发前夕，罗炳辉让杨厚珍将两个孩子就地安顿好，杨厚珍抱着他们，最后一次亲吻了孩子娇嫩的脸颊，含泪分别送给了两户人家。她原想着革命胜利就来寻他们的，谁知却永不能如愿了。

一个不能亲自抚养孩子的母亲，一个眼睁睁看着骨肉分离又无能为力的母亲，一个牢牢记着孩子下落却遍寻不着的母亲，内心该有多么刻骨的悲伤？

## 五

瑞金城南，有太多的故事还埋藏在那些老建筑里。从八一南路，穿过云龙桥，跨过绵江河，就是杨厚珍生活过的河背街桥下巷了。春天的声器在旧城区里显得更为持重，我放轻放缓了脚步，因为，一不小心，就会踩在一道旧印痕上。

这里正准备按古街的原貌进行修复，间或有几间屋子里还住着人，几乎都是不舍得离去的老人。夕阳西下，金色的阳光庄重地涂在一排木板房上，源发号的招牌早已是摘了的，但屋子还是从前的结构。铺板门紧闭，一扇窗户空了半边，望进去，光线暗淡，空而寂冷。

河背街曾经是瑞金最繁华的街市，多条巷道纵横交错，民居商铺各安其位。我想象从前的源发号，货品堆得冒尖，商贾来来往往，客人进进出出，算盘哗啦啦响……它给予了杨厚珍相对安稳的少年时光，而后又因为杨厚珍夫妇的回返，迅疾地卷进了红色的旋涡中，成为苏区时期著名的红色商铺。

红十二军驻扎瑞金，指挥部设在河背街的天后宫。源发号作为杨厚珍的娘家，自然与红军将士多有往来。他们建有一幢二层的房屋，在当时的瑞金县是最好最时髦的，毛泽东、董必武、罗炳辉等红军将领便常在二楼商议军事，顺便改善伙食，打打牙祭。最重要的，是解决中央苏区十几万红军的战时给养问题。

在罗炳辉、杨厚珍的指导下，源发号商铺听从了中华苏维埃政府的安排，利用店里齐全的设备，开足马力生产战争所需的大米、粉干等食物，用来支援前线作战的红军。他们销售的粮食、土特产和山货等，为红军部队输送了大量的生活和军用物资。由于源发号紧靠绵江河畔的码头，有着得天独厚的运输优势，他们又承担了大量的商品转运任务，同时经营起了红军军需品、日用品和食盐等业务。

事实上，源发号此举是冒着极大风险的。一方面随着战事的加剧，货物来源越来越紧缺，支援红军心有余而力不足。另一方面，国民党在水路、陆路实施严酷封锁，一些私运食盐、布匹和药品的商人，常常遭受严酷的刑罚甚至付出生命代价。

然而甘冒生命危险，支持中央苏区的红色商铺远不止源发号。据不完全统计，当年中央苏区每年运出谷子三百万担，还运出大量钨砂、木材和其他农产品。同时，中央苏区的商人们运进了价值一千五百万元的紧俏布匹、食盐和药品。仅1933年下半年，中央苏区就完成了三十三万银圆的商品流通量。

如今翻开那段历史，我们不难发现，从瑞金成长起来的杨厚珍，深深地影响了源发号以及众多的红色商人。这影响，基于亲情，基于信赖，更基于对人民政权的赤诚信仰。当年的瑞金，不仅为革命输送了如杨厚珍般坚贞的战士，还在人力、物力、财力等方面倾其所有。他们没有想到的是，白色恐怖之后，源发号被抄，所有和红军相关的人事物均遭厄运。

从源发号出来，穿小巷迂回行走几百米，便到了位于黄枝塘巷的平波公祠。在瑞金生活的几年里，杨厚珍与罗炳辉租住于此，那三个孩子便是在这里生下的。

平波公祠原是一户钟姓富商之家，因主人贩盐途中翻船遇险，家道中落。他们一家腾出最好的一间屋——下进栋东南厢房给杨厚珍夫妇居住。而在平波公祠的偏房里，则办起了粮食加工厂，专供前线军需。

我跨进平波公祠的大门，试图寻找杨厚珍生活过的痕迹。墙上的青砖，门边的大理石，屋顶的雕花木刻，还有从天井上泻下的阳光，应该都和当年没有太大的变化吧。厅堂中，板壁仍然是木头的，主人牢牢地守护着这座古老的建筑，连一个现代的卫生间都不忍心营建。杨厚珍住过的那间房只简单地陈设了些座椅，没有再被当作住房使用，他们在门楣上挂了一枚铜钱，贴了一张"如意吉祥"的喜帖，作为新年的装饰。我探进头去，屋子很宽敞，光线有一些幽暗。"连最小的曾孙都知道这间屋子是杨厚珍住过的。"八十岁的老人钟同铭说。

当年，这里既为住处，也是办公场所，杨厚珍就在这里迎来送往，高声谈笑，生儿育女。如今，那些声音都已消隐了，只有钟姓的后人守在这里度过日月春秋。与我交谈的老人已经须发皆白，他还记得过世的母亲曾多次对他说，红军长征之后，国民党反扑回瑞金，一大批士兵冲进平波公祠，将他们家的楼板全部撬得稀烂，值钱的东西都抢光了。

这一切，皆缘于杨厚珍夫妇的租住。那些年，太多的瑞金普通百姓，因为支持红军，遭到了疯狂的报复，这一笔是无论如何都难以详尽记录的了。

# 六

在云石山中华苏维埃共和国中央政府旧址，我找到了一份《批准参加长征的三十位女红军名单》，有邓颖超、康克清、贺子珍、刘群先、钱希均等，其中，自然有我凝神关注的杨厚珍。

这是一次悲壮而无奈的战略大转移。1933年9月，中央苏区第五次反"围剿"失利，战局急转直下，红军失去了在内线打破国民党军"围剿"的可能。随后，整个中央苏区仅存瑞金、会昌、雩都、兴国、宁都、石城、宁化、长汀等县的狭小地区，红军陷入更加被动的境地。中央被迫于1934年9月上旬决定实行战略转移，时间定在10月底或11月初。

正当中央红军处于战略转移部署之际，1934年9月下旬，蒋介石在庐山秘密召开军事会议，决定在第五次"围剿"的基础上重新调集兵力，在德国顾问的策划下制订了一个"剿灭"中央苏区红军的"铁桶计划"：以瑞金为目标，在距瑞金一百五十公里处形成一个大包围圈，将红军主力压迫到狭小范围内进行决战，以求在一个月内将中央苏区红军消灭。

消息传到中共中央，主持筹划战略转移的"三人团"立刻意识到中央红军面临的危险，立即以中革军委的名义发布战略转移的行动命令，提前向湘西实行战略转移。10月10日傍晚，党中央和红军总部率领红一、三、五、八、九军团连同后方机关人员，从瑞金的梅岗、马道口等地出发，向湘西转移，开始长征，只留下了红二十四师和十多个独立团约一万六千人在中央苏区坚持斗争。

一切都进行得仓促而紧急。我注意到参加长征的女红军名单中，多数人担任着中共中央的重要职务，并已与红军高级将领结为夫妻。名单下还有一句说明："经过中共中央妇女部提名和体检，中央苏区有三十位女红军被批准随军突围长征。"

去还是留，牵扯诸多将士与家眷的骨肉分离，其间必有太多的慌乱和纠结。按说，杨厚珍本不具备参加长征的条件。当时，中央内部提出了几个条件：必须是共产党员，思想政治上绝对可靠；必须有独立工作的能力，会做群众工作；要有好身体，能适应艰苦的环境。

光是一双小脚便足以成为她出发的绊脚石，何况，她已经怀有三四个月的身孕了。

但杨厚珍是铁了心要随部队走，多次向组织提出申请。两个幼小的孩子不能带在身边，她咬着牙送给了老乡抚养。幸亏身孕还不是太显怀，她用长布一层一层地用力缠裹，以至竟通过了体检关。当然，还因为罗炳辉当时是红军第九军团的军团长，作为他的妻子，杨厚珍的随行更是有理有据。

她被编在干部休养连，是中央专门为老战士、女战士、伤病员组成的一个连队，共三百多人。其中包括董必武、徐特立、林伯渠、张宗逊等人，自然也包括那三十位女红军。她们生死与共，相扶相携，结下了深厚的革命友情。因杨厚珍与蔡畅、康克清、邓颖超等几位女红军年龄较大，又被并称为"八大姐"。

秋天正在一日一日地变凉，萧瑟的秋风吹彻原野，杨厚珍走在长征的队伍中，显得格外扎眼。她迈着一双小脚，用尽全力地追着，撵着。那是常人所无法想象的艰苦，在日复一日的急行军中，一双大脚尚且会走得酸疼起泡，何况一双已经变形的小脚。

肿和痛如影随形，像猛兽撕咬着她的肉体，她痛得冒汗，痛得皱眉，拄着棍子还时常摔倒。同志们见她走路实在困难，都劝她坐坐担架，但是她坚决不同意。她说："哪怕是爬，我也要和同志们一道前进！"因为她知道，抬担架的人会更累，更苦。没有更好的办法，只能咬着牙坚持，实在累了就停一小会儿，又站起来，拖着肿胀甚至麻木的双脚继续往前走。就这样，她硬是没有掉队，并逐渐适应了行军的强度。

小时候，我曾在某座村庄里亲眼见过一个小脚老太太，她拄着拐杖，用脚后跟颠啊，颠啊。那双小脚，别说走快了，连走稳都是一件难事。她的步子那么缓慢，那么细碎，仿佛永远也走不出那座村庄。

那时我正和小伙伴疯跑，追赶，不知道为什么，看到那个老太太，我突然停了下来，怔怔地盯着她的脚，小小的心间泛起一种从未有过的酸楚。

现在，当我再次想象一双疼痛的小脚，一双走在二万五千里长征路上的小脚，我的心口又禁不住生疼起来。

## 七

红军一路向北，天气越发寒凉。杨厚珍怎么会想到，迎接她的不仅是风吹彻骨，还有布满荆棘的长路，而且似乎总也望不到头。但是开弓没有回头箭，她唯一能做的是，走啊，走啊，不停地走，不要命地走。哪怕只是用那双小脚，一寸一寸地丈量大地；哪怕将那双小脚走烂走废，直到再也走不动为止。

今天，我难免要以一个女人的心思暗自揣测，她如此执着如此无畏，其中对党的忠诚和对丈夫的追随，哪一个所占的比重要大一些？也许，两者皆重如泰山，皆是她无法抛舍的最爱。更也许，这两种深沉的爱恋，早已集合在一起，无法分割清楚了。

后来，我在杨厚珍的亲人口中找到了答案。他们说，杨厚珍在世时，说得最多的一句话是："我从不后悔自己的选择，长征路途中虽然辛苦，但能跟着共产党打天下，再苦再累都是值得的。"

为了激励自己战胜困难，她牢牢地记着女红军的口号："不掉队，不戴花，不当俘虏，不得八块钱。"当时，部队有条纪律，在途中生病、受伤，跟不上队伍的红军，就会被寄养到老百姓家里，由组织留下八块钱作为生活费。拿了八块钱，差不多就意味着永久失散了。

为了躲避敌人的围追堵截，队伍多是挑一些少有人走的嶙峋山路，并且经常在夜间急行军。许多年以后，幸存的红军们都会回忆起蜿蜒的队伍中，被月光的清辉拉长的那个摇摇晃晃的身影。在人们的记忆中，当年的她又矮又胖，走路磕磕绊绊。殊不知她宽厚温暖的腹部，正怀抱着一个渐渐长大的胎儿。

　　残酷的战争却并没有因为杨厚珍是一个孕母而对她有所仁慈。长征开始的第三个月，杨厚珍刚刚适应行军的节奏，就遭遇了意外。

　　一天，女红军们正有说有笑地走在路上。杨厚珍与贺子珍是印发文件的铁搭档。贺子珍文化水平高，负责刻写；杨厚珍文化水平低一些，负责油印发放，二人一直如影随形。大姐邓颖超则喜欢讲故事，经常给她们讲三国，杨厚珍特别爱听。不想此时危险正在悄悄降临，一架敌机飞到她们头顶的上空盘旋着，追撵着她们不停轰炸。突然，敌机像老鹰一样俯冲下来，杨厚珍来不及躲避，一颗炸弹就在她身旁爆炸了。顿时，她被炸飞数米远，弹片不偏不倚地击中头部。等战友们将她从土里挖出来的时候，那件出发前从瑞金穿来的棉大衣，被炸得稀烂。她全身淌着血，已经昏死过去，没有了呼吸。

　　所有人都以为杨厚珍已经牺牲了，流着泪把她抬到一边，又从周围老百姓那里买了一口棺材，准备次日下葬。

　　傍晚，休养连留在当地休整，康克清大姐带着大家向杨厚珍的"遗体"告别。她走近血肉模糊的杨厚珍，按照风俗替她抹脸，意欲让她合上眼睛，就在这时，她突然发现杨厚珍的鼻子里还有气息，并且发出了微弱的哼哼声。原来杨厚珍还活着！康克清一时大喜过望，喊叫起来："她还活着，快，快找医生抢救！"

　　那一次，贺子珍也受了伤，毛泽东恰好带了军医傅连暲过来替贺子珍治伤。大家赶忙叫来傅连暲医生，立即对她进行手术，终于把杨厚珍从鬼门关夺了回来。不过，这一次她伤势太重了，昏迷了整整四天，又在担架上躺了一个多月，最后落下了伴随终身的三等残疾。

更令人惊奇的是，大难不死之后，杨厚珍肚子里的孩子竟毫发无损，继续躺在母腹中一天天成人成形，直到生产的那一天。

那是1935年的春天，杨厚珍所在的队伍已经走到了贵州地界。在经过一个村庄时，阵痛发作了，杨厚珍意识到肚子里的孩子就要降生。她赶紧走到一户农民家的牛棚里，用喂牛的干稻草简单铺好，躺在上面，产下了一个健康的男婴。

婴儿嘹亮的啼哭声惊动了那户人家，正好他们家里来了一个客人，见是男孩，表现出很喜欢的样子。贺子珍于是决定将孩子送给那个客人，客人当即脱下自己的外衣，将孩子包裹住，抱走了。这是杨厚珍诞下的第五个孩子。自然，这个孩子也是永远地离散了。她作为母亲的经历里，又添了一重新的悲伤。

大部队的行军不会因为杨厚珍的生产而停止，这时候，杨厚珍已经掉队了。她二话不说，将裤头扎紧，翻身上马，火速追赶部队。等到追上时，天已经黑透了。她找了个无人处，解开裤头，里面全是凝结的血块。

在宿营地里，当天晚上的伙食是每人两块红薯，邓颖超倡议每个人分一块给杨厚珍吃，以补给产后饥饿虚弱的身子。杨厚珍一块都没有要，却被感动得眼泪直流。她在和亲人讲述这段过往时，斩钉截铁地说："大家都没有吃的，都饿。我怎么能要呢？坚决不能要。"

然而战友的温暖和关怀，她却记了一辈子。

同为母亲，我实在无法想象这样的一种惨烈和痛切。如果不是身处乱世，不是走在长征路上，不是周旋于战事，她应该躺在温暖的床铺里坐月子，喝上一碗红糖水，享受亲人的细心照顾，她还可以给自己的孩子喂上一口母乳，感受婴儿唇舌带来的柔软和微痒，用全部的怜爱搂紧自己的孩子。

战争，挑战着人的身体承受极限，也让一切人伦与母爱为之让位。

# 八

我曾尝试在黑夜里奔跑，专业的运动鞋，专业的跑道。我想挑战自己的极限，然而屡屡败下阵来。当我坐在跑道边上，喘着粗气，感觉到腿脚的酸疼时，总是禁不住想起杨厚珍来。一个人，需要有多么刚强的毅力，才能战胜自己的力所不能及呢？

我揉着自己的脚趾，仍遏制不住地想起那一双弯曲变形的小脚，它们多么像一对弓箭，义无反顾地射向无数人憧憬的明天。是的，它们指向女人的极限，它们告诉全天下的女人：你可以对命运说不。

也许是一种多年的习惯，也许是对自己生理隐疾的羞惭，她从不在众人面前展示自己的双脚，总是躲在角落里，完成泡脚这样最简单的生活日常。这个永远无法去除的隐疾，一直羁绊了她的一生，对她构成了太多的限制和结束。儿媳曾宇红告诉我，每次给杨厚珍买鞋，都需要到儿童商店去，才能找到她穿的鞋。再也没有人制作三寸金莲绣花鞋了，一个小脚的女人，在新的时代里，面临着太多的不便和尴尬。

那双放开了缠脚布的解放脚，最后将变成什么样子呢？我只能在网络上去寻找旧式的畸形图片，厚厚的足跟，高耸的足背，被压扁的脚趾……每望一眼都是触目惊心。杨厚珍却顶着这样的脚，从南到北，一直奔跑，奔跑。奔过羊肠小道，奔过崎岖山路，奔过重重围困。

总以为渡过一次险境，前方就会有平坦大道，可是高耸入云的雪山又横亘在了红军的眼前。杨厚珍怎么办？这时候，一对小脚成了一对问号，叫天天不应，喊地地不灵。崇山峻岭，白雪皑皑，她的小脚连将身体支撑住都成问题，怎么带着她向高处攀爬？

也许，真是天无绝人之路，杨厚珍看见一只驮文件的骡子正在奋力攀登，身后的大尾巴一甩一甩。她的眼睛一亮，赶紧拽住了骡子的尾巴，借着骡子的蛮力，一步一步地翻过了雪山。这样的细节，未在任何史书中有过记载，若不是曾宇红亲口讲述，实在是我无法想象的。杨厚珍头部留有弹片，年老之后大脑时而清醒，时而糊涂，她不是特别爱说，也不是特别愿意回忆那些疼痛的往事。在几十年的相处光阴中，刘延明和曾宇红只是断断续续聆听过杨厚珍的讲述，当他们发觉应该用笔将那些事记下来的时候，才发现自己已经老了，许多细节也已遗忘，能记得的，实在是太过珍贵了。

时间啊。

人们常说，爬雪山、过草地是多么的艰险，多少人牺牲在其中再也没有走出去。可以想见，像杨厚珍这样的小脚女人，牺牲概率比别的红军战士只会更大，可是身心俱疲的她却越过了所有障碍，最终平安抵达陕北，这实在不能不说是一个奇迹。

站在女人的角度，我不愿意为她安上诸如伟大这样的缺乏体温的词，我只想献上所有的敬仰、感佩、懂得和怜惜，流着泪说一声：
"杨厚珍，太难了。"

是的，她的难首先是所有长征战士共同经受的难，比如漫漫征途，比如血与火的洗礼，比如她对亲人说过的："冰天雪地里，身子冷得实在受不了，只能喝辣椒水暖和一下……"但她个人的难，却并不是所有人都能感同身受的，在一双小脚的支撑下，她的病痛，她的伤痛，她的心痛来得比任何人都要深，都要重。

即使如此，她仍旧以三等残疾之身，一路奔跑一路坚持工作。直到1936年，长征之途宣告结束，杨厚珍终于和生命中最苦最痛的时光挥手作别，在延安获得了短暂的安定。

董必武到达陕北后，曾即兴作诗，赞许长征中的女英雄："四渡赤水若等闲，大渡天险亦心坦。夹金山上积雪奇，茫茫草原何足难。红军女英爽夙志，风卷神州红烂漫。古来旧观须推翻，巾帼敢顶半片天。"

## 九

在延安，杨厚珍担任合作社主任一职，负责物资供应和后勤工作。此时她要思考的，是如何在艰苦的条件下，尽可能地改善将士们的伙食。

杨厚珍的能干是有目共睹的。

毛主席是南方人，吃不惯北方的面，她就亲自为他蒸小米饭，炒生辣椒做菜，毛主席吃得很是高兴。董必武六十大寿，组织上给了她有限的几块银圆，让她操办一桌生日宴。考虑到大家都吃不惯北方的羊肉，杨厚珍买了些猪肉和猪下水，做出了四五盘大菜。那次生日宴聚了不少人，大家都吃得兴高采烈。毛主席很满意，又夸她："就这一点点钱，能办得这样好，厚珍同志功劳大呀。"

杨厚珍的家里，一直珍藏着一个毛主席用过的饭盒，两寸高，银灰色，外表已经刮花，有破裂的痕迹了。这个饭盒在柜子里锁了多年，因为刘正明在回忆录中写到过，被军事博物馆要去了。那是她作为后勤负责人保留下来的唯一一份纪念品，想到国家收藏与个人收藏的意义之轻重，他们一家只好忍痛割爱。

服从党和组织的安排，从杨厚珍参加红军的那一刻起，有哪一次不是这样做的呢？

在她的人生履历中，我读到这么一段："抗日战争初期，杨厚珍与伤残军人刘正明组成新的家庭。不久，刘正明因事受到诬陷，被解除一切职务去当老百姓。1940年春，杨厚珍带孩子到延安七里铺，与丈夫度过六七年平民生活。1947年敌军攻占延安前夕，丈夫的问题得到解决，夫妻俩买了头毛驴撤离延安。"

历经千辛万苦走完长征，又无奈离开所热爱的组织，去做最底层的农民，她的心中有委屈吗？可是直到1977年杨厚珍去世，身边的亲人都未曾听她表达过任何不满。在丈夫遭受不平的时候，她选择的是默默地陪伴和跟随，这与她在第一段婚姻中紧跟丈夫的步伐几乎如出一辙。

曾宇红告诉我，杨厚珍与刘正明夫妻二人，一生以"同志"相称。我想，这或许是他们对党永远忠贞，对党员身份永远引以为豪的最朴素的表达吧。

新中国成立后，杨厚珍在文化部体育用品工厂做厂长，刘正明则担任八一电影制片厂的办公室主任。1962年，全国干部调级，关系到工资的多少，许多人都争着要往上评，可是杨厚珍却一口回绝了组织上为她定的行政十三级。她说："我的工资够用了，还评这个做什么？"

艰苦的战争岁月，让杨厚珍落下了一身的病痛，腰椎病、气管炎、哮喘，还有脑袋里的弹片，轮番折磨着她。很多时候，她一整个晚上都不能躺下睡觉，只能靠着墙坐到天亮。疼痛难忍时，她就自己出去看病。拄个拐棍，踮着小脚噌噌地往外走，没有小轿车，公交车她是挤不上的，只能坐一辆三轮车，去菜市口找熟悉的医生针灸。只要自己能承担的花费，她从不找单位报销。

因为没有评上高干，她屡次生病住院，都挤在普通病房里，从不吭气，从不言悔。

时代的风云仍在不停地变幻着，1955年，按文件政策，女同志一律退出部队管理，杨厚珍乖乖地退出；1960年重新召回，她又听话地回来。无论发生什么事，她都顺应着党安排的一切。二十年过去，孙子孙女相继在北京出生，杨厚珍含饴弄孙，一度以为会在北京终老。但是1969年10月，中央下达一号命令，要求红军老干部全部撤离北京，迁到各地生活。这时，杨厚珍已经六十一岁了，身体每况愈下，她是多么不情愿离开中央啊。她对着家人喊道："中央在哪我就在哪，我不离开中央。"可是刘正明坚决执行命令，率先到江西丰城安顿了下来。

服从，是一个党员的天职。杨厚珍终于说服了自己，随后回到江西生活。只是两位老人都是伤残之躯，刘正明时常晕倒，杨厚珍病痛缠身，一个家庭的格局突然发生重大变故，岂是两位老人所能承受的。而那时，他们的儿子刘延明、儿媳曾宇红已经在北京有了稳定的工作和相对重要的职务，大孙子也上学了。为了照顾老人，儿子儿媳决定带着三个年幼的孩子举家搬迁，到江西定居。

搬迁二字看似简单，但物质的抛舍，思想的挣扎，个中的曲折和复杂，年逾八旬的曾宇红不说，我也能够想象。可以说，杨厚珍夫妇的无限忠诚，最终是以几代人的共同牺牲作为代价的。

十

杨厚珍有多少次与子女失之交臂，就有多么热爱子孙满堂的生活。

电话采访中，曾宇红多次和我说起，杨厚珍离不开她的儿子刘延明，只有儿子在，她才能感到安心。我想，那是一个母亲最后的，唯一的依赖了。当我们回望她的一生，会发现在七次孕育产下八个子女之后，唯有刘延明是她亲自抚养长大，并侍奉她终老的。

战火中降生的刘延明，也是大难不死的一个。那是1938年的延安，刘延明出生没多久，一个女后勤正抱着他逗弄嬉戏，突然一个炸弹冲他们所在的位置落了下来，女后勤赶紧抱着他跑开。就在他们离开的一刹那，炸弹爆炸了。邓颖超说："这孩子命大啊，就叫钢夫吧。"钢夫喊了很多年，后来才改为现在的名字。邓颖超非常喜爱小钢夫，那时生活艰苦，没什么物资，邓颖超就拿一块手绢打几个结，做成一顶帽子给他戴上。

在刘延明之后，杨厚珍生下了最后一个儿子，可惜那个男孩两岁多便患痢疾夭折了。

晚年的杨厚珍，特别喜欢带孙子，看着孩子一天天长大，她总是情不自禁地想起自己曾经生下的那些孩子。那时康克清经常去看她，还开玩笑说："厚珍同志现在在家带孙子啰，都很少来找老姐妹玩啰。"

而另一个在延安出生的女儿刘凤英，则没有刘延明那样的幸运。当时战事吃紧，一出生，她就被寄养在陕北农村的一个奶妈家里，从小就没上过学堂。后来，她在当地长大成人，结婚生育，如今已八十五岁，是一个四世同堂的老人了。杨厚珍曾几次试图找回刘凤英，第一次是因为刘凤英跟着养父母搬离了原址，第二次是刘凤英的家人不同意她到北京生活。命运弄人，这对母女承担下了永久离散的结局。直到今天，刘延明夫妇与刘凤英仍然保持了相对密切的骨肉联系，他们亲切地称她姐姐，知悉她生活中诸如低保、拆迁、合作医疗等一应琐事。

我从网络中找到了刘凤英的照片，她的头发散乱，面部皱纹纵横，眼神中尽是人世沧桑和对命运的顺服。这是一个地地道道的农妇，她习惯了说陕北话，吃陕北面食，在黄土地上耕作，在西北风中衰老，她回不去了。

失散的儿女中，只有大女儿罗镇涛回归了红军后代的身份。罗镇涛幼时吃的苦头不多，她的养父母家在南昌经营商铺，生活条件好，加之自己没有孩子，对她非常疼爱。1938年，罗炳辉任八路军驻武汉办事处副参谋长，在周恩来的关心下，党组织派人找到罗镇涛并把她接到武汉，与父亲相聚。此后由于局势不稳定，罗炳辉还在不停地打仗，罗镇涛几度辗转于重庆、云南、延安等地，分别由爱国商人李岳嵩和朱德、康克清夫妇保护照料。直到1946年春，罗炳辉病情恶化不稳，十分想念罗镇涛，急电朱德，罗镇涛才回到山东与父亲团聚。只可惜，父女相处的时间太过短暂，当年6月，罗炳辉不幸牺牲。

后来，罗镇涛被中央送到苏联学习经济管理，同行的有李硕勋的儿子李鹏等二十一名革命后代。回国后，罗镇涛在北京对外经济联络部工作，终于与杨厚珍续回了母女之情。据曾宇红回忆，罗镇涛经常来看望妈妈。妈妈生病时，打针处化了脓，罗镇涛每天下了班就过来给妈妈换药。深藏于血脉中的骨肉亲情，一经接通，便格外炽热。

有一次，杨厚珍险些找到了自己的女儿罗瑞安。瑞金大埠村赖屋坪一位姓夏的老奶奶临终之际，交代领养多年的女孩杨雪英说："我不是你的亲奶奶，你是杨厚珍的女儿，要去找你的妈妈。"此事惊动了政府部门，由县委报到省委。时任江西省省长的邵式平将杨雪英送到北京，通过妇联寻找杨厚珍。康克清当时担任全国妇联主席，她与杨厚珍往来密切，立即告知了这个喜讯。

杨厚珍喜出望外，在八一电影制片厂的住处与杨雪英相见。经仔细询问，感觉有许多不对的地方，几位中央领导看了，也觉得不像。杨厚珍知道，当时另有一位杨姓女红军也在那个村寄养了一个女孩，只是那位女红军已经牺牲了。她想："不管是她的还是我的，我都认下来。"她和杨雪英认了干母女，杨雪英也以红军后代身份留在了北京，获得了组织的安排和照顾。直到离开北京时，杨厚珍还反复叮嘱女儿罗镇涛要关照好这个妹妹。

数次生育，数次在动荡中透支着自己的身体，杨厚珍收下了一身的病痛。只有她的亲人知道，杨厚珍几乎每天都垫着尿布过日子。因为一咳嗽，尿就不听话地下来了。而她偏偏是一个经常咳嗽的哮喘症患者。

每一个生育过的女人都对身体的隐疾心领神会。听到这些，我又止不住流泪了。

# 十一

一副在病弱中坚强支撑的躯体，终于在1977年完成了在人世的使命。

杨厚珍身体里的疾病太多了，它们是潜伏已久的凶神恶煞，一起围剿着她活下去的力量。冠心病，心肌梗死，抢救时停电，一切都来得太过突然。她只来得及对儿子刘延明说："要对爸爸好，爸爸不容易，一手把你抱大。"就倒了下去。

　　这应该是一个女人对男人最后的爱的表达了。两个同样为革命舍生忘死，同样领受了残疾和病痛的人，以四十年的相濡以沫，融入了彼此的生命和心灵中。

　　那一年，先生的父亲和奶奶作为亲属，来到九江参加了杨厚珍的追悼会，与当时在场的亲属留有一张合影照。可惜1992年，先生的父亲因病早逝，先生的母亲悲痛欲绝，将和他有关的相片全都烧了。如今家中的相册里，只留下杨厚珍的一张个人照片。现在，先生的母亲也已不在人世，我只能凭一个女人的心思去揣度，她保留着这张照片，也许是出于对另一个女人一种本能的敬意。她知道杨厚珍一生的传奇，知道她曾经赴汤蹈火、九死一生，知道她的苦，她的难，她的痛。

　　现在，轮到我了。当我写下长长的文字，以祭奠杨厚珍充满磨难又坚韧不屈的一生，几乎每一天我都在以另一种方式与她相遇。闭上眼睛，脑海中总是浮现出一双小脚，总是禁不住想象一些细节，想象那双小脚是怎样奋力地奔跑在革命的道路上，奔跑在人生的道路上。

　　那天晚上，我做了一个梦，梦见一个穿着深色军大衣的女人身影，在我的眼前不停地晃动。我拼了命想要追上她，忽然看见绑腿之下，一双小脚左右交替着，不停地奔跑，奔跑，向前，向前，直到绝尘而去……

# 一个村姑的革命史

## 一

　　她的故事，注定不会被载入史册；她的名字，也注定不会为大多数人所熟知。她是生长在赣南这片土地上再普通不过的村姑。相对于星汉灿烂的苏区历史，相对于在那个特殊年代里抗争过、奉献过的无数苏区人民，她只是一颗小小的沙砾。在阳光下，她曾经超乎所能地发过光。但是许多年后，她被世界遗忘，仅此而已。

　　她是我的奶奶，刘香娣！在二十年亲密相处的光阴里，我从她絮絮叨叨的唇间，接下了一部壮烈的生活史。作为一名写作者，我采访过幸存的红军，书写过烈士，也用文字呈现过形形色色的各种人，却唯独没有写过我的奶奶。因为我知道，要将那些在时光里一枚一枚掉落的棋子，摆出一个完整的局，已经十分艰难。何况，翻开一个至亲已然合上的扉页，无疑是一件痛苦的事。

　　但这一天终于还是来到了。我希望自己的文字尽量客观，奶奶，她会在天上看着我。

# 二

让故事从一把桃木梳子说起吧。小时候，我常喜欢蹲在奶奶的面前，任由奶奶用一把结实的桃木梳为我梳头。然后，她散开自己的满头白发，慢慢地梳啊梳啊。梳着梳着，她就想起了一个人："满崽，这梳子可是你大爷爷留下来的哩。"后来我才知道，她说的这个大爷爷叫宋来发，其实和我没有任何血缘关系。

1934年10月的一个夜晚，在瑞金县云石山乡帮坑村牛角湾的一个农家小屋里，宋来发收拾了行装，最后一次拉住了刘香娣的手："我就要随部队出发了，什么时候打完仗也说不准。香子，你要在家等我归来。"说完，他将一把桃木梳塞到了奶奶的手上，万分不舍地离开了家。

这就是历史上著名的长征了。由于王明一意孤行的"左"倾教条主义的错误领导，中央苏区未能打破国民党军第五次"围剿"，为保存充分的实力，红军被迫退出根据地进行二万五千里长征。宋来发，和许许多多瑞金的好儿男一样，告别了母亲，告别了妻子，告别了生活和战斗过的这块红色根据地，开始了一段悲壮的、前途未卜的漫漫征程。

其时，身为妇女指导员的奶奶没有想到太多，她握着那把桃木梳子，满心以为她的来发子会像以前的几次久别重逢一样，再一次突然出现在她的面前。

奶奶是一个童养媳，自小家中兄弟姐妹多，被送到宋家时才两岁。幸而宋家没有女儿，对奶奶视如己出。宋来发打小与奶奶青梅竹马，感情甚笃。1929年，17岁的奶奶很自然地与宋来发结为夫妻。也是在那一年，红军在瑞金建立了红色政权。新婚不久，宋来发就撇下奶奶当了红军。他加入了红军纵队，和周边乡村的数百农民一起进山打游击，与敌军在密林里周旋，许久许久都不会有一丝一毫的音信。但是有时候，当奶奶的思念被时间磨钝了，他又像变戏法似的回到那间小屋，将等待的阴暗一扫而光。

谁知道呢？这样的等待，奶奶坚持了十多年，还是一辈子？

## 三

同为女人，我不知道奶奶的心里是否生长着些许的埋怨。但是她始终相信她的丈夫做的是一件光荣而伟大的事，这，足以将一个普通村姑的命运定下基调。

当宋来发和红军一起回到云石山，成立农民协会，组织群众打土豪、斗地主、分田地的时候，刘香娣更加坚定了自己的判断。他们一家，不正是受不了地主的压迫，才从九堡乡的下宋村躲进这深山小村的吗？十多年的穷苦生活，奔波劳顿，她受够了旧社会的折磨。红军队伍的到来，乡亲们的扬眉吐气，就像黑暗中的一道曙光，瞬间照亮了一个村姑的内心。

年轻的刘香娣抬起头来，看到了天边的亮光。她忽然觉得自己浑身是劲，连做梦都不由要哼上一句采茶曲。她把宋来发当作生命中的英雄一般崇拜，她想着能跟在宋来发的身后做哪怕一丁点儿的事，她都觉得无比骄傲。是的，只需要她的来发子一声召唤，她那年轻的，浑身的劲儿就会有处可使！

在宋来发的宣传鼓动下，刘香娣毫不犹豫地参加了妇女生活改善委员会，尽己所能地做着她一心向往的事。她身材小巧玲珑，像一头灵巧的麋鹿穿行于深山之间传递情报；她有着兔子一般的警惕和敏锐，一旦发现敌人的风吹草动，便及时向红军报告；她尚未生育，却能像一个真正的母亲那样悉心护理和照顾伤病员；她唱着歌儿，就着哗哗的山泉水濯洗着红军战士的衣服。每当她得到红军的表扬，她在脸红的同时，心里必又升腾起更高涨的热情。

多年以后，奶奶说起这段历史，依然记得她一生中担任过的最高职务——妇女指导员。她正是以妇女指导员的身份，参加过全县妇女生活改善委员会会议。也因此，她认识了一个一辈子也没有忘掉的人，这个人就是阿金。后来我查阅了许多资料，知道了阿金就是著名的女革命家金维映，忽然就有一种遭遇电击的感觉。只是许多年过去，不识字的奶奶命运辗转，除了她的口述，再没有留下任何片言只字的佐证了。

1933年，正值中央红军开始第五次反"围剿"之际，为了支援前方战争，党中央和中革军委决定在全苏区开展一个扩大红军的突击月活动，阿金被任命为瑞金突击队总队长。作为妇女指导员的刘香妹，义不容辞地投入了紧张的扩红动员之中。她觉得阿金有文化却没有架子，她说的话字字有力，句句有理。作为女人，她对阿金的崇拜显然早已超越了宋来发。在云石山，熟悉情况的刘香妹领着阿金，夜以继日地走村串户，向苏区群众宣传扩红的重要意义，动员广大青壮年积极参加红军队伍。

据史料记载，赣南二百一十四万苏区人口中，先后扩红参军的有三十三万余人，参加赤卫队、担架队、运输队等支前参战的有六十万余人。仅二十四万人口的瑞金，有十一万三千人参军参战支前，几乎所有的青壮年都参加红军。这在当时，应该是一个多么巨大的数字。

而其中的一些人，必与我的奶奶刘香娣有关。

为了动员群众积极为中央红军捐钱捐物，刘香娣甚至带头捐出了她身上唯一的一件银器——一条银链子，那还是结婚时婆婆送给她的。那条银链子是他们那个穷苦家庭里唯一值钱的器物，传了一代又一代。但是刘香娣捐出它的时候，连眼皮都没眨一下。那时候，整个瑞金为中央红军捐献银器达二十二万两，如果没有无数个刘香娣们这样的舍得，是无论如何也不可能实现的事情。

我几乎可以想象，彼时的刘香娣，筋骨舒展，热血沸腾。她在时代的滚滚洪流中快步奔走，她仿佛能感觉到旧的世界像老去的树皮一般，在她的心里层层剥落。

事实上，八十年前的那个春天里，从沉睡中苏醒，种下红色根芽的赣南村姑何止这一个？她们挥舞的青春，轻盈的脚步早已在岁月深处凝固。当一切的一切终于结束，时代改写成全新的模样，她们变成一个满脸沟壑的老太太，然后安详地离去，把命运的滋味留给后人慢慢咀嚼。

## 四

从文本的需要出发，写作者往往希望这个村姑像陈发姑、池煜华她们一样，为北去长征的丈夫守望一生。但是从人性的角度出发，我宁愿她为人妻母，去完成一个女人生命的所有历程。是的，也幸亏如此，我的生命才得以在这个世界上呈现。

回到1934年的那个秋天。刘香娣送别了宋来发，开始了长达十年的颠沛流离。红军主力走了，宋来发走了，她像一片风中飘落的叶子，生命一下子变得荒凉。她想留在原地等候来发子的归来，可现实却远比她的设想要更加残酷。由于她自己和丈夫的特殊身份，卷土重来的反动武装怎么会轻易放过她呢？失去了庇佑的她唯一能做的只有带着婆婆躲藏起来，躲得远远的，先让自己的命活下来再说。

一年，两年，三年，刘香娣带着那把桃木梳子等啊等。她常常偷偷地跑回老屋，试图了解到宋来发的一丝儿消息，但是没有。十年过去了，她的婆婆过世了，宋来发还是杳无音信。当她辗转流落，又一次重新回到九堡乡的时候，经人介绍，终于在无望中再嫁给了我爷爷。我的爷爷未及花甲便早逝，奶奶一直随身带着那把桃木梳子，她梳着那把梳子，从少妇到老妪，从青丝到白发，即使最后断成两截仍然不舍得丢掉。

我相信奶奶对宋来发是从来都不曾忘怀过的，这从她坚持说宋来发是我的大爷爷便可看出。当她老得走不动的时候，还派我的爸爸到云石山帮坑村寻宗。后来，爸爸为了完成奶奶的夙愿，专门到瑞金革命烈士纪念馆查找过宋来发的名字。果然，那个名字赫然在目。据载，宋来发长征时担任过中央直属模范营某连的事务长，在一次战役中牺牲。听到这个结局的时候，奶奶的眼里已经没有眼泪，只发出一声长长的叹息。或者，奶奶早就预料到会是这样的结局吧。想当年，多少青壮年男子意气风发奔赴长征途，平均每公里就有一名瑞金的烈士倒下，归来者能有几多？

值得一提的是，我的二爷爷在长征途中负伤，失散归来后终身未育子嗣，奶奶毅然将自己的第二个儿子送给了二爷爷，完成了一个女人为革命作出的最后一个壮举。

# 五

　　终于将一个故事艰难地叙说完，我有一种如释重负的感觉。此刻，世界安宁沉静。关于一个村姑的传奇，已被光阴渐渐消隐。但是我相信，一个坚忍的生命所昭示的意义，还会在这块赤色的土地上静静绽放。

　　是的，这样的一个村姑，她注定不会成为改写历史的关键人物，但她绝对是苏区时期整个中国大地上不可或缺的一分子。她之于革命，只是一颗再细不过的沙砾。而革命之于她，却曾经是整个天空、整个世界。

# 唱不尽的二万五千里

又一个秋天悄悄来临，瑞金文学艺术院的排练厅里，昼夜传出悠扬的红歌声。歌声或铿锵，或凄婉，声声撞击着人的心灵。作为一个从红色热土上生长起来的人，我从不隐讳自己对于红歌的偏爱。因为每一首歌的背后，都深埋着一个故事，一部史诗，和一段活生生热乎乎的岁月，都会让你情不自禁地翻开历史的扉页，重新走近那一群有血有肉的灵魂。

正如今天，当我面对着紧锣密鼓的排练，聆听着九曲回肠的旋律，目光中又一次幻出八十多年前的那一个秋天，那一场对于我的家乡瑞金而言极具悲壮意味的长征。

## 上篇：送别

一送（里格）红军，（介支个）下了山，秋风（里格）细雨，（介支个）缠绵绵。

山上（里格）野鹿声声哀号，树树（里格）梧桐叶呀叶落光。

问一声亲人，红军啊，几时（里格）人马，（介支个）再回山。

……………

　　一首《十送红军》，如泣如诉的旋律中，常常是泪水和着歌声一同流淌。1934年10月的一个黄昏，中共中央和中央红军从瑞金出发长征。从"长征第一山"云石山到帮坑山，绵延五公里的路程，尽皆是出发的红军和送别的群众。田里劳作的，家里做饭、纳鞋底的，老人、孩子、妇女全都跑了出来，站在路边看着行色匆匆的部队。

　　那是人类军事史上罕见的巨大转移，那是一次掺杂着诀别意味的送行。一时间，老母送别儿子，孩童送别父亲，妇女送别情郎。而前路似乎并不如想象的光明，亲人远去，却不知何时可得回返。骨肉相连，怎忍分离？

　　低低的军号声，吹响了前行的步伐。急促的口令、高亢的马嘶，一声一声地撕扯着送别群众的心。绵绵的秋雨，夹杂着清寒的秋风，更添了离别的愁绪。

　　"去吧，跟着队伍走吧。"十六岁的宋有发娣拉着丈夫曾光祥的手，恋恋不舍，做了七年童养媳的宋有发娣刚跟她的光祥完婚。"在西江补充团，送过去后，我去看了两次，最后去看他时，拿着新做好的鞋，煮好的鸡蛋，队伍已经走了，没见到，也没吃上一口。"

　　宋有发娣送走了自己新婚的丈夫，却再也没能看到他归来的身影。1983年，宋有发娣收到瑞金县人民政府补发的曾光祥革命烈士证明书，上面写着"1934年北上无音讯"。宋有发娣手里拿着这纸崭新的证书，连同她2005年度"优秀共产党员"证书一起贴在胸口，泪眼婆娑，她喃喃低语："活着回来多好，我的光祥，我的光祥……"

　　对于送别的场景，瑞金市党史办原副主任刘良曾如此描述："百姓拿出家里最好的吃食，花生、芋头、鸡蛋、水果，伫立道路两旁，不停地招手。真是一幅箪食壶浆送征程的大画面。有一位老大娘，挎着一篮子煮熟的鸡蛋，想给儿子带上，见一个红军送一个，一篮子鸡蛋都送完了，也没见到自己的儿子。"

同样是在那一场送别中，瑞金沙洲坝下肖区七堡乡的杨荣显送出了他的八个儿子。在革命前，杨荣显一家穷得饭都吃不上，连给儿子取名字的心思都省略了。他只是按照年龄，分别把他们叫作"一生保，二生保，三生保……八生保"。还是在苏维埃政权建立后，杨荣显一家才分得了田地、山林，过上了有吃有穿的日子。于是，他毫不犹豫地将八个儿子全都送上了战场。

在苏区，还有着无数个像杨荣显这样的人。他们在国军抓丁时总是千方百计地躲藏，却心甘情愿地把儿子送进红军的队伍。因为，在他们的心里，只有红军才是自己的亲人，只有红军，才能让穷苦人过上好日子。

可是他们知道吗？他们知道此去二万五千里，多少险山恶水、枪林弹雨等在亲人的面前吗？他们知道送出去的亲人也许再也不会有丝毫音信吗？

在瑞金红军烈士纪念馆，一组统计数字清晰地记载了瑞金人民为中国革命所做的贡献——二十世纪三十年代，瑞金仅二十四万人口，其中有十一万三千人参加红军和地方革命斗争，三万五千人参加长征，一万七千多人牺牲在长征途中。也就是说，长征平均每行进五百米，就有一个瑞金人倒下。

山无语，水无声。多少壮士一去兮不复还。

我曾数次登临云石山，抚摸过"长征第一山"这几个鲜红的大字。望着山上萧萧的落叶，望着那一块块被草鞋踩踏过的乌石，我常想象如果那一天我站在送行的队伍中，该怎样才能抑制住眼窝里蹿出的泪水，看熟悉的背影从目光中远去，看凄清的暮色覆盖下来，渐渐合上了瑞金的天地。

## 下篇：守望

一生守望他，青丝到白发。我郎为百姓，杀敌赢天下。

盼他平安归，心中多牵挂。他为革命生，我为团圆家。

心儿随他走天涯，他信革命我信他。想他梦他思念他，哪怕只说几句话。

心儿随他走天涯，他信革命我信他。想他梦他思念他，唯有夜夜望月牙。

…………

每次听到这首《一生守望》，我的心都要为之震颤。那荡气回肠的旋律，那一咏三叹的歌词，像被秋风吹瘦的落叶一样，簌簌地揪疼着人的心。纵有多少揉不碎的坚硬，也要在歌声中化作绕指的柔。如果再听听那歌声背后的故事，更是要令人动容。

同样是在1934年10月，瑞金县武阳乡的陈发姑将新婚第三天的丈夫朱吉薰送走，开始了二万五千里长征。临别前，朱吉薰对陈发姑说："革命胜利后，我一定会回来。"陈发姑自然是信他的，她向丈夫表示，将誓死等他归来。可是直到1949年新中国成立后，很多当年参加长征的瑞金籍红军都回到了家乡，朱吉薰却没有任何消息。尽管后来政府进行了相关调查，认定朱吉薰可能在长征途中失踪或牺牲了。但陈发姑却始终坚信，朱吉薰没有死，总有一天会回来。就这样，从1934年一直等到生命的终结，陈发姑守望了丈夫整整七十五年。

直到一百一十二岁高龄，直到双目失明，陈发姑依然没有停止打听丈夫的下落。住在瑞金市叶坪光荣院的她，每当听到有"从上面来的"过来看望时，都忍不住要问一声："可有我家吉薰的消息？"一百一十五岁时，陈发姑在瑞金市叶坪乡光荣敬老院安然去世。此后，陈发姑的故事被搬上银幕，陈发姑亦被网民称为"共和国第一军嫂""史上最牛军嫂""最悲壮的红色爱情经典"。

当我们启唇读出"守望"二字的音节时，它显得那么轻而易举。可是七十五年如一日的漫漫光阴，要有多么深挚的爱情加上多么坚韧的耐心才可以成就？从青丝到白发，从青春到死亡，陪伴她的，只有梦，只有思念，只有夜夜亮在天边的月牙。

在瑞金文学艺术院，由本土文艺家自编自创的歌舞剧《杜鹃花开》排演了一遍又一遍，我经常情不自禁驻足观看。每当我看到坐在轮椅上的老婆婆陈发姑伸出手，探向前方，用苍老的声音一声一声地呼唤着"回来吧，回来吧"，我都忍不住要掩面而泣。

而事实上，在1934年秋天，除了陈发姑，还有多少青年妇女，把丈夫送走以后，就只剩下一生无尽的守望。又有多少母亲，把儿子送走后，终其一生，都在望眼欲穿中度过。三年，五年，十年……有谁读懂过她们内心的苦，有谁望见了她们贯穿一生的痛。

更何况，红军北上之后，反扑的国民党对苏区人民进行了疯狂的报复："石头要过刀，茅草要过火，人要换种。"地主老财也回来了，分到的田地被收回了，家中的粮食也被抢光了。于是这样的守望，又更添了多少苦难和悲剧。

1934年11月10日，瑞金陷落，原本红火的革命根据地一片血雨腥风。大清洗造成"大减员"，"瑞金县人口差不多减了一半"：

在瑞金城郊的竹马岗，前后被杀害一千余人；

在黄柏乡的菱角山，一夜被活埋三百多人；

在武阳乡，国民党一次集体枪杀五百余人；

…………

1934年12月至1935年1月，红都瑞金在八十天内被惨杀一千八百多人。尸横遍野，天地哀号。

而支撑着陈发姑们活下去的，唯有世间最锋利的等待和守望。自然，陈发姑也被逮捕了。敌人对她严刑拷打，逼她脱离革命队伍，与丈夫离婚。可是她都在心里说："革命会胜利，我夫会回来。"

红军二万五千里长征，若问归期，每一个守望的亲人都无法说出一个具体的日子。他们只是在内心里相信：会回来的，一定会回来的！于是，他们愿意用一生的光阴去守望，直守到云开雾散，守到天地清明，守到将时间刻下的伤痕，还给时间。

# 枪声遥远

一

一幅画面，时常在我脑海中闪现。它来自亲人的讲述，不知为何，却又如此直观而清晰。

画面摇晃到20世纪70年代，瑞金县城边的上吊桥。那是一个夏日的黄昏，正值酷热难耐的暑期，许多孩子扑通扑通跳到桥下游泳。通常，大人们并不理会，任由他们自己闹腾。唯有一个老人从不懈怠，他搬一张小板凳，端坐在绵江河边，目光紧紧地追随着水中嬉游的男孩。乍一看，这就是寻常人家一个普通而尽责的老者。只有夕阳的余晖，为他依然挺直的脊背涂上了一层金色。

少有人知道，这位住在瑞金城里的老人曾经是全军著名的机枪手，走完了二万五千里长征，经历过从苏区反"围剿"到抗美援朝所有重要阶段的战斗。在二十年戎马倥偬的岁月中，他亲身参与过几百场战役并屡获胜绩。当他退回到故乡赣南，退回到烟火日常的最深处，安于做一个慈爱或严厉的爷爷，仿佛战争和枪声离他无限遥远。

是时候说出他的名字了。他就是新中国开国大校——彭金高。

今天，彭金高的孙子彭赣东坐在我面前，有些急切地想要向我呈现爷爷的一生。当年那个游泳的男孩，也成了一个退休的老人，我恍然有时空移易之感。他说起一条爷爷专为管教孙子而做的竹鞭，说起在水深处游泳时差点淹死的经历，说起爷爷如何将他的双腿抽打出深深的血印子，他甚至还记得爷爷一边抽打一边狠狠地责骂："与其淹死，不如我来打死。"

再后来，爷爷就成了绵江边上的一个守望者。直到，彭赣东兄弟安然无恙地长大成人。也许，一个枪林弹雨中厮杀出来的百战之将，一个经历了太多生离死别的人，在重回和平的生活之后，对待生命有着常人所难以企及的格外疼惜。

这些年，彭赣东一直在做一件事，整理爷爷穿越中国乃至跨越国境的战斗历程，将记忆中慈祥又严厉的爷爷与想象中驰骋疆场的爷爷统一起来。在与爷爷三十年的相处时光中，爷爷对过往的讲述少之又少。当他真正下决心动笔记录时，爷爷已不在人世。尽管如此，他还是费尽九牛二虎之力，编写了《彭金高年谱大事记》，以《我的祖父彭金高》为题，写下了十几万字的详尽记述。

我翻开了《年谱大事记》的第一段：

彭金高，1911年9月出生在江西省会昌县西江彭屋（下屋）村一个农民家庭，原名彭多灶，参加革命后改现名。生活在一个比较殷实的农民家庭：父亲彭元彩，精于农田耕作，略懂医术；母亲赖（？）氏，为人老实厚道，待人忠厚诚实，善于操持家务，在群众中威信很高。父母亲都是那种勤劳、善良、本分的人。大哥多炫在家乡解放后编入村自卫队，1934年经政府动员加入红三军团，参加广昌保卫战负伤，红军长征后在宁都养好伤回家务农。二哥多森年轻时受不良思想影响，1930年受国民党反动政府蒙蔽，一度参与国民党靖卫团组织，后在家务农。

它忠实地记载着一个人生命的来处和根系，以及同一棵大树上不同枝干的分权。是的，彭金高曾经有过相对安稳的童年生活，还在村里上过三年小学，只是随着父亲的病逝和兄弟观念的迥异，终至走到了家庭分崩离析的境地。二哥赌博债台高筑，上门讨债的人纷至沓来，三兄弟分别成婚后决绝分家。那个名叫彭多灶的年轻人，带着母亲和分摊的四百元债务，走向了与二哥截然不同的人生路。争吵和矛盾是可以想象的，为了心无旁骛地参加革命，他曾一度宣布与家庭脱离关系，以免使家人受到牵连。

许多年以后，当我们重新回望那段白了又红、红了又白的岁月，便深刻地理解了彭金高的断腕之痛。在战乱时期，随时面临着生命的险境，即便亲如手足，谁又不希冀自保而害怕相互拖累呢？

彭赣东捧出一张爷爷年轻时的黑白相片，那是他在战争年代专门去照相馆拍摄，寄回给家中妻儿的。相片中的彭金高面庞清瘦，却身穿长衫，头戴礼帽，俨然一副生意人的样貌。随相片同时寄来的是一封短信，他告诉亲人，自己在外做生意，而不是参军。他刻意制造的所有假象，无非是防止家中被国民党灭门。包括他参加红军后改名为彭金高，应该也是本着相同的用意。在对爷爷生平进行深入研究的过程中，彭赣东发现，烽火硝烟的年月里，许多红军在部队里都摒弃了最初的名字，尤其是爷爷这样足以威慑敌人的红军将领。

事实上，决裂远非彭金高的本意，落叶对根的情意始终萦绕在他的心间。这也是1969年，彭金高选择回到家乡定居的原因之一。

1994年，彭金高在苏州病逝，亲人们遵从他的遗愿，将他的骨灰送回会昌县红星村安葬。这一生，无论跋涉的路途有多么辽远，多么曲折，他最终选择的仍是安息于这片生他养他的土地。

二

此时正值清明，淅沥的春雨拍打着窗户，彭赣东的讲述亦绵密地灌入耳际。每年的这个时节，彭赣东都要从苏州回返家乡，为爷爷扫墓。只是这一次，他的行程增加了一个特别的环节，和他认为可以信任的作家倾谈爷爷生命的意义。

我还记得，2014年，也是这样连绵不断的雨，我和先生带女儿去江苏旅行，专程来到苏州总后勤部干休所，与彭赣东兄弟及其家人见面。那时候，我听先生大致讲述过彭金高一家在瑞金生活时，彼此作为邻居又超乎邻居的亲密关系。从小，先生便如自家爷爷那样称呼彭金高，并备受他的疼爱。但关于彭金高的身世，仅偶有所闻。我们都没有预料到，最终需要这样一场为写作而铺垫的正式晤面。

现在，彭赣东怀着热切的心情，像竹筒倒豆子一样，向我倒出爷爷的一生以及家族的变迁。时光汹涌，陈年的土壤被一茬一茬的植被覆盖，爷爷的名字越来越鲜少被人提及。眼前的花甲老人，真切地感到了个人力量的微薄与艰难。明知是时世前行不可抗拒的规律，却仍旧被无奈的情绪攫住。为爷爷留下些什么，几乎是爷爷去世后他思考最多的问题。

是的，我理解，彭赣东与哥哥彭大东自小远离父母，在爷爷奶奶的羽翼下长大成人，其间的情感，远非一般爷孙可比。何况，爷爷的一生，原本充满了奇迹般的英雄色彩。

将镜头拉回到1931年的赣南，那真是一个翻天覆地的春天啊。苏维埃政权在瑞金建立，赣南苏区广大的劳苦人民，无不被红色风暴席卷。他们看见了一个崭新的现实，一种叫作希望的光亮，并为之投注以火一样的热情。

"1932年11月，在家入团，证人彭祥坤；1933年4月，在家自动参加红军……"

一本纸页泛黄的自传手稿，忠实地记录着彭金高在时势激荡中的重大事件。一个普通的农村青年，睁开了张望世界的眼睛，逐渐接触革命队伍，并接受进步思想，加入共产主义青年团。紧接着，他参与苏维埃政府工作，参加打土豪分田地和反霸斗争，全身心地投入到新生活里去。他追随着时代的滚滚洪流，意气勃发。一条通往理想的道路在他眼前清晰地铺开：去斗争，去做自己的主人，去打碎旧的不公和旧的桎梏……

1933年6月6日，中共苏区中央局作出《关于扩大红军的决议》，强调必须执行中央局2月8日紧急决议中提出的"创造一百万铁的红军，来同帝国主义国民党军队作战"和"动员所有模范营模范赤少队整营整团加入红军"的号召。一时间，如火如荼的扩红运动遍及整个苏区，从十几岁的少年，到四十几岁的中年，纷纷走向了追寻平等和自由的队伍。

从自传可知，彭金高没有坐等别人来扩红，而是于1933年4月主动参加了红军。不仅如此，在前往瑞金集训时，他还从家乡带来了九条汉子。都是热血涌动的青壮汉子啊，谁能想到呢？他们经过半年整训，参加第五次反"围剿"战争，迎来的是无比惨烈的牺牲。

这，成为彭金高心中一生的痛。此后，当他在接二连三的战争中一次次目睹战友倒下，这样的痛更是有增无减。这或许印证了彭金高晚年鲜少提及往事的缘由，他不愿意一次次翻动那些不堪回首的伤痛，不愿意用别人的不幸来映衬自己的幸运。

是的，彭金高当然是幸运的。革命的旅程中，牺牲似乎总是如影随形。那些熟悉的名字和身影，在冲向险境的路途中渐次隐匿。他们出发的时候，谁不是意气风发，怀揣必胜的信念呢？可是一同投奔理想的十条汉子，最后只剩下彭金高一人跟随少共国际师踏上了长征路。在《西江镇志》里，记载着红星村三十八位有名有姓的烈士，从战火中幸存下来，并回到家乡的红军仅彭金高一人。

他幸运到什么程度呢？彭赣东举了一个例子：1949年彭金高担任副师长南下攻打白崇禧部时，整个师只有五个红军，彭金高是唯一走过长征路的中央红军。事实上，在艰苦卓绝的长征中，战士一直在断崖式地锐减。原本一万多人的少共国际师，到遵义会议时只剩下两千多人。当红军长征胜利到达延安后，活下来的中央红军只有六千多人。这其中，大多数是红军将领、家属或后勤、警卫。战斗在前线的红军战士，多已壮烈牺牲。而彭金高所在部队，一直担负着保卫中央纵队的重任。作为一名机枪手，他始终处在全军最危险的位置。他是火力点，是两军交战时敌人最狠命打击的目标。

彭金高能活下来，实在是一个天大的奇迹。更令人无法想象的是，历经土地革命战争、抗日战争、解放战争，血里火里，他竟毫发无损，从未负过一次伤。

## 三

与幸运相对应的，是无数次重难险急战役中的九死一生。

从第五次反"围剿"保卫苏区红色根据地的广昌、建宁保卫战，到长征中的湘江战役、四渡赤水、飞夺泸定桥、突破腊子口天险等战斗，一路走来，彭金高无不立下赫赫战功。

在《我的祖父彭金高》中，彭赣东写道："在整理祖父资料的今天，我看到祖父在战争年代竟打了那么多的仗，走了那么远的路，经历了那么多的生生死死，还顽强地活了下来，我真觉得人世间所有的文字都不足以表达我内心深处复杂揪心的感受。"

彭赣东记得，爷爷平时从来不看小人书，但他的柜子里却收藏有一本由电影《万水千山》改编的连环画。他将柜子牢牢地锁了起来，轻易不让孩子们接触。直到某一天彭赣东偷偷翻出来看，才知道这本小人书讲的就是红一军团红二师四团二万五千里长征的故事，重点讲了红军飞夺泸定桥惊心动魄的过程和爬雪山过草地的艰难险阻。那就是爷爷的亲身经历呀，难怪他宝贝似的收藏着。

原来，彭金高所在团正是杨成武任政委，王开湘任团长的英雄红四团。在彭金高的自传中，亦详尽地记录了飞夺泸定桥的战斗经历。稍有历史常识的人都对这次战斗耳熟能详，因为，这是攸关党和红军生死的战斗。甫一读到，便攫住了我的目光。

"为了迅速渡过大渡河，粉碎反革命前后夹击合围的阴谋，必须火速夺下泸定桥。我们左路军前卫红四团，就是在这紧急的情况下，迅速接受夺取泸定桥的任务的。"

九页薄薄的信笺，密密麻麻的由圆珠笔书写，许是写得快，抑或情绪激动，字迹略显潦草，不时还有错字。我一口气读下来，几千字的回忆录如行云流水，不加任何修饰，却分明将一场战役描摹得酣畅淋漓。是的，唯有亲身经历此役的人，才能如此生动而真实地再现那一幕幕惊险的场景。

"安顺场至泸定桥，全程三百二十里，命令规定，二天赶到。

路，是蜿蜒曲折的羊肠小道。东边是高入云霄刀劈一样的峭壁，山腰上是终年不化的积雪，银光耀眼，寒气袭人；西边是深达数丈，波涛汹涌的大渡河，稍不小心就有掉下去的危险……"

我的心战栗了，回想起某年夏天登明月山，在峭壁上抱着树干，吓得不能动弹的情景。我无法想象战士们需要怎样的英勇，才能克服层层的恐惧。

紧接着他们又遇到了倾盆的大雨和敌人的炮击，还有陡岩上的遭遇战，必经之路的桥梁被敌人毁掉。他们须一边打仗，一边砍树借门板搭桥。然而这一切都不算最难的，更艰难的任务还在后面。

"这时，军委又来了命令，限我们二十九号（就是明天）夺下泸定桥。从这里到泸定桥还有二百四十里，也就是说两天的路我们必须一天一夜走完……我们饿得直不起腰来，摸摸肩上的米袋，没有了。战士们饿了，就吃几口红薯干，渴了就喝凉水，就这样喝个饱，腰杆子一挺，继续赶路。可是，刚走不一会，肚子又咕咕叫，豆大豆大的汗珠，从脸上往下滚。特别是爬山，两腿像铁似的沉重。能走的就走，不能走的就拄着棍子，决心爬也要爬到泸定桥。"

倾盆的大雨仍浇头浇身，他们在又累又饿的情况下，和敌人抢时间，赛跑。经过整夜的急行军，胜利赶到了泸定桥。

"这一天一夜，除了打仗、架桥外，整整赶了三百二十里路，真是飞毛腿呀！"

轻松诙谐的语调背后，实则是对人类体能的极限挑战。无疑，他们创造了历史纪录。

摆在他们面前的是被抽去木板的铁索桥，还有敌人的枪林弹雨和冲天大火。彭金高虽然不是冲在最前面的二十二勇士之一，但他当时是团部机枪排的代理班长，无可避免地参与了激战。

"冲在前面的廖大珠帽子着了火，他扔掉帽子，光着头继续往前冲，其余的突击队员也紧跟着廖连长穿过火焰一直冲进街去，巷战在街口展开了。敌人集中全力反扑过来，二十二位英雄的子弹、手榴弹都打光了，形势万分紧急，眼看支撑不住了。正在这个严重关头，王有才连长带着三连冲进去了，接着团长率领着后续部队也迅速过桥进了城。经过两小时激战，两个团的敌人被消灭大半，剩下的烟鬼兵只顾逃命，鼠窜四散。黄昏，我们占领泸定桥，牢靠地控制了泸定桥。第二天，军团的主力来到了。"

以现有的史料，我们无法得知那一场战役究竟有多少红军战士牺牲。但是我们可以想见，在一场紧接一场的激战中，机枪手彭金高随时都有可能被枪弹夺去生命。作为主力前卫部队中的一员，他熬过了一天一夜不眠不休、饥饿难耐的急行军，在体力早已透支的情况下，越过敌军火力的重重封锁，活下来了。

淅淅沥沥的春雨濡湿着彭赣东的眼眶，也濡湿着我的心情。我们坐在宾馆舒适的沙发上，各自唏嘘不已。

## 四

极限的考验远未结束。接踵而至的，是穿越雪山草地。

1935年6月8日，红二师抵达四川境内，准备开拔北上，与红四方面军会合。为此，他们必须翻越夹金山，夺取懋功县。中央军委把这个光荣的任务再次交给了红一军团，红一军团则把为全军踏开一条雪路的任务，又交给了彭金高所在的红二师四团。

开路先锋，既承载着组织的信任，也承担着最危险的使命。

夹金山又名神仙山，位于宝兴县西北，懋功县以南，海拔四千多米。山上终年积雪不化，云雾缭绕，空气稀薄。这里气候变幻无常，时阴时晴，时雪时雨，忽而狂风大作，忽而冰雹骤降。没有道路，也没有人烟。

　　战士们来到夹金山脚下，仰望着覆盖山顶的大雪。当地群众见了，摇着头对他们说："雪山是过不得的。大雪山，只见人上去，不见人下来。"他们把雪山称为神山，说如果有人在山上讲话、说笑，触怒了山神，不是被冰雪埋没，就是被风暴卷走，只有仙女才能飞过此山。

　　尽管如此，红二师四团还是喊着"征服夹金山，当好先锋团"的口号，开始了翻越夹金山的壮举。

　　彭金高在回忆录中写道："开始上山时，我们这些南方没有见过雪山的人感觉还好，当我们爬到离山顶不远，头顶上云雾弥漫，时浓时淡，山风席卷着雪花，漫天飞舞。大家越往上走路越小，甚至没有路可走，坡也就越陡，空气越来越稀薄，呼吸越来越急促。战士们都上气不接下气，心跳加快，头昏目眩，感觉要呕吐。突然，我眼前一片漆黑，连人带枪一起向山下滑去，要不是被一个小坑挡住，要不是几位战友一把把我拉住，早就粉身碎骨了。战友们都为我的危险捏了一把汗。"

　　幸运之神又一次眷顾了彭金高，如果继续往下滚，他必定丧命无疑。在雪山上，他并非第一次亲眼看见战友的牺牲：有的人喝了一口雪窝里的水，就无声无息地倒下了；有的人被雪山的反光照射得头晕目眩，瘫倒在地，就再也起不来了；有的人已爬到了山顶，想坐下来歇一下，结果被冻僵，再也起不来了。后来，为了防止更大的伤亡，部队规定：不能抬头四处张望，防止晕眩；不能喝雪窝里的积水，防止中毒；视线不能超过三米，低头走路。

彭金高就是这样和战士们手拉着手翻越了雪山，到达阿坝懋功县的达维镇，与红四方面军胜利会师。

然而，两军的会合，并不能解决红军继续生存下去的问题，饥饿和疾病考验着中央红军。在藏民区，语言和信仰不同，红军的筹粮小分队屡遭袭击，筹粮陷入无比困难的境地。战士们有时一天只能吃到一顿青稞糊糊，他们几乎把一切可以咬得动的东西都作为食物填进了肚里，风干的牛皮、死马、野菜、野蘑菇……疾病开始流行，误食毒蘑菇的死亡事件不断发生。

"那时爷爷很瘦，吃不好。"说到这，彭赣东重重地叹息一声。时至今日，他已经对爷爷的革命经历作了详尽的整理，但是每每回忆起爷爷所受的苦，他仍然表现出作为至亲的极度难过。

在饥饿、瘦弱和疾病的交缠中，彭金高所在的红一军团二师四团，又作为开路先锋，从毛儿盖走进了荒无人烟的松潘大草地。

他在回忆录中描述了当时的艰难处境："不见山丘，不见树木，鸟兽绝迹，没有村寨，没有道路。长征路上，一直跋山涉水长途行军打仗，体力消耗太大。人人都是面黄肌瘦，拖着沉重的脚步向草地深处前进。开始每人每天有四两米，每顿二两，肚子还是整天饿得咕噜咕噜叫，经过几天的行军后，粮食吃光了。大家只好沿路找野菜充饥。后来野菜也没有了，就找草根吃，煮皮带吃。

"草地的天气变化无常，一天傍晚，忽然西面一团乌云向我们压来，不一会狂风大作，接着倾盆暴雨直泻而下，衣服被雨水打湿了，只能靠体温烘干。大雨过后，冰雹又下来了，打得大家都无处藏身，只好双手抱头掩面，任凭老天爷的摆布。夜晚露营时，更是寒冷难忍，大家只能挤在一起，背靠背围睡在一起取暖，忍受风雨的袭击。"

一路上，有人吃野草中毒而死，也有人沼气中毒而死。最痛苦的，莫过于眼睁睁看着身边的战友陷进沼泽泥潭。每当有人被吞没时，其他人不敢走过去救，否则都是死路一条。他们只能向难友伸去一根棍子，拉不上来也毫无办法。彭金高曾亲见一个战士在头顶即将被淹没时，高举双手，高喊着："共产党万岁！"这一幕给予他深深的震撼，也成为他面对无数难以逾越的险境时，还能够坚持下去的强大精神力量。

是的，在每天一边打仗，一边艰难前行，随时都面临着牺牲的情况下，唯有坚定的思想信念和百折不挠的精神，支撑着他走出草地，继续将革命进行到底。

五

从瑞金到四川，骨瘦如柴、发如干草的红军，就这样不停地走啊，走啊。机械地走，麻木地走，走到甚至不关心已经走了多少路，还将往前走多远。他们唯一关心的是，在什么地方能够停下来。如果没有命令，他们还会不停地走下去。

走着走着，他们当中就有人像被风吹翻的枯树一样倒在地上，再也站不起来了。这时，战友们做的第一件事就是检查死者的干粮袋。粮食，永远是生存下去的第一需求。可惜，大多数时候，死者的干粮袋都是空的。总是这样，掩埋好同伴的尸体，揩干净身上的血迹，活着的又继续朝前走。

说到这，彭赣东不禁又想起了一个故事：一个战士走着走着倒下了，迷糊中感到有人摸他的粮袋，于是死命地抱着不放手。摸粮袋的战士见他还活着，就放下粮袋，搀扶着他继续走。可以想见，这其中每一次的向死而生，都像是命运格外的恩赐。

彭金高要做的不仅仅是走，他始终是全军逢山探路、遇水搭桥的开路先锋，他必须扛着机枪，随时警惕敌人的进犯。天知道饥肠辘辘的他，是怎样面对种种难处和险急的。衣服，只有冬夏各一套，没有盐，也没有药品，所有的物资都极度匮乏。

在彭赣东絮絮的讲述中，我仿佛被一条垂在悬崖边的绳索牵住，不时陷入内心的恐慌。因为，彭金高所参与的战争和遭遇的危险，频密得几欲令人窒息。

1935年9月12日，中央政治局会议决定，将红一方面军主力和党中央、中革军委直属部队改编为中国工农红军陕甘支队，即北上抗日先遣队。

紧接着，彭金高便遭遇了腊子口战役。到达甘肃岷县境内白龙江边的莫牙寺，红四团接到命令："三天内必须夺取腊子口。"又是一次悬崖峭壁间的急行军，又是敌人在前头重兵把守。最难啃的骨头，最难拔的钉子，彭金高无一例外都遭遇了。

当团政委杨成武铿锵有力地发出动员："乌江、大渡河都没有挡住红军前进，雪山、草地也走过来了，难道能让腊子口给挡住吗？"彭金高在众口同声中坚定地说出："不能！"

是的，他们又一次赢得了胜利。经过浴血战斗，全歼了敌军的两个营。又有一些战友牺牲了，躺在竖起的新坟里。幸运又顽强的彭金高，还在且战且行中坚定地朝前进发。他冲在前头，翻越岷山，历经青石嘴激战。直到1935年10月19日到达陕北吴起镇，他终于完整地走完了艰苦卓绝的二万五千里长征。

在象鼻子湾召开的全军干部会议上，毛泽东对长征作了一份经典总结："我们从瑞金算起到今天，总共走了367天。我们走过了赣、闽、粤、湘、桂、滇、川、康、甘、陕共十一个省，经过了五岭山脉、湘江、乌江、金沙江、大渡河以及雪山草地等万水千山，攻下许多城镇，最多走了二万五千里。"

这其中的每一尺每一寸，彭金高都用双脚和生命丈量过了。

彭赣东还记得，孩童时期，他曾经似懂非懂地问爷爷："您在长征路上又行军又打仗苦不苦，吃的是什么，打仗多不多，累了在哪里睡觉？"爷爷有时沉默不语，有时只是含糊地说："小孩子现在不懂，长大了慢慢会知道的。"他多么希望爷爷能将他的战斗故事讲给自己听，这样，他就可以自豪地讲给小伙伴们听了。然而爷爷很少谈到自己，他总是说："一起参军打仗的人，能活下来就很幸运了。有的人牺牲了连尸骨都找不到，有的人连名字都没有留下来。"

战争的惨烈程度，远非出生在和平年代的我所能想象。我只知道，每一次战斗，都可能致命。一个无畏生死的机枪手，在漫长的征途和枪林弹雨中越发成熟。他从一个热切盼望入党的士兵，转为正式党员，还从机枪排代理班长，升任为班长。

当然，这些都不是最重要的，重要的，是活着，继续战斗着。

直到晚年，彭金高依然记得，当中央红军越过六盘山时，毛泽东曾经深情地对身边的指战员说："你们这些从江西熬到现在的红军战士，个个都是宝贝呀！你们是革命的种子，不久的将来要撒向全国去，那可是一大片一大片地开花、结果！"

时间将会证明，熬过了二万五千里长征的彭金高，果真成了革命的种子，新中国的宝贝。

# 六

事实上，长征胜利之后，距离中国革命的彻底胜利依然任重而道远。

战事频仍中，作为红一军团二师四团团部机枪排三班班长的彭金高，立即投入了直罗镇战役并取得战争的胜利。1936年2月，红一军团又由陕北东渡黄河，进入山西，开始了为期一百一十七天的渡河东征。几次重要战争，歼敌数量多，缴获枪支弹药设备也多，还扩红七千人，极大地改善了红军的装备，也唤起了当地民众。

直到1936年5月，彭金高才暂时从一线战场中抽身，获得近一年宝贵的学习时光。彼时，中共中央为培养和造就军事、政治领导干部及各类专业人才，在瓦窑堡镇成立了中华苏维埃共和国西北抗日红军大学（简称红大）。作为基层连队骨干，彭金高是第一批被选送学习的学员。他被分配在普通科，以军事学习为主。

这应该是彭金高命运的转折期。后来我才知道，红大的前身是1931年创建于瑞金的中国红军学校。一个从瑞金出发的普通红军战士，拼了命地征战至陕北，终于跻身干部行列，为此后军事指战员的道路奠定了坚实的基础。

事实上，学习期间的彭金高，并未进入真正的身心安定状态。由于敌人对陕甘苏区的经济封锁、军事进攻，一旦遇到紧急情况，他们随时需要搬家转移，也要参加战斗。粮食依然紧缺，他们经常要到外地筹粮，多数时候只能喝稀饭。

但这样的时光于彭金高而言无疑是幸福的。他在回忆录中写道：

"虽然在这里学习条件艰苦，但远离硝烟弥漫炮火连天的战场，我们十分珍惜这次学习的机会，学习态度还是积极努力的。"

努力的结果是，仅上过三年小学的彭金高，文化知识大为长进，能读书看报，还能阅读军事书籍。在往后越来越重要的军事岗位上，他学会了联系所有经历过的战斗，灵活运用军事技术和战术，及时总结战斗得失，最终成为一名极其出色的指战员。

红大学习结束后，彭金高回到部队，被任命为红一军团二师四团四连三排排长，开始了实际带兵工作。

在回忆录中，彭金高详细地记载了初次带兵的心路历程。从机枪排到步兵连，他感到经验不足，操练动作也不熟，一时不知如何是好，内心万分着急。他写到上级首长的关心，以及自己的心态调整与克服困难。

反复阅读彭金高的文字，我深感这位从赣南乡村出发的百战之将内心如此客观。他始终抱着谦虚和谨慎之心，始终不曾夸大个人的能力，始终直面自己的弱点并善于解决。或许，这正是他从首长位置回归家乡，立即自然而然地融入平民生活的缘故。

1937年7月7日，卢沟桥事变爆发，标志着日本侵华战争的开始，同时也是中华民族全面抗战的开始。

当年8月，彭金高被任命为红一军团二师四团机枪排副排长，算是回到了机枪老本行。形成抗日民族统一战线后，该团迅速改编为中国国民革命军第八路军一一五师三四三旅六八五团。

红军改编，所有的红军战士都经历了一番心理上的严重不适。彭金高在回忆录中写道："虽然陈光旅长把国共合作的重要性和意义都讲清楚了，但大家的心里像倒了五味瓶一样不知啥滋味。怎么把大家喜欢的红军两字去掉了？又把大家厌恶的国民二字加上了？这时的西安虽然是初秋季节，但我们的心里比爬雪山时还冷，大家的思想比狂风席卷着的黄土高原还要浑浊。"

其实，彭金高起初也认识模糊，亏得部队层层级级开展思想动员。于是，他一边调整自己的心态，一边做好战士们的说服工作。白天带兵搞训练，一早一晚则进行思想互助谈心。他摆事实，讲道理，直到战士们心服口服，穿上新军装，适应新名称，接受新任务。

经历了这次思想上的大转弯之后，部队根据现实需要进行了一次次改编，他都能安之若素。回顾自己的心路历程，他认为没有走弯路，是因为始终抱持着一个信念：跟党走！

1937年9月，彭金高带兵参加了史上著名的平型关战役，历时三昼夜，取得大捷。行笔至此，我不得不感叹，他着实是一名福将，从参加战斗以来，除了早期的草圩子、义县阻击战等几次战斗不利，几乎全都取得了战场上的胜利。

这些天，我仔细地梳理了彭金高在抗日战争时期的履历，发现他的工作和战斗经历变得极其丰富，工作能力在迅速成长，职务也随之较快升迁。

这期间，他从机枪排副排长一路走到新四军三师十旅二十八团团长的重要岗位。曾被抽调到地方搞扩军、抗日宣传工作，也曾被调到一一五师教导队度过为期六个月的学习，还参加了全军"整风"运动。当然，他做得最多的，仍然是带兵训练与指挥作战。

白彦战役，黄桥战役，曹甸战役，高沟、杨口战役，阜宁战役，淮阴战役……战事密集得令人咋舌。彭金高却愈战愈勇，屡战屡胜。他真切地感受到，这种一致对外的战斗，打得酣畅而解气，得到友军的有力配合及地方政府和群众的大力支持。

抗日战争之前，彭金高是一名优秀的机枪手，服从命令冲杀上阵。抗日战争以来，他是一名肩负重任的指战员，需要全盘考虑战局，以做出正确的应对。身份的多重转换，彭金高唯一不变的，是革命的初心，是为了新中国的实现和全人类的解放之理想。

就在他奔波于苏鲁豫，全身心地投入战争之时，1943年，他的母亲在老家红星村病逝。而他竟未能得知消息，更未曾返乡服丧，留下永久的遗憾。

值得一提的是，1944年12月，离家十余年的彭金高在苏北根据地，遇到了积极参加抗日斗争的新四军战士王英。二人相识相恋，经组织批准，结为夫妻。当时，部队有个不成文的结婚规定，叫作"二五八团"，即二十五岁以上，八年军龄，团职干部，可允许结婚。这些条件，彭金高全都符合。

婚后，王英追随彭金高南征北战。二人既是爱人，亦为战友，直至相伴终身。

## 七

与彭赣东的对话在午餐后紧锣密鼓地继续，我仿佛跟随着彭金高穿行在南北大地，替他悬着一颗紧张的心。战事如此频繁，我一度感到某种难以言说的晕眩。

我希望得到一个确切的数字："你知道爷爷总共参加了多少场战斗吗？"他使劲地思索了一会儿，又摇了摇头："真的数不清，大大小小，至少是几百场吧。太多了，实在是不计其数。"不过，他知道爷爷打得最好、最辉煌的战役，当属淮阴战役。

1939年至1945年，淮阴城被日寇占领，成为他们的屯兵之地，像钉在苏北根据地的一块毒瘤。六年多来，日伪军对苏北、苏中、淮北、淮南各根据地进行"扫荡"，都以淮阴城作为疏集中心。城内十万居民陷于水深火热之中，周围数百里无辜群众惨遭蹂躏，铲除这块毒瘤，早已成为苏北人民的热切渴望。

日军投降后，淮阴城由国民党汪伪军师长潘干臣部进驻。此时，国共两党的第二次合作走到了破裂的边缘，彼此对抗已成定局。淮阴城易守难攻，城内原有反动地方武装淮阴保安团和常备旅，总兵力达九千余人。他们据守在此，还拥有大量日军留下的武器弹药以及坚固的工事建筑。

1945年8月，彭金高任新四军三师十旅二十八团团长，受命带团解放淮阴城。此时的彭金高，已经是一位身经百战，经验老到的指战员了。他们先是肃清了淮阴外围据点之敌，兵临城下，直逼城角，严密包围了该城守敌。在攻城具体部署中，十旅又将主攻团的艰巨任务交给了二十八团。

彭金高对全团战士进行了广泛的思想动员，激发了战士们战斗的高涨热情。经过仔细勘察，制订了详细作战计划。他们选择了离城不远处的一幢小平房作掩护，在房子下面挖掘了一条直通城东北角炮楼底下的地道，并将五百斤黑色炸药装了满满一棺材，通过地道悄悄送到敌人炮楼底下，以备实施爆破。

据说，当时十旅有一个不成文的比赛：看谁第一个攻进淮阴城，把红旗插到城墙上。二十八团将士们一个个摩拳擦掌，立誓要插上第一面红旗。

总攻前夕，为保护淮阴古城免受战火之灾，新四军一直采取各种方式劝降潘干臣和伪军官兵。9月6日，郊区菜农张老汉主动要求进城送信，不幸被残忍杀害。围城军民群情激奋，于当日14时，我军发起了总攻。

二十八团炮兵们，用猛烈的炮火轰击着东门城楼。在火光中，彭金高举起望远镜，看到城门楼高高竖着的炮楼上有两处火力点，像一只凶恶的野狗伸出锐利的牙齿，严密封锁我军前进的道路。"摧毁它，绝不能让这只恶狗拦阻我军前进的道路。"彭金高一声令下，炮兵们迅速地一炮接一炮猛烈开火。攻城同时，二十八团一营二连爆破手李武林接到命令后，猛地拉动了导火线，轰隆隆一声威力巨大的响声，通过地道实施的重点爆破成功，城墙东北角火力点被炸塌。突击分队不等硝烟散去，立即利用爆破后的烟尘发起勇猛攻击。

这时，一营二连连长孙长福带领全连抬着云梯巧妙地躲过了敌人的机枪扫射，战士们呐喊着冲向东门城楼，冲在最前面的二连五班长突击队员曾家良高举红旗，第一个登上云梯，跃上城楼，把一面鲜艳的红旗插到东门城楼之上。

他们胜利了，实现了总攻前的誓言。诚然，解放淮阴城是各部队精诚合作的结果。但那一股勇往直前的士气以及有效部署及指挥的成就感，足以令彭金高久久回味。

事后，彭金高对淮阴战役战略战术和任务执行力的成功进行了条分缕析的总结。他在自传中写道——

"淮阴战斗之所以打得好，主要是：一、战前计划周密，部署得当；二、战前各项准备工作充分，一个星期的时间内，各级指挥员都把地形研究透了；三、兵力、火力配备布置合理，如按照实际地形垫高火力点等；四、土工作业，将坑道挖到城墙脚下爆破；五、突击队使用合理，一营二连、二营四连都是团的主力；六、各级干部在准备过程中，各负其责，求战热情高涨；七、行动迅速坚决，勇猛顽强；八、思想政治工作做得好，鼓舞了士气。"

言及此，彭赣东悄悄对我透露了一个小秘密："爷爷打仗时喜欢喝酒，总攻过程中他一边指挥作战，一边叫警卫员拿酒来。"俗话说："酒壮英雄胆。"果不其然。这一点，彭金高自然不会写进自传，只有身边的亲人最了解。爷爷极少对孙儿言及过往，彭赣东在奶奶的零星讲述中，牢牢地记住了这一个细节，并暗自得意。

9月14日上午，庆祝淮阴城解放万人祝捷大会举行。彭金高收获了新四军首长的嘉奖令和兄弟部队的贺电。二十八团因率先攻入城，对赢得战斗胜利起了决定作用，被新四军三师授予"清江部队"的荣誉称号，团内另有多位将士被记功或授予光荣称号。

这一仗，彭金高在苏北打出了名气，也为他此后与苏北结下不解之缘埋下了伏笔。

## 八

时间在滴答的雨声中渐次溜走，眼看已近傍晚。彭赣东在绵密的讲述中已经略显疲惫，我也是。

此刻，我已无意详尽描述彭金高所参加过的所有战斗。整个解放战争时期，他的足迹，遍布大半个中国；他的团队，已成为一支能征善战、无坚不摧的英雄劲旅。整整五年，除了半年时间在东北民主联军上级干部大队学习，他一直奔走在不停歇的战争中。

从陕北到苏北，到东北，又到江南，再到天津，彭金高带领着解放军官兵四处征战，几乎战无不胜，成为令敌人心惊胆寒的威猛将领。可以说，他所有的战绩和职务的升迁，都是凭真本事一路拼杀出来的。就在中华人民共和国在北京宣布成立之后的1949年11月，他还以副师长之职，带兵前往广西，奔袭迁江，攻占上思，消灭了白崇禧部，直到彻底解放广西。

在此后的和平生活中，彭赣东等后辈亲人不止一次好奇地问彭金高："你扛枪打仗，冲锋陷阵，敌人的子弹都打不中你，命运真不是一般的好。是不是有什么护身符，让你刀枪不入？"彭金高淡定地说："护佑我的，就是红军精神，消灭敌人的不怕死精神。"

他的实际作战经验越来越丰富，而他对自己指挥过的许多著名战斗又总是轻描淡写。后来我知道，作为一名部队军事干部，每次战斗，彭金高都喜欢将指挥所安排在靠近前线的位置。他这么做，为的是在第一时间了解战场变化，自然也增加了自身的危险。也许，在那种不怕死的精神加持下，他根本没有考虑过这个问题。

诚然，在无数的战争中，必定也有过一些失利。彭金高习惯于总结战例中的经验并吸取教训，以便在后面的实际战斗中取长补短。譬如解放四平战斗，我军曾发生过阵地失守，部队被迫退守长春的事件。他在回忆录中毫不讳言那些失败："部队直到前郭旗整训前，整天打、整天走，几天几夜得不到休息与调整，十分疲劳，使一些指战员对前途信心不足，产生了糊涂观念和悲观情绪，甚至出现了逃跑现象。"

因此，彭金高极其重视做好战士思想工作，安排适当的休整，以使战士们恢复体力，兴奋精神，补充新生力量，改善武器装备，更好地投入新的战斗。"八一"建军节前夕，他还建议部队组织文体竞赛活动，提高干部战士的身体素质、文化水平，使部队官兵精神面貌得到改变，提升了部队的战斗力。

1949年11月6日，当彭金高领兵沿湘、桂、黔边境向广西前进时，熟悉的道路和环境，勾起了他对往事的回忆。这条路，正是当年红军走过的长征路啊。所不同的是：当年，他是被国民党和地方军阀前堵后追，左右夹击的红军战士；今天，他是一名解放军高级将领，率领着胜利之师，追歼当年追堵红军的湘、桂敌军。十五年光阴流走，同一片土地，一切恍若隔世。无论是他，还是部队战士，都从心底里油然而生一种翻天覆地的自豪感。

如前所述，一一七师囊括的四个红军连队，彭金高是唯一从瑞金起点走出，并完整走过长征路的中央红军。自然，他也是经年以后，唯一重新踏上这条长征路的红军。

这时，长征时所经历的苦难一一萦绕心间。他想起了大仗小仗中在战斗中牺牲的同志。他们有的战死沙场，有的负伤生病掉队，被敌人杀害，有的在夜行军时掉入山崖摔死……内心不禁充满了伤感。

三五〇团团长韩曙问彭金高："彭副师长，你想过没有，今天还能重走当年红军走过的路？"

彭金高不假思索地说："我没有想到我能活到今天，而且能重走当年走过的路。但我想过，红军总有一天会回来，也有人会重走这条长征路，等革命进行到底，取得中国革命的彻底胜利。"

是的，这一次，他不仅重走了长征路，还以摧枯拉朽的战斗气势，取得了广西战役的胜利。这时候，他早已不是当年那个需要隐姓埋名的红军战士，而是一个可以扬眉吐气的解放军将领了。1950年2月春节期间，在阔别家乡十七年以后，彭金高从休整地郴州入赣南，第一次回返红星村，见到了暌违太久的老家亲人。

许多的细节，彭赣东都是在后来听红星村的老人讲述的。他们说，彭金高当时带了一个班的警卫战士回去，因为新中国成立初期，地方上还有许多土匪流窜。尤其是盘踞在西江的那个土匪头，原是国民党某团长的警卫员，枪法很准。团长去台湾后，他就留在当地做了土匪，曾经打死过一个西江的南下干部。天下并未完全太平，他们不得不随时防备。

这一次，彭金高的妻子王英随同归乡。我无从知晓，彭金高如何处理了两任妻子的关系。他的年谱大事记中写着这么一句："因为战乱，为了不拖累家庭，参加革命后脱离关系。"事实上，十七年的离别，血与火的洗礼，曾经的彭多灶已彻底蜕变为现在的彭金高，他与前妻的关系已然斩断。

彭赣东说："会昌的奶奶终身没有再嫁，最后是堂伯父送的终。"1950年，彭金高唯一的儿子正好年满十八。儿子是她一手拉扯大的，她一定曾经期盼过什么，但在漫长而艰辛的岁月中，她或许早已麻木。当她的丈夫带着新妻子出现在眼前，她只有面对现实，最终沉默认命。

我想起赣南作家卜谷采访创作的长篇纪实文学《红军留下的女人们》，心中充满了悲伤。她是赣南众多红军留下的女人中无比平凡的一个，命运没有给她最好的结局，仔细想想，似乎也不算最坏。

## 九

新中国成立之后，征战日久的华夏大地，百废待兴。举国上下，无不期盼着从此岁月静好、安居乐业。中国人民解放军刚刚停下来喘了口气，抗美援朝战争又打响了。

1950年10月，彭金高所在的三十九军作为中国人民志愿军，同接受命令的其他部队一同跨过鸭绿江，进入朝鲜作战。无疑，被选中的部队均为作战经验丰富的精锐之师。这一年，彭金高三十九岁了。他打了十八年的仗，从士兵到将领，仍是那个手握机枪冲锋陷阵的勇者。

从红军长征到解放战争，一直身处一线的彭金高从未负过伤，几乎堪称中国革命史上的奇迹人物。然而进入朝鲜之后，作为高级将领的他，本可以处于相对安全位置的他，却连续两次遇险负伤。

1950年10月25日，三十九军召集第一次全军指战员开会，确定作战计划。根据安排，一一七师负责在鹿峰洞阻击敌人。黄昏，时任一一七师副师长的彭金高，与师长张竭诚和政委李少元，在前往鹿峰洞与四十军对接协同作战的路上，遭到了敌人巡逻分队的袭击。

这是三十九军入朝以来的第一次交火。敌军来得太突然，他们朝着吉普车一阵猛射，导致司机中枪，车子着火燃烧，三位指战员身上也着了火，形势万分凶险。所幸三人均是血里火里杀出来的骁勇善战之将，他们不仅指挥能力出色，单兵作战的素质也非常高。

三人当即依据经验伏在地上打滚，将火灭掉。紧接着，他们又伺机匍匐前进，从吉普车后备厢里取出事先准备好的三把冲锋枪。三个人一人一枪，趴在地上向敌军还击。彭金高是全军著名的机枪手，在他的点射下，敌军数名士兵当场被击毙。张竭诚、李少元也都是百战老兵，在他们的打击下，敌军被打得抬不起头，一时难以摸清我方的虚实，只得寻找掩体，与三人展开对峙。

不久，志愿军一个团的兵力赶了上来，联手击退了敌军巡逻队。三十九军军长吴信泉与副军长谭友林听说他们遇敌之事，大为震惊，亲自驱车前往现场查看情况。他们看见彭副师长和司机受伤，但无大碍，师长张竭诚、政委李少元毫发无损，心中的石头才算落了地。

第一次交火，以我军胜利告终。若非三位指战员作战经验丰富，此番遭遇战后果不堪设想。

战争是残酷的。1951年2月，抗美援朝第四次战役打响。时隔四个月，刚刚伤愈不久的彭金高，在横城反击战中再次负伤。

这是一次大规模的两军交战，彭金高所在的三十九军一一七师，创造了中国军队在朝鲜战争中一个师在一次战斗中歼敌最多、缴获最多的纪录。当然，历史留下的，往往是大方向和粗线条的战事轨迹。有时候，仅一句胜利或失败便可一言以蔽之。只有身处其中的人，才能体会到其中的惨烈；只有伤亡者的亲人，会为具体的某一个人揪心和疼痛，并长久地纠结于个中的细节。

彭赣东说到这起负伤事件，是无比难过的："一颗炸弹在爷爷身边炸开，他的棉帽护耳被削掉一边，左腿被剜了一块肉。"是的，他清楚地看见过，爷爷的小腿上，留有一处硬币大小的伤疤。在爷爷晚年时，彭赣东无数次替爷爷洗脚、修脚，无数次抚摸过这块伤疤，并无数次替他暗自疼痛过。

事情发生在一个有月光的夜晚。一一七师领受任务，迅速插到敌军后方，切断敌人逃跑的退路。他们渡过汉江，经过连续两个夜晚的行军，终于接近了目的地龙头里。美军的夜航飞机在上空连续轰炸，形成一道严密的封锁线。在组织部队通过封锁线时，两架敌机发出刺耳的尖啸声，俯冲下来一阵疯狂扫射和投弹。其中一个炸弹落在彭金高身边，轰炸声震耳欲聋。他一边大喊"卧倒"，一边扑倒在雪地里。与此同时，一块弹片正中彭金高的左腿。

悲伤的是，在这一场轰炸中，师政治部主任吴书胸部和头部被弹片击中，身负重伤，不幸牺牲。当时，彭金高与他相隔仅咫尺之遥。

"炸弹爆炸时，弹片是往上开花的，所以立即卧倒是最好的办法。"没有当过兵的彭赣东，在多年潜心研究爷爷的战争史后，竟掌握了这么多作战知识。爷爷的战斗经验丰富，这无须讨论。我们讨论的是，爷爷几次负伤，于他而言，是幸还是不幸。

我在想，也许幸运之神仍然是眷顾着彭金高的。历时近三年的抗美援朝战争，多么惨烈多么无情。中国人民志愿军先后投入兵力二百多万，其中人员伤亡一百多万。那些死去的将士，是别人的儿子，别人的丈夫，别人的父亲，也可能，是别人的爷爷。从这个意义而言，每一个活着回到祖国的人，都无比幸运。

## 十

就在彭金高奔赴朝鲜战场的同时，他的妻子王英一个人经长途旅程来到红星村，专为将彭金高的儿子接到身边生活。彼时1932年出生的彭祥镛年仅十九岁，还在当地做挑夫。由于家中生活一直艰苦，他没怎么上过学。除了种地，出卖苦力，他几乎看不到任何别的出路。

没有人知道，王英是怎么和彭祥镛的生母谈的，这位母亲又是怎么答应将自己朝夕相处的儿子拱手相送的。但是所有人都知道，当她唯一的儿子远行千里之后，她在这个世界上，就真的是孤零零的一个人了。所有人也都知道，儿子只有送到父亲身边，才会过上更好的生活。

王英给彭祥镛的生母留下了几十块大洋，带着他走了。他们返回位于辽宁沈阳的一一七师留守处，组成了一个新的三口之家。此后，王英终身未生育孩子，她待彭祥镛如同己出，承担了撑持整个家庭的重任。那时候，部队实行按人口供给制，小孩越多，津贴越多。一个战友生有多个女儿，想送一个给她带养，她没有要。也许，在她心里，彭祥镛已经是她的亲儿子了。这一生，她为彭祥镛操办婚姻，在他婚后远赴四川工作时，仍不断为他补给生活所需，还将孙辈彭大东和彭赣东带在身边，抚育长大。她为彭家几代人的大小事务四处奔波，终获圆满，赢得全家人发自内心的敬重和爱戴。

言及此处，彭赣东一度声音哽咽："奶奶是家里的顶梁柱，一直把我们当亲生的孩子，为这个家庭做出了很大的牺牲。"

此去经年，我无意评述这两段婚姻中的是与非，时代风云变幻之下，命运写满了阴差阳错。这两个女人，无论哪一个，都在我心中活成了大女人的形象。作为男人的彭金高，仍旧是一个幸运的人。

1951年4月，伤势还没完全恢复的彭金高就心急火燎地返回了朝鲜战场，继续烽火连天的日子。同年8月，他被任命为中国人民志愿军三十九军一一七师师长。直到1952年8月回国，他的征战史方才宣告结束。从土地革命战争、抗日战争、解放战争，到抗美援朝战争，从中国工农红军、八路军、新四军、东北人民自卫军、东北民主联军、中国人民解放军，到中国人民志愿军，在战事中足足辗转二十年的他，战斗履历实在太丰富，太厚重了。

彭赣东向我展示了一枚朝鲜民主主义人民共和国自由独立二级勋章，上面印着一行朝鲜文字，那是彭金高用鲜血乃至生命换得的至高荣誉。在彭家，至今还保管着大大小小几十枚勋章，有三级八一勋章、二级解放勋章、二级红星功勋荣誉章……他们在时间中暗淡了表面的光泽，却不曾改变珍贵的质地的内在的光芒。

战争给这个家庭带来了相应的光环，也留下了太多的疼痛。彭赣东说："我参加工作，学会吸烟后，奶奶给了我一个抗美援朝的纪念烟嘴，那是1952年中国慰问团到朝鲜送给爷爷的，玉质烟嘴上刻着'祖国——我的母亲'几个字。而爷爷因为长征时经常饥一顿饱一顿，落下严重胃病，不得不把烟戒了。"

彭金高的所有病痛，体会最深刻的是妻子王英。1995年，她在怀念丈夫的文章中写道："朝鲜战争结束后，金高的体重只有四十五公斤，一天支持不了几个小时的工作，每年都要住上七八个月的院。长征时他就得了胃病，犯病时吃啥吐啥，身体十分虚弱。"

小时候，彭赣东接触过不少抗美援朝战利品，那是中国人民志愿军缴获的美军指南针、收音机、罐头、睡袋、大衣等。哥哥彭大东幼年因一场疾病影响了大脑发育，导致思维有些迟钝，他极度仇恨美国，把收音机、指南针拆了盖子，剪了线，全都砸毁了，如今只剩下一件大衣作为纪念品躺在彭家的柜子里。彭赣东感到无比痛心："从前不懂事，许多东西不知道珍惜，失去了才知道它们的宝贵。"也因此，他将爷爷留下的所有物品都拍了照，尽己所能地妥善保管起来。

当年的彭金高，却把名利之事看得很轻，他甚至将一个可以别在胸前的勋章给彭大东的孩子玩，损坏了也不生气。1955年，中国人民解放军首次实行军衔制，彭金高被授予大校军衔。那时，他正在中南军区汉口高干班学习，许多同学都说，如果他还在三十九军，至少应该是少将军衔。彭金高总是一笑置之，他说："干革命不是为了当官，那么多同志牺牲了，有的连名字都没有留下，比起他们，我幸运得多。"

退休以后，彭金高无比热爱着含饴弄孙的生活。他放下陪伴了多年的枪，似乎将整个的战争年代都藏了起来，阻挡在孙辈的视线之外。他在他们的头顶撑起一把大伞，小心翼翼地护卫着他们平安长大。翻阅彭金高的旧照片，发现他露出笑容的极少。唯——张是老年的他抱着一个幼稚的小女孩，笑得合不拢嘴。彭赣东说："那张照片摄于1992年，怀中的女孩是我女儿，也是爷爷最小的曾孙女。"那时候，彭金高已经完全是一个慈祥的老头儿了。

他曾经是冲锋在前的机枪手、叱咤风云的指战员、军分区的司令员、炮兵学校的副校长，但他最渴望的应该就是这种幸福而安宁的生活。所幸，他真正地拥有了这一切。

<h2 style="text-align:center">十一</h2>

如果彭金高不是去参加红军，而是留在红星村终老，必定会是个种田的好把式。

1969年，离休后的彭金高响应中央分散安置老干部的号召，携家带口从沈阳回到江西落户。因为瑞金县城离会昌县西江镇很近，他选择了瑞金。

他们的住房前面，有一块无人开采的空地。彭金高带领家人，开垦出一块像模像样的菜地，又买来竹子扎好篱笆，种上瓜果蔬菜。那些辣椒、茄子、芋子、红薯、向日葵……在他的精心侍弄下，长得郁郁葱葱。他每天就在这菜园子里转悠着，看着自己种下的果蔬一天天地开枝散叶、开花结果，心中无比惬意。他还将种菜当成教育孙儿的实践性教材，用行动引导孩子学会劳动并享受自己的劳动成果。

此事彭赣东在《我的祖父彭金高》中有过描述："他不顾年迈，保持着一股特别能吃苦，特别能战斗的精神，像指挥一场战斗一样指挥我们小辈翻地播种、挑水浇菜，不完成任务不罢休。一方面培养我们从小爱劳动的习惯，另一方面让我们身体得到锻炼。一年四季，菜园里都挂满了劳动果实，我们深深地感觉到劳动的愉快和幸福。"

回归赣南后，彭金高还热衷于为家乡做一些实事。据彭赣东回忆，那些年老家红星村的村干部和村民走马灯一样地上门来找爷爷。造桥、建水库找彭金高，购买农机也找彭金高。他们叫他彭师长，大事小事，都盼着彭师长出面解决。奶奶则忙乎着招待那些老家来人，客人来得多，有时候一餐饭要分开做好几次。那时交通不便，晚上还得安排客人住，十分辛苦。

红星村的村民们，记住了彭金高的好。在他的帮助下建起来的白马坝水库和红星桥，至今仍在红星村发挥着作用。两个大项目的立项和建筑资金的申请，都是彭金高亲自争取到的。几张黑白照片，记录着彭金高为家乡捐赠农机的往事。那是彭金高亲自到东北机床厂购买的，一台手扶拖拉机大约价值两千元。彼时他的工资是每月二百四十元。照片中，时任西江公社书记周泽民、红星大队书记彭同洋和一些村民，喜气洋洋地站在彭金高身边。是的，他们有理由高兴。要知道，一台手扶拖拉机和一台粉碎机，在20世纪70年代初，为当时红星大队的农业生产，节省了多少劳力，创造了多少价值。

盛情难却时，不爱声张的彭金高也为瑞金的中小学生讲讲课，或在军训中指导一些军事技能。但这远不是他的爱好，他最喜欢的，是穿梭于菜园子里，与那些瓜果蔬菜一同吸纳天地间的清爽之气。有闲暇时间，他就埋头写他的回忆录。写好了一些，锁进箱子里，像对待军功章一样，轻易不示人。他实在过于低调，以至于有很多年，彭赣东对爷爷的身份没有特别的感觉。在少年彭赣东的眼中，爷爷喜爱种菜，生活自给自足，平时严格地管教着他们兄弟，和别人家的爷爷没太多不同。唯一与众不同的是，他对孩子的管教，近似军事化管理，规定晚上七点半前必须回家，谁也不能违逆。他教育他们不要犯事，当孩子之间发生了矛盾，从不利用个人身份为孩子说情或撑腰。

晚年的彭金高始终保持着部队的学习习惯，他和同在瑞金的离休老军干邓海山、邓良珍、顾玉林组成了一个学习小组，四人轮流坐庄，共同学习文件，阅读报纸，交流思想。他们的认真程度，丝毫不亚于退休以前。

有将近十年的光阴，彭金高一家的居住地，就在我的公公工作的瑞金广播电视局旁边。当时，彭金高家是两个老人带着两个孩子，老的老，小的小，加上彭金高身体不太好。公公及同事们关心着他们一家的安危，从广播电视局拉了一根线连到彭金高家，告诉他有危险可以立即按铃。

这个铃到底用没用上呢，我们无从知晓。但彭金高记挂着邻里之好，也从不摆老干部的派头，生活中朴实得和寻常老人没什么两样。先生至今记得，小时候常在彭家玩耍，两家人相处得如同至亲。后来，他们举家搬迁到苏州，先生仍与他们保持着联系。

多年以后，我调到瑞金文学艺术院工作。办公的院子，就在彭金高曾经的居所对面。每天都从那一排破败的平房前经过，那里冷冷清清，杂草已攀上了墙头。我没有想到，里面竟住过一个开国大校，更没想到，我竟会与之发生时空上的交集。

再后来，旧城区改造，那排房子被拆除，取而代之的，是一个新生的小区，一幢庞大的新楼。大校生活过的痕迹，以及经营过的菜园子，彻底消失在了岁月的尘烟中。

## 十二

是啊，世间有太多的消逝，如此不由人分说。

这或许正是彭赣东急切地整理爷爷一生经历，并补全自传手稿中缺失内容的缘故。他回忆着祖父生活中的点点滴滴，从祖父留下的资料、笔记中寻找蛛丝马迹，阅读与祖父战斗过的部队相关的书籍和文章，从祖父的老首长、老战友回忆录中撷取祖父经历的往事，终于将祖父的革命人生经历大致呈现了出来。

他仍然觉得不够。那份珍贵的自传手稿，已经发生了一些损坏，不知道怎样才能将之保管得更好，或者说永久地保管好。他害怕失去，害怕爷爷的戎马一生最终消失得无影无踪。1994年，亲密相处了三十年的爷爷，以八十三岁高龄辞世。1997年，一向硬朗的奶奶王英突然查出患有癌症，三个月后匆匆离世。

临终前，奶奶立好遗嘱，整理出很多老相片，一把火烧了。她在世时，写了不少关于彭金高的回忆录，可惜再也无法继续了。彭赣东不知道奶奶为何要烧掉那些相片，只是觉得惋惜。他知道，许多事情如果他不去做，往后恐怕没人会去做了。尤其是在唯一的女儿出嫁，自己也步入老年后，他更加感到了光阴的汹涌、失去的恐惧。

2013年，淮安市淮阴区刘老庄烈士纪念园筹办负责人朱爱民在网上发布消息，寻找彭金高后人，需要一张照片用于馆藏展示。彭赣东结识了朱爱民，为着了解爷爷生前战斗的经历，他们时有交流。2020年，彭赣东因为看不懂爷爷自传中的一个问题，需要求证历史事实，就将爷爷的自传原件拍照给朱爱民看。朱爱民知道了这份手稿的存在后，建议彭赣东将之捐赠给淮阴方面相关部门。

想到爷爷在苏北战斗过五六年，并且在当地树立了赫赫威名，彭赣东有些心动。他知道，如果将手稿留在家里，在他身后得不到妥善保管，也许最终成为废纸一堆。时间催逼着他，必须要考虑这些事情了。他曾经想是不是该把手稿捐给纪念园，但他多了一个心眼，问捐到哪里保存的时间长。对方说是档案馆，因为纪念园主要用于展出，档案馆的功能则是保存，于是他毫不犹豫选择了档案馆。

2021年3月18日，恰逢淮阴举办"刘老庄连八十二烈士殉国七十八周年暨建党一百周年"纪念活动，彭赣东带着女儿依约来到了淮阴。1943年，彭金高在新四军三师十九团三营任营长，英雄的刘老庄连便同在十九团。

当彭赣东3月10日接到活动通知时，立即推掉了原定的外出安排，毅然选择参加纪念活动，并在这次活动中将爷爷的手稿捐赠出去。他决定以女儿彭璨的名义进行捐赠，也许仍是为着流年似水的缘故。他希望，爷爷光荣的一生，能够在家族中代代相承。

当他向我描述当时的场景时，仍按捺不住内心的激动。捐赠仪式正式而隆重，许多记者端着摄像机在现场采访，彭赣东也被记者们围住，接受了好几个采访。那天，他们签订了协议书，举行了捐赠仪式，彭赣东将爷爷的手稿交付出去，淮安市淮阴区档案馆为彭赣东父女颁发了收藏证书，上面写着："承蒙馈赠新四军三师将领彭金高《生平自述》资料一册，所赠珍品，现已收讫。深荷厚意，特发此证，以表谢忱。"

手稿原件尘埃落定，他长舒了一口气，仿佛完成了生命中的一件千钧大事。当然，在捐赠之前，他没有忘记将爷爷的手稿进行复印，以便自己查找资料并在家中备份保存。

现在，他又将这些端到了我的面前。仿佛向我和盘托出之后，在时间长河中为爷爷留下印迹的愿望又多了一层保障。在熟悉的故土之上，那些渐行渐远的往事总是更容易浮出记忆的水面，变得愈发清晰而真切。

他拍下的手稿彩色复印件里，仍保留着原稿的那种古旧痕迹，许多纸页已经泛黄，许多字迹还需要仔细辨认。其中一部分，还有奶奶代写的迹象。是的，彭金高文化水平不高，文稿中甚至还有许多同音字、错别字。战友的名字，大多是从方言记忆中脱胎为汉字。譬如他在某段时期的见证人潘凤基，在查证后发现真名是潘凤举，另一位写着罗花生的，真名应该是罗发生。

彭赣东仔细地向我解释着，生怕我因此而造成写作上的谬误。事实上，在通读彭赣东提供的所有材料之后，许多画面栩栩如生地向我铺展开来，彭金高的身影已经由远而近，他的形象也由模糊渐至清晰。我仿佛在看一部情节丰富的电影，追随他经历了一次又一次艰难的跋涉。那些惊魂未定的战斗情景，总是牵引着我的心潮随之跌宕起伏。我承认，这位见证过新中国成立全过程，应属全军战斗经历最丰富的开国大校，不仅走进了我笔下，也住进了我的心里。

我一张一张地翻阅过彭金高从青年到老年的照片，看见他战争年代时两腮深陷又英气逼人的样子，也看见他步入老年后天庭饱满而平静祥和的样子。从生命的来处到去处，他画了一条无比曲折的线路，最终以一捧灰的形式魂归故土。他完成了生命的终极意义。

如今，枪声已然遥远，空气中弥漫着湿润的气味，我从长久的伏案中坐起身来，忽然想到，我们坐拥的所有和平，抑或幸福，都是彭金高们当年所期盼并拼命争取过的。

我长舒了一口气，轻轻闭上眼睛，恍惚看见许多的道路从历史深处延展开来，向着时间的无尽处延伸。

# 一位老红军的百岁人生

春末夏初，风轻云淡，循着一股金银花的清香，我走进了瑞金市沙洲镇七堡乡兰屋小组的一座百年老宅，百岁老红军蓝益山就住在这里。看见他时，他正坐在院子里的一张竹椅上，细心地挑拣着簸箕里的金银花。只见他精神矍铄，身板硬朗，视力尤其惊人。

看到我过来，蓝益山十分兴奋，不经提问，自己便滔滔不绝地说起发生在贵州遵义的往事。其记忆力之好，思维之清晰，叙述之条理，让人不禁啧啧称奇。说起长征途中的万般艰辛，他朗朗地念出一首诗来："铁石肝肠魂断兮，出生入死在遵义。长征途中千般武，烈日冬霜四海知。花口伤在左大腿，无可奈何归来兮。躲藏深山十余载，盼得解放享太平。"

一首七言诗，简洁地概括了蓝益山艰难而光荣的一生。

一

1912年正月初十，蓝益山在沙洲乡七堡村的一个贫苦雇农家呱呱坠地。他的父亲五岁时，由奶奶带着从外地改嫁过来，父亲从小就是一个寄男子，没有自己的根基，没有自己的田地，也没有自己的屋子。兰家，是整个七堡村最穷的人家。蓝益山兄弟五人中，蓝益山是最小的一个，打小也是最聪颖的一个，父亲和兄长们咬咬牙，用交租后省下的一点谷子，换了钱供蓝益山上了六年私塾。读四书五经，老师教过的全部要背诵，蓝益山是私塾里学习最好的孩子，他的背诵总是一百分，从来不用挨先生的板子。

十七岁那年，村里让蓝益山去教书，蓝益山当上了小先生，带着一群孩子摇头晃脑学四书五经。那时候，爱读书的蓝益山过得很快乐。但是好景不长，1931年，国民党在村里疯狂地抓壮丁，十六到四十岁的男性，一个不留，大凡青壮年男性，全都四处躲藏。有钱有势的人家还好，抓住了可以拿钱赎，蓝益山家一无钱二无势，兄弟五人只好半夜偷偷地从后门逃出，躲到远房亲戚家。伪保长带着一批人气势汹汹来封门，叫嚣着要全部抓走，连老母亲都不得进门。担心国民党再来抓壮丁，蓝益山的亲戚只好把他的年龄瞒小，对外称是十四岁。直到苏维埃政权在瑞金成立，村里"红"了过来，他们才敢回到家里。

自此，蓝益山兄弟对国民党埋下了满腔仇恨的种子。蓝益山回到私塾教书时，就经常教育孩子们："还是红军好，赶走国民党，贫苦农民不受欺负。"那时候，蓝益山已经长成一个身强力壮的小伙子，一米七五的身高，一个人的力气能顶俩。普通人用两只手共同使劲，都不能抓住他一只手。全村同龄的小伙子，没有一个人有他力气大。开玩笑打斗时，只要被他抓住了，没有哪个可以从他手中脱逃。红军来到村里时，有什么需要帮忙的，蓝益山总是不吝惜力气，跑前跑后，像是半个红军似的。

1934年2月，红军在村里征兵了，蓝益山知道后，十分高兴，满腔热情地响应红军的号召，第一个报名参军。不仅如此，他还说服几个哥哥一起报名参军："国民党坏事干尽，让我们无家可归，我们一起去把他们打倒吧！"结果，他们五兄弟有四个都参加了红军，只留下一个在家陪伴老母亲。村里的青壮年男子闻讯也纷纷报名，一时间，送出亲人当红军的场面在全村热烈上演。曾经为躲壮丁瞒报年龄的蓝益山，扔下了多年的教书之职，雄赳赳气昂昂地参了军，知情的人们，纷纷打趣他说："你可是'大种儿童团员'哟！"

## 二

刚刚参加红军，蓝益山被编入红一军团一师二团二营四连三排步兵九班。还没来得及习练枪法，蓝益山就开始走上了战场。队伍拉到福建清流，随即遭遇了国民党的围追堵截。新入伍的战士每人只发给三发子弹，没有配枪，得靠打仗消灭了敌人缴获的战利品补给。战场上，随时都有可能牺牲，蓝益山凭着自己的机智敏捷，数次死里逃生。渐渐地，他掌握了一些规律，子弹发出"啾啾"声的，一般从头顶飞过，而发出"嗖嗖"声的，则打得很低，十分危险。

为了躲避敌兵的追击，队伍每天都要夜行军，走的路一般选择偏僻小道，极其难走。日间则躲在深山丛林里。国民党仗着通信发达，四处"围剿"。在福建省连城县朋口镇，蓝益山所在部队与敌兵遭遇，两兵相接之时，竟拼起了刺刀，蓝益山抱着不怕死的念头，奋勇杀敌，连挑四名敌兵而自己毫发未伤。可惜的是，同村的一个刘姓青年却在那场战役中再也没有起来。蓝益山不禁失声痛哭，可是时间紧迫，他只能强忍悲痛，抹干泪水，草草地掩埋了他，又匆匆地跟着部队前进了。

由于王明一意孤行的"左"倾教条主义的错误领导，中央红军未能打破国民党军第五次"围剿",为保存充分的实力,红军被迫退出根据地,进行二万五千里长征。1934年10月,蓝益山跟随红一方面军从瑞金出发,渡过于都河,向湘西进发,开始了悲壮而又前途未卜的漫漫征程。此后,几乎平均每天就有一次遭遇战,其间经过无数次激烈的战斗,红军就在这无数的战斗中且战且行。由于国民党装备精良,兵力强大,一路追击红军队伍,导致红军伤亡惨重。在安远县和信丰县交界之处,蓝益山所在连又一次遭遇战役,战斗打响后,班长带着战士们冲锋,不幸中弹牺牲。群龙不可无首,三排长当即火线提拔蓝益山担任九班班长。

经过二十多天的作战,红军先后突破了敌人的三道封锁线。但是红军战士死伤惨重,前进的路越发艰难。这时蒋介石已判明红军西进的企图,于1934年11月20日任命湖南军阀何键为"追剿"军总司令,指挥二十五个师的兵力,分五路"追剿"红军,同时令贵州"剿共"总指挥王家烈派出主力部队到湘黔边界堵截,企图将红军"歼灭于湘江、漓水以东地区",并手谕前线各部队:"力求全歼,毋容匪寇再度生根。"长征队伍甫一开始就遭遇了整个长征途中最残酷的一仗——湘江战役。在这一场战役中,蓝益山所在连由一百多人锐减至八十多人,三排长壮烈牺牲。连长看中蓝益山头脑灵活,作战英勇,任命他接任三排长的职务,带领战士们继续战斗。

红军强渡湘江之后,蒋介石仍不死心,一路追剿。1935年2月,红军挺进贵州省遵义市桐梓县,蓝益山部队作为主力,又一次与敌军遭遇。狭路相逢勇者胜,红军将士硬是用刺刀、手榴弹打垮了敌军一次次进攻。就在战斗进行到最激烈的时候,蓝益山看到身边的一位小战士左手中弹,痛得嗷嗷直叫,惊恐之余,一下子竟然忘了躲避。蓝益山迅速地跳起来，将小战士拉入军事防御地带。因目标被敌军发现，一串子弹从对面猛烈地射过来，啪啪地打在他们身边的石头上，其中的一枚从坚硬的石头表面弹射出来，正好穿过蓝益山的大腿。所幸仅穿皮肉，但横穿的伤处足有五六寸长。

战斗结束后，由于红军缺医少药，蓝益山只好自己处理伤口。他磨利了随身携带的一把小刀，咬紧牙关将伤口割开，硬是自己将子弹取了出来。没有药敷，伤口疼得难以忍受，而部队又正在急行军之中，蓝益山用顽强的意志力，继续跟随部队前进，连长见他实在难以行军，便劝他暂时留在当地的老表家养伤，等伤好了再来接他。蓝益山听从了连长的安排，接过连长给他留下的七个银毫子，就此与红军作别。他没有想到，这一别，就再也没有找到红军了。

## 三

天气寒冷，蓝益山仍旧穿着一双草鞋，参军时母亲塞给他的一双布鞋却不舍得拿出来穿，一直背在包袱里。桐梓县一个名叫蒙万发的善心老人收留了蓝益山。老人是一个斋公，未婚娶生育，见蓝益山长得高大标致又孝顺，便想让他留下来当儿子。迫于无奈，蓝益山在蒙家落下脚来，一边养伤，一边打听红军的消息。他尽力帮蒙万发干力所能及的农活，让蒙万发好生喜欢。

伤渐渐好了，蓝益山寻找部队的念头也越来越强烈，可是，那时没有任何的通信工具，红军到底走到了哪里，他一无所知。只听说队伍已经打四川北上了。千里之遥，路线亦不明，即使是插上翅膀，只怕也难以追赶。这时，一个同样因伤留在桐梓县的长汀籍红军战士找上门来，想邀他一起回家。蓝益山摸摸母亲做的那双仍旧崭新的布鞋，想起了家中的老母亲，也不知她现在是否安好，既然找不到红军，也只能如此。蒙万发听说他打算回家，善良的老人没有埋怨，反而拿出十几元积蓄给蓝益山做盘缠，万般不舍地送他们上路了。

回家的路途是漫长的，他们一路风餐露宿，边走边打听方向，由于语言不通，走了很多冤枉路。一次向人问路，他们用方言说江西往哪边走，被对方听成了广西，一走就是三天半，等发现不对劲，都已经走到广西了，只好又折回原路。这以后，他们吸取教训，由会写字的蓝益山将江西二字写给指路人看，才算没再走冤枉路。

其实更担心的还是遇到土匪。由于盘缠很快用尽，他们一路只能靠讨饭维持饥肠。有一次，他们走到一个小山村，看到当地居民正在摘梨，便问他们要几个充饥。忽然来了一群土匪，当地人马上示意他们趴下，不能看土匪。他们听了立即卧倒，大气也不敢出一口。有一个人只是偷偷地侧身看了一眼土匪，就挨了重重的一枪托，脑袋鲜血直流。后来听见"砰"的一声，土匪耀武扬威地走了，才敢起身。

三千多里路，一连走了三十七天。到达兴国的时候，他们讨饭讨进了一个红军家庭。红军妻子一听说是从前线回来的，十分热情，好茶好饭地款待。攀谈之下，说起她的丈夫，却是和蓝益山同一个连的战友。妻子忙打听丈夫的消息，蓝益山知道他已牺牲在长征途中，为了不让他妻子难过，不敢说出真相，心中无比痛苦。

1936年3月，蓝益山历经千辛万苦，终于回到了熟悉的老家，见到了朝思暮想的母亲。他本以为这下可以平安地陪伴母亲生活了，不想当时瑞金被国民党占领，又一次到处疯狂地抓壮丁。蓝益山自然不想当国民党的兵，于是连夜告别母亲，往福建的山区走去。他在龙岩地区一个叫陈坑的地方落下脚来，竟惊喜地发现这里是胡荣家带领游击队活动的地区，国民党轻易不敢来搜山，十分安全。蓝益山于是在这里安顿下来，在一个土纸槽作坊找到了一份事做。实在想念母亲时，他就在夜晚偷偷地回去看看，然后又趁着天还未亮早早地离开。这一躲，就是十三年。

## 四

1949年8月，瑞金解放了，但蓝益山身处深山，竟不知时代的更易。直到母亲兴高采烈地跑到陈坑叫蓝益山回家，他才知道国民党终于被击溃，他终于可以重见天日了。但是由于长期以来一红一白的反复无常，这时的蓝益山，竟不敢马上回家，他告诉母亲还是等形势稳定了再回家。

1952年，土改结束，农民分得了土地，母亲再次来找蓝益山，他这才带着在山区里出生的两个女儿、一个儿子，回到阔别十多年的七堡村。村里缺乏有知识的人，蓝益山又一次当上了教师。每天白天教学堂里的孩子读书，晚上则就着煤油灯教夜校，为村民扫盲。

1958年，人民公社成立，大集体生活开始了。农民靠打工分才能分得粮食，而教书的工分是最少的，蓝益山一家八口人，靠妻子的工分，难以维持生计，六个孩子经常饿得嗷嗷叫。蓝益山十分想回家务农，可是村里没有人可以接任他教书，他想想再苦的日子都过来了，就咬牙坚持了下来。直到1961年，一个下放知青接任了他的教鞭，他这才放心地回到家里务农。

1961年，沙洲乡公社召开"诉苦会"，号召大家忆苦思甜，乡长杨世梁让当过红军吃过苦的蓝益山上台诉苦。蓝益山抚今忆昔，一时豪情满怀，把多年不忘的长征之艰化为一首诗："铁石肝肠魂断兮，出生入死在遵义。长征途中千般武，烈日冬霜四海知。花口伤在左大腿，无可奈何归来兮。躲藏深山十余载，盼得解放享太平。"台下顿时一片掌声如雷。乡长杨世梁夸他讲得好，奖励了四元钱。

1962年，县民政局的领导肖连德了解到蓝益山参加过红军，思想进步，又有文化，是干人民工作的好人选，于是找上门来，想让他去县供销社上班。可是蓝益山考虑到家人孩子难以割舍，便拒绝了。1964年，肖连德又一次登门拜访，请他到县民政局上班。经历了太多世事沧桑的蓝益山，却早已看淡名利，没有答应。他只想过一种平静的生活，与乡村为伍，与泥土为伴，他觉得无比踏实。此后，蓝益山一直靠辛勤的劳动养家糊口，日子虽然过得清苦，但他深感苦中有乐。

改革开放之后，瑞金城乡居民的生活发生了巨大的变化，物资丰富了，衣食住行都大变样了。作为老红军，蓝益山每个月还能领到一份固定的补助，说起现在的生活，他显现出一副极其满足的神态。是啊，跟命悬一线的战争年代比起来，简直是天上和地下之别。

蓝益山生性乐观，闲时拉拉二胡，读读书报，自得其乐，会喝几口小酒却从不喝醉。直到百岁高龄，他仍旧时常到田里种菜、浇水、锄草，能把家里的压水井摇得井水哗哗流。他教夜校时用煤油灯备课，熏得视力变差，戴过眼镜，由于经常锻炼，后来竟慢慢地恢复了视力，摘掉了眼镜。更奇的是，他到老视力极佳，能自己穿针缝补衣物。记忆力也惊人，背起"四书五经"甚至汉语拼音表来，都是滔滔不绝。经历过非比寻常的坎坷和磨难，他多年来心胸豁达，虽然早已不愁吃穿，但他仍然素食布衣，从不追求奢侈的享受。

有一句话，他时常挂在嘴边："感谢共产党，让我们过上了太平的日子！"

# 永生的桥

　　进入江西省瑞金市武阳镇武阳村境内，迎面就是两棵巨大的老樟树。阳光从叶隙间调皮地钻出来，轻手轻脚地爬到两位歇晌老人身上。她们所坐的石墩底部爬满了青苔，看得出，也是很有些年头了。一位老人一边归整着脚边的一堆樟树寄生，一边好奇地瞧着我，蛮有把握地问："你，是来看桥的吧。"我点头，她朝左手边转过脸去："哎，就在那。"又意味深长地补上一句："八十多年了哟——"

　　是的，我要来看的武阳桥，是一座意义非凡的桥，一座注定要被载入中国革命史的桥。1934年10月8日，中央红军第九军团进行战略转移，作为首批出发部队来到武阳村，在当地村民的舍身相助下，度过了二万五千里长征途中的第一座桥。1996年，原国家主席、苏维埃时期曾任中国工农红军总政治部副主任的杨尚昆视察瑞金，再次来到武阳桥，回忆往昔峥嵘岁月，于万千感慨中亲笔挥毫题写下"长征第一桥"五个大字。

　　武阳桥，是连接武阳村绵江河两岸唯一的通道。从村庄去往绵江河边，要经过一座老茶亭。地上的鹅卵石被磨得光滑锃亮，墙上的石灰多已剥落，露出斑驳的青砖。抬头看，房顶的木板和椽子都旧得发黑了。光阴赋予一座茶亭太多的沧桑，光阴又经由这些旧物存留下珍贵的时代印记。当年的红军，就是穿过这座茶亭，再走上武阳桥的。

明亮的日光透过茶亭的拱形门扑面而来，眼前是一片婆娑的绿意。但见绵江河两岸，参天的古木一棵挨着一棵，小灌木和野草层叠地簇拥在树底下，一切都是丰茂而欣然的样子。前日刚刚下过一场雨，绵江河水面平阔，水色略微发黄。一只竹筏安静地泊在岸边，仿佛在等待什么，又仿佛在倾诉什么。

从身后追过来的老人用手指着竹筏所在的位置："原来的桥就在那里，可惜老桥已经没有了。"就在原桥址的下游约一百米处，一座钢筋水泥双曲拱桥雄壮地横跨在河面上，桥墩结实，桥面宽阔，可容两辆汽车同时通行。那是1988年，武阳镇人民政府为改善沿河两岸交通而修建的。桥头立了一块"红军长征第一桥"纪念碑，永久地镌刻下红军长征的往事。

我望着滔滔奔流的河水，想象着从前那座桥，那些人，那样一场义无反顾的前行。风掠过草木，吹上身来。这时候，我的脑海中不由回荡着《十送红军》的旋律和歌词："一送（里格）红军，（介支个）下了山，秋风（里格）细——（介支个）缠绵绵。山上（里格）野鹿，声声哀号叫，树树（里格）梧桐，叶呀叶落光，问一声亲人，红军啊，几时（里格）人马，（介支个）再回山……"然后，沉浸于一种哀伤的情绪中。

关于那座桥的模样，我只在一张黑白的资料图片上看到过。那是一座简易的木板桥，全长一百一十多米，宽不足一米。十三个木桥墩单薄地跨坐在河中央，二十多块木板简陋地铺在桥墩上，和宽阔的水面以及岸边那棵巨大的老樟树比起来，它显得那样轻飘，那样不稳固。一座桥和许多村庄里这样的木桥一样，它在这里风雨飘摇地存在了许多年，为村民们的出行提供着最基本的便利，它与世无争，和战斗、大部队这样的字眼本无关联。然而它却没有选择地承担起了这一份特殊的使命，这无疑给它，也给1934年的武阳村出了一道天大的难题。

故事来自老人的讲述。那时候是半夜，从福建长汀中复村赶过来的一万多名官兵来到这里，队伍后面是随时有可能追上来的敌军。仅凭小木桥那单薄的桥身，根本无法承受一支队伍的急行军。桥上的人多一些，行走得快一些，桥体便摇晃得厉害，岌岌可危，一副随时都要垮塌的样子。从绵江河的北岸抵达南岸，仅一百多米的距离，然而因为一座桥太过简陋，让红军战士们犯了难。分批过河，速度太慢，时间拖得太长，影响部队的进程。作为首批出发部队，如果转移失败将极大地打击士气，并造成后续部队转移更为困难。这时候，他们多停留一刻，就多一分危险。

可是若不分批过河，又能如何呢？他们多么希望插上翅膀，飞到对岸。又多么希望像神话故事里说的那样，来一批天兵天将，搭一座天桥，让他们迅速过河。

火把照亮了武阳村的夜空，红军战士的说话声、咳嗽声，木桥板的吱嘎声，惊动了附近的村民。一些胆子大的村民循着火把和声响，好奇地来到绵江河边，不由大为惊讶："这是红军，是我们的军队呀。"1930年8月，武阳区成立，区政府设立在武阳村，下辖石水、武阳、松山、新中、丰田、三坝、肖布、安富八个乡，全区人口二万一千余人。当时仅武阳村便有九百多名青壮年参加了红军。村民们送出了自己的亲人，如今看到红军队伍，就好像看到了亲人一样。

很快的，村民们发现了红军所面临的困难。摇晃的桥身和急于过桥的红军，成了他们担忧的事情，无论如何，他们不能够袖手旁观。可是这时候，村里已经没有什么青壮年了。环顾左右，尽皆是一些老弱妇孺。地方干部曾光林和邹光林感到自己责无旁贷，分头挨家挨户进行宣传，动员乡亲们拿出床板、木凳、布包、油桶等物品，用来拓宽加固桥面，帮助红军过河。

村民们没有犹豫，纷纷从家里搬来门板、仓板和床板，冲进河水中加固桥面。一位姓邹的老乡，竟然二话不说将一张崭新的婚床搬了出来。原来，他的儿子正准备娶媳妇，按客家风俗打制了婚床，刚刚搬进家里没几天。红军战士见此情景，婉拒了老人的好意："老乡，您的心意我们领了，但不能因此破坏了新婚的喜庆呀。"老人家却非捐不可："红军是工人农民的卫队，这句话写在村子的墙上，也记在我们心里。婚床的木料虽然不多，但你们一定要收下。"一番话，让许多红军感动得泪湿双眸，在场的乡亲们见了，更加热烈地投入了架桥中。

住在不远处的一位老奶奶也过来瞧热闹，她听说后，也连忙颤巍巍地拉住红军战士的手说："我家还有木料。"等大家跟着老奶奶去搬木料，才发现是老人准备后事的棺木。红军战士一时感到左右为难，他们知道，棺木对于客家老人是多么重要，再穷再苦的人家，都希望老了能睡上一副棺材板，他们怎么忍心搬走？但老奶奶却说："我人老了，也看得开了。在死之前，能为红军做点贡献，这辈子也知足了。"

村民们和红军战士噙着泪水，将家家户户送出的珍贵木板运到了河岸边。就这样，架桥物资很快备齐。老木匠来了，老铁匠来了，老泥水匠也来了。他们一边打着木桩，一边低声喊着号子："心里不要慌，眼睛看木桩。搭好红军桥，一起上前方。"很快，一座宽约四米的临时木板桥搭起来了，桥洞上面铺满了乡亲们送来的木板。

红军队伍要开拔了，村民们又急急地送来煮鸡蛋、米果、炒豆、花生，塞进战士们的手上。还有的送来草鞋、斗笠和蓑衣，让红军战士们带在身上。

可是，大部队过河时，桥身仍旧摇晃得厉害。村里上百名上了岁数的男人，纷纷跳进河中，分别站在桥身的两侧，用身体顶着晃动的桥墩，用肩膀扛着不稳固的桥板，保证红军官兵顺利过桥。还有的，竟让红军战士踩着自己的肩膀渡河。

这是一座坚强的人桥。十月的赣南，天气已经微寒，凌晨的河水浸漫身躯，凉意足以从皮肤沁入骨髓。可是，他们咬紧牙关，一站就是几个小时。腿站麻了，肩膀磨出泡了，有的人半个身体失去知觉，僵硬得不能挪动。但是没有人喊累喊苦，没有人退出人桥。他们只是深情地望着红军远去的方向，就像是送别自己的亲人。

许多年以后，当年的场景仍被亲历者一遍一遍地讲述，他们讲到有人当完人桥后生病发烧，讲到一处木桩突然折断，把几个撑桥人的腿砸伤了，有人落下了终身残疾。但是，没有人流露出一丁点的悔意。他们只是自豪，只是为自己曾经拼了命的付出感到欣慰。他们，还有苏区时期更多的瑞金人民，谁不是真正倾其所有的付出呢？为了让红军战士"有衣穿、有被盖、有粮吃"，乡亲们踊跃捐出的物资远不止这些。据《瑞金县志》记载，当时全县集中新谷五万担，草鞋两万双，被毯三千条，菜干两万多斤送给红军，组织群众为红军运输谷子十七万担。每一份物资，每一组数据的背后，都是跳动着的火热的心，都是逃离旧社会奔向新生活的渴盼。

再后来，多数的亲历者都已经离开人世，但他们的故事又经由下一代人的口中到处流传。他们是这一片土地上的人，他们忘不掉也不应该忘掉祖辈的荣光。因为，一万多名红九军团的战士，是在武阳人的帮助下，顺利渡过了对岸，开始二万五千里征途的。如果往大了说，正是这样的一群人，从武阳桥出发，拨亮了新中国的灯火。

2017年夏天，一位空军少将来到武阳桥边，长久地驻足凝望，默然不语。天空下着细雨，在绵江河上点出一个个细密的水波，像他那时的心绪，潮湿而伤感。少将是替父亲回来看望老桥的。他的父亲曾是红军第九军团的一位连长，当年便是从这里渡河踏上了长征之路。老父亲的心中，长久地埋藏着一个秘密：渡河前夕，武阳村有一位十七岁的少年非要跟随部队当红军，连长便带上了他。可是后来，在一次战役的冲锋中，少年为保护连长，用身体将他扑倒，自己却被子弹击中头部而牺牲。他永远记得，少年牺牲前大喊的那一句："保护连长！"

这就是武阳的好儿郎，那样无畏，那样勇敢，那样舍得自己的身家性命。当年，就在渡过"长征第一桥"的一万多人的红军队伍中，有七百多名是武阳的青壮年。他们，大多牺牲在湘江战役中。

少将的父亲，曾经希望在有生之年回到武阳村，看看渡河的地方，但他终究没能成行。时间带走了太多的人，也留下了太多的遗憾。八十多年过去了，一位替父亲还愿的儿子，也已步入老年。当他望着旧桥址上方空空荡荡的河面，一迭声地对武阳人民说着感谢，心中不知有多少波涛在翻涌。

每年的清明和端午等节日，武阳镇的中小学校都会领着孩子们来到渡桥旧址，追忆革命先烈。听说，学校还将乡亲们帮助红军渡河的故事编成了校本教材，孩子们全都耳熟能详。在端午节，武阳人会在这里举行龙舟竞渡，在锣鼓和呐喊声中，用力量和速度重温当年武阳男儿的英勇。

更多的人来到这里，寻觅着当年红军渡河的踪迹。人们一遍一遍地探究着，一座用血肉之躯筑成的人桥，曾怎样见证着军民鱼水情？那些几乎一无所有的乡亲，为何如此信任着这一支队伍？如今，时间已奉上了所有的答案。现在，武阳镇政府正计划着在原址上进行原貌修复。我想，无论它是否脱胎重现，都已经是一座永生的桥了。这座永生的桥，留下了太多值得深思，又无比朴素的真理。

我在老樟树巨大的阴凉中久久地伫立，我望见了不远处的田园、村庄，一切都显得安宁而平静。一辆汽车从新桥上疾驶而过，那桥多么结实牢固，从前的摇晃、动荡和脆弱再不会有了。

# 祠堂里的共和国

一座古老的祠堂，安详地坐落在叶坪革命旧址群。自明末清初由叶坪村谢氏家族建造起来，距今已有近四百年历史。青砖、灰瓦、木门、圆柱、马头墙，布局四方周正，和散落在赣南乡村的诸多客家宗祠建筑并无二致。然而那最显眼处镶嵌的两颗耀眼的五角星，那门楣正中镌刻的一行字——"中华苏维埃共和国临时中央政府"，又如此醒目地彰显着这座祠堂的与众不同。

是的，就在这面积仅五百余平方米的谢家祠堂，就在这世代以农耕为主的叶坪村，就在这当年仅二十四万人口的瑞金县，诞生了中华苏维埃共和国，书写下一段翻天覆地的辉煌历史。自此，中国共产党领导的红色政权正式以国家的形态出现。不久，中央苏区红军和中央机关从瑞金出发长征，经遵义、延安、西柏坡……筚路蓝缕，艰苦卓绝，最终建立了中华人民共和国。

随着一个国家的雏形在瑞金落地生根，"红色故都""共和国摇篮"等响亮称谓从此闻名中外。毛主席的称呼也在瑞金开始喊起，并一直喊到北京，传遍全世界。

# 一

瑞金位于江西省东南部，地处武夷山脉南段西麓，居赣闽中间地带。从瑞金城区往东行约五公里，一颗巨大的红五星横跨在公路上方，这便到了叶坪革命旧址群。作为一个土生土长的瑞金人，我曾无数次地进入景区，或陪同客人参观，或带着孩子游玩。在那里，一次次地重温那段激荡人心的岁月，以及当年红军和百姓留下的动人故事。更多的，是将之当作城市郊区的一处森林公园，尽情地悠闲徜徉，感受美好的风景，并享受新时代的幸福日常。

此刻，绵江河依着叶坪村静静地流淌，成群的古樟树撑起巨大的荫翳，勾连成片的青草铺开平坦阔大的绿地，盛夏的炎热在这里失去了它的威力。时值"七一"期间，来自全国各地的党员团队川流不息地来到景区，他们胸佩党徽，重温入党誓词，向烈士敬献花篮，在印刻下革命履痕的地方合影留念，聆听或模拟着发生在1931年11月7日的那场伟大会议。

那一天，刚刚当选为中华苏维埃临时中央政府主席的毛泽东，站在谢家祠堂的主席台上，挥动着大手，发表了《中华苏维埃共和国临时中央政府对外宣言》——

> 全世界劳动民众与各国的政府：
> 中华苏维埃临时政府于1931年11月7日俄国十月革命纪念节于江西正式成立了。它是中国工农兵以及一切劳苦民众的政权，它是代替帝国主义与中国地主资产阶级的国民党的统治，并且继续号召与组织全中国劳苦民众起来推翻这一统治的政权……

一份以湘潭口音喊出的铿锵宣言，震惊了中华大地，也向全世界宣告了中国工农兵革命政府走向社会主义道路，取得世界和平的信心与决心。

　　台下掌声雷动，整个叶坪，整个瑞金都沸腾了。他们欢呼，被压迫的劳苦大众翻身做了主人；他们庆幸，一种充满希望的新生活拉开了大幕。

　　为了庆祝"一苏大会"的胜利召开，当天晚上，时任瑞金县委书记的邓小平精心准备了万人提灯庆祝晚会，将大会的气氛推向了高潮。夜幕降临之时，苏区人民提着简陋的油灯，来到红军广场，和与会代表一起，载歌载舞，尽展欢颜。

　　晚会上，苏区人民还自编自演了《歌唱苏维埃》："中华全国苏维埃，代表大会今召开，革命斗争经验富，工农群众踊跃来，千万年来当牛马，如今工农免忧愁，今日庄严开大会，定出法令喜心头。"

　　一个万人提灯晚会，一首源自内心的歌谣，将人们对新政权的拥护和对未来的憧憬之情表达得淋漓尽致。

## 二

　　如果将时光重新回溯到曙光乍现的黎明前夜，我们会发现，"一苏大会"召开的背后充满了惊心动魄。

　　根据共产国际指示，1930年9月，中共中央正式决定，要在中央苏区召开第一次全国苏维埃代表大会，成立中华苏维埃共和国。然而由于斗争形势时有变化，其间经历了几次选址和四次延期，最终才确定于1931年11月7日在江西瑞金叶坪村召开。

历史选择了瑞金，不仅因其优越的地理位置，还因其具备良好的群众基础。可以说，二者共同铸就了瑞金的光辉时刻。

就在大会筹备工作紧锣密鼓进行之时，消息被国民党情报机关获悉，一场疯狂的阻挠与破坏不可避免。需要一个万全之策，方可保护大会的安全召开。

毛泽东沉吟良久，提议在长汀县建造一个假会场，以假乱真。时任长汀县委书记的李坚真经反复考察，在长汀近郊选择了一处几近倒塌的荒屋。他们劈开灌木和茅草，在茅屋正中用松枝扎了一个高大的彩牌楼，正中悬挂一条宽大的横幅，上面贴着"中华苏维埃第一次全国代表大会"会标，广场四周布置了"苏维埃万岁""中国工农红军万岁"等标语，还插上了招展的彩旗，俨然一个像模像样的真会场。

当天上午，十几架敌机呼啸着飞过，他们气势汹汹地来到假会场的上空，投下数十颗重型炸弹，然后轮番向地面疯狂扫射。瞬间，会场内外尘土飞扬、面目全非，国民党军队的飞机满意地扬长而去。

而在几十公里外的瑞金叶坪村，来自赣东北、湘赣、湘鄂西、琼崖、中央苏区等根据地的红军部队，以及在国民党统治区的全国总工会、全国海员总工会的六百一十名代表早已提前悄悄抵达真会场。

黎明时分，毛泽东、朱德、彭德怀、王稼祥等领导人登上了红军检阅台，红军建军史上第一次阅兵典礼开始了。彼时，中央红军各军团代表、警卫部队代表等集结于红军广场，他们虽然衣衫破旧、武器简陋，但一个个精神饱满、斗志昂扬、口号响亮地接受检阅。偌大的广场人声鼎沸、热闹非凡。

一台老座钟记下了大会正式开幕的时辰，下午3时，谢氏宗祠的条凳上坐满了与会代表，人人面露庄严端肃之色。会议历时十四天，通过了苏维埃宪法大纲、土地法、劳动法及红军问题、经济政策、工农检察问题、少数民族问题等决议案；选举了毛泽东、项英、张国焘、周恩来、朱德等六十三人为中央执行委员会委员，组成中央执行委员会。

大会向全国全世界庄严宣告：中华苏维埃共和国临时中央政府正式成立，定都瑞金。

三

时至今日，人们仍时常反刍着那一场治国安民的伟大预演。瑞金，是为童年的共和国。谢氏宗祠，则对应着今天的人民大会堂。

跨过实木的门槛，进入宗祠内部，长方形的天井接纳了天空的光亮。整个祠堂四处悬挂着三角彩旗，还保留着当年开会时的场景。曾经用来供奉祖先牌位的地方搭建成了主席台，台上扎着彩门，彩门上方嵌着一个金色五星，上书"全世界无产阶级联合起来"。两旁是一副对联："学习过去苏维埃运动的经验，建立布尔什维克的群众工作"。主席台背景悬挂着红四军军旗及马克思、列宁画像，台前挂着"工农砲垒""民主专政"两幅标语。当年照亮会场的汽灯，仍悬挂在屋顶上，那还是在敌人手中缴获的。唯一不同的是，当时为了容下六百一十名代表，将天井铺上了木板；而现在，天井已然恢复原貌。

在祠堂内部两侧，用木板隔出了十多个小房间，作为外交、军事、土地、内务、财政、教育、司法、劳动、工农检察九个部委和国家政治保卫局的办公室。毫不夸张地说，今天的五十多个中央机关和国家部委都从这里走来。

一座小小的祠堂，装下了整个中华苏维埃共和国，可谓麻雀虽小，五脏俱全。一个十来平方米的小房间，就是当年国家的一个部委机构，室内陈设简单，一张木桌、一把木椅、一张小床、一盏油灯……部长们就在如此简陋的居室里，构建起了一个共和国的框架，创造了苏区第一等的工作。

我轻轻地走进教育人民委员部，当年的部长瞿秋白早已壮烈就义，而他对教育文化事业作出的功绩永远留在了瑞金。"广大劳苦大众及其子弟有免费接受教育之权"的一条规定，使得当年的苏区适龄儿童入学率达到了一半。而土地法的实施，则让劳苦大众按人口平均分配到了土地，获得了生存的基本保障。所有的法令和政策，无不是中国共产党领导与管理国家的伟大探索和尝试。

由于这座建筑是家族宗祠，中央红军主力长征后，敌人并没有将之破坏和拆毁，一直完好地保留至今。1961年3月4日，被国务院公布为全国重点文物保护单位。

1965年6月，年逾古稀的郭沫若偕夫人重访瑞金，勾起了对当年峥嵘岁月的深情回忆，次年春提笔写下诗歌《叶坪》："弹样丰碑如巨笔，以天为纸急书空。无产阶级须专政，世界人民要大同。蘸血淋漓终古在，献身慷慨万夫雄。尔来无数佳儿女，高举红旗毛泽东。"

我想起习近平总书记在纪念中央革命根据地创建暨中华苏维埃共和国成立八十周年座谈会上所说的话："中央革命根据地和中华苏维埃共和国的历史，已经成为我们党的历史和近代中国革命斗争历史非常重要的一页，是一部丰富生动的教科书。""我们要从中获得教益，受到启迪。"

是的，时间将一座祠堂定格于历史深处，并获得了意义的永恒。今天，仍有无数国人循着先辈的足迹纷至沓来。他们来到这里朝圣，就好像血液里的红被重新燃烧，并热烈涌动。

# 铭刻：长征第一山

　　并没有川流不息的人群、热热闹闹的观光客，一座山安静地矗立在瑞金西郊，仿佛正陷入长久的沉思。作为土生土长的瑞金人，我有的是办法错开团队旅游的高峰季。唯其如此，我方能与这座山息息相通，并深入它丰沛的内心。

　　山名云石山，在平旷的村庄和田园中央兀立着，高不过五十米，方圆不足一千平方米。相对于瑞金境内起伏的群山、奇崛的峰峦，它实在是显得太微不足道了。然而相对于中国共产党的百年沧桑史，它所书写的印迹却足以称得上浓墨重彩。

　　1934年7月，中华苏维埃共和国中央政府从沙洲坝迁驻于此；1934年10月，中央红军和中央机关二万五千里长征从这里出发；1996年11月18日，原国家主席、中央军委副主席杨尚昆重返云石山，欣然挥笔，题写下"长征第一山"五个遒劲大字；2006年5月25日，经国务院批准，云石山中华苏维埃共和国中央政府旧址被列入全国重点文物保护单位。

　　一条石砌的小路，承担着通往山顶的唯一通道功能。从远处看，密密实实的树木枝叶几乎完全遮蔽了小路。透过浓荫仰视，陡峭的石壁上镌刻的鲜红大字仍清晰可见。准确地说，即使什么也不听不看，

"长征第一山"的概念和意义早已镌刻在我心里了。

很小的时候，我就知道了云石山。囿于交通不便和视野狭窄，走近这座山的愿望在脑海中盘桓了许久，一直未能实现。我知道，父母终日忙于劳作，喘口气的时间都没有，怎么可能带我去呢？是小学六年级的班主任刘老师打破了这道藩篱，他领着我们，骑行几十里山路，从一个乡抵达另一个乡，登上了云石山。我们环游了整座山，然后在一块空地上团团围坐着。春风吹拂着我们稚嫩的面容，老师神情严肃地上了一堂现场课。他说的具体内容我早已经忘了，只记得"毛主席""长征""出发"这样的关键人物和事件。

许多年以后，我仍不时地回味着，那样的一堂课对于一群小学生而言意味着什么。决心、意志、策略，抑或是信仰？也许，一种置之死地而后生的庄严，早已铭刻在苍劲的老树和林立的怪石间。

这是一座孤峰，四面悬崖峭壁。循着山路上行不远，两道厚实坚固的石门一前一后把守着去路，相隔仅十几步之遥。今天，石门自然是敞开无阻的，但在战争年代，想攻下它们可没那么容易。两道石门一关，便是天然的屏障，颇具"一夫当关，万夫莫开"之威势。况且，山中还遍布石洞，内里岔道众多，像一个巨大的迷宫。人若藏身进去，掘地三尺也难觅踪迹。

蝉声和鸟鸣增添了山间的幽寂感。遮天蔽日的古树掩映之下，云山古寺森然默立。这是山上唯一的建筑物，建于清嘉庆年间，古朴典雅。一层的三合院，占地面积仅三百余平方米。庆幸的是，古寺历经两百多年的风霜，从未遭受过破坏，连院落中的那座属于寺庙的古钟也还保留着原样。其情其状，恰如门联上的"云山日永常如画，古寺林深不老春"所言。单从外观看，你很难相信，这里曾经是中华苏维埃共和国中央政府所在地。

时间回溯到1934年7月，中央革命根据地硝烟四起，在第五次反"围剿"的激烈斗争中，原驻于沙洲坝的中央机关被敌人发现，迁徙已是不得已而为之。直到今天，人们还在一次次地猜测，为什么是这座山？我想，大概是因为它体量小又内蕴丰富的低调隐蔽姿势吧。此外，安全是保存实力的第一要务，而云石山的周边村庄众多，群众基础极好。

一切，都在隐秘中悄悄进行。偌大的中央苏区机关围绕着一座山四散开来，像一棵大树向着东南西北延伸的枝干：中共中央局驻在丰垅村的马道口，中央革命军事委员会驻在田心村岩背，中华全国总工会苏区中央执行局驻在田心村沙排，少共中央局驻在田心村老屋场……

住在云山古寺之中的，有毛泽东、张闻天、贺子珍和部分工作人员。值得一提的是，贺子珍当时还带着幼子毛毛。寺庙原先自然是有主人的，他叫骆能和尚，据说此人修行深、明义理，与毛泽东一见如故。他热情地接待了毛泽东和张闻天他们，还腾出寺内最好的左厢房给毛泽东一家三口居住。那时候，毛泽东爱看书，室内光线不足，他特地在北墙开了个窗户，窗户的插销是用枪栓做的。至今，那枪栓还保留着原样。在他办公的八仙桌底下，曾经有一个洞口，可以直通山外。云石山所具备的巧妙隐遁条件，由此可见一斑。

一个热爱读书的人，遇到了崇尚文化的骆能和尚，二人实可谓惺惺相惜。毛泽东没有让骆能和尚搬出寺庙，而是与他畅谈起了家国天下。你可以想象，那时候是夏天，他们坐在一群参天的大树之间，四周奇石嶙峋、千姿百态，像极了当时中国尚未分明的局势。但他们在清脆的鸟鸣声中相谈甚欢，憧憬明天，似乎已隐隐约约听见了某种欣然的信号。

与此同时，毛泽东以超卓的远见和充分的个人魅力，征服了张闻天。他们的想法，曾经存在着极大的差别。但在云山古寺的三个月时间里，二人完成了思想不断认同和情谊愈加深厚的重要过程。屋后的一棵古樟树下，是他们经常促膝长谈的地方。中国革命的道路和前途在哪里？革命战争受挫的根源和"左"倾错误给革命带来的危害在哪里？他们在一次又一次的激烈辩驳或掏心掏肺的意见交换中，逐渐得以厘清。

如今，两尊铜像定格下了他们当年长谈的样子，那真诚的面容和炯炯的目光，以及自然挥动的手，已在时间中塑造出了典范的意义。当我们重新看见两位苏维埃中央领导的思想投契，才知道这件事对于中国革命起到了多么关键的作用。正是有了张闻天思想的巨大转变，有了他对毛泽东正确主张的充分肯定，才有了后来遵义会议的胜利召开。那的确堪称中国共产党历史上一个生死攸关的转折点啊。

云石山的幽居光阴如此高效又如此短暂。1934年10月初，国民党北路军和南路军疯狂地进攻赣闽苏区各县，红军内线粉碎敌人"围剿"的希望已经断绝。随着中央革命根据地的日益缩小，直至方圆仅三百里，险情一波一波地裹挟而至，局势再不允许他们躲在一座山中高谈阔论了。中共中央决定，红一方面军第一、三、五、八、九军团连同机关共八万六千多人，撤离中央苏区，突围转移。

这便是铭刻于史书的二万五千里长征了。其实，早在1934年6月，物资兵员的准备就已经开始。彼时，中共中央和苏维埃中央政府向苏区人民紧急借粮二十四万担，中央军区兵工厂、被服厂加紧生产军需品，一场以五万人为目标的大规模扩红运动如火如荼地进行着，干部的去留问题也在紧急地讨论之中。苏区妇女则以博大的襟怀和奉献的精神，在极短的时间内赶做了二十万双草鞋献给红军，她们还将自己心爱的银器首饰售卖或捐献国家，她们勒紧了自己的裤腰带，将一切的物资都供给前方的红军。

1934年10月10日，中央党、政、军、群机关编入野战纵队，从瑞金云石山出发，开始了战略大转移。秋风萧瑟，绵绵的秋雨一丝丝地渗入战士和乡亲们的肌体与内心，悲凉与不舍回旋在云石山的每一寸空气里。这场景，与《十送红军》的歌声中所复现的如此一致："一送红军下了山，秋风细雨缠绵绵，山上野鹿声声哀叫，树树梧桐叶落光。问一声亲人红军啊！几时人马再回山？"

有去的，必然就有留的。去留之间，多少亲人、战友就在这一次送别中生死两茫茫。为保留革命火种，项英留下来了，陈毅留下来了，何叔衡也留在了中央苏区。那一日，何叔衡与林伯渠在梅坑村依依惜别，想到红军出发后很快将是凛冽寒冬，便把女儿为他编织的毛衣亲手送给了林伯渠。这件毛衣曾怎样为林伯渠的漫漫征途御过寒，我们不知道，我们所知道的是，林伯渠曾深情地写下一首《别梅坑》："去留心绪都嫌重，风雨荒鸡盼早鸣。赠我绨袍无限意，殷勤握手别梅坑。"悲伤的是，1935年2月24日，何叔衡在游击战斗中壮烈牺牲，二人再也无缘相见了。

长征出发前夕，毛泽东和贺子珍则忍痛将幼子毛毛送给了当地一位农民收养。多少年过去，毛毛杳无音讯，留下了血脉亲情的另一重悲伤。事实是，当年转移的红军家庭中，这样的悲伤太多太多了。被批准参加长征的女红军有三十位，没有一个带走了自己的孩子。这其中，多少情深义重的瑞金人，承担着巨大的风险，将红军后代当成了亲生的孩子悉心抚养。这些孩子，多数在瑞金长大成人，再没有和亲生父母相认，真正地融入了这一方水土。

我走进了毛泽东一家三口的办公室兼住室，看见毛毛睡过的摇篮、坐过的婴儿椅，想象他在这里拥有过的短暂幸福时光。是啊，他一定也曾在父母怀里咿呀学语、撒娇承欢，但是幼年的他怎么懂得，分离会来得那样迅疾又那样久远呢？命运不会为一个孩子重新书写一遍，革命、前行、舍弃、牺牲，一切似乎没有答案又充满答案。

我也是一个妈妈，看见那空空的房子，就不可抑制地想到当年的贺子珍。那个年轻的妈妈，抱着幼子去送人，泪水该是早就哭干了的吧。她擦一擦红肿的泪眼，骑上战马立即就要出发，就要投入不知多么遥迢的远方。归期未知，生死未卜，要怎样坚定的信仰才敌得过那种痛？

是的，唯有理想和信念可以支撑着那么多人，义无反顾地出发，并且不惧前路，也不问归途。今日，当我以一个新时代的自由之身站在云石山，咀嚼和回味着长征精神，那些艰难险阻离我多么遥远，但我知道，那些对自由的追求，对光亮的向往是永远地镌刻下来了。

踩着坚硬的石阶，下山，离开，一种复杂的情绪仍在心间久久弥漫。生离和死别都曾在这里真实地发生过，一个明朗朗的新中国也在这一场出发中获得了启示和指向。一座山所铭刻的，实在太多太满，太深太重，太厚太浓。

# 门楣上的牌匾

　　小时候，我常常在村庄的屋场里钻进钻出，瞧稀奇、捉迷藏、找乐子。故乡麦菜岭好像是一块内容无比丰富的藏宝地，在那些厅堂、洞水、老屋里，总有一些从前未知晓的事物为我带来新的发现。

　　那一次，是运根爷爷家门楣上的一块牌匾吸引了我的注意。因为牌匾挂得很高，也因为我从前不识字，所以在我上小学之前的那几年，它们基本是被熟视无睹的。但是那一天不一样了，因为我已经识字了。

　　清晨的阳光越过天井，越过我的头顶，投射在一扇漆黑的旧门上。门楣上，忽然有一块薄薄的东西反射出了光亮。我走过去，看见一块写着红字的牌子，那红颜色已在岁月的剥蚀中略呈黯淡，但两面红旗的形状是清清楚楚的。我仔细地辨认着那四个字——"光荣烈属"，心里忽然咯噔一下。

　　在我小小的人生经验里，对"光荣"和"烈"大约是有一些概念的，我读过连环画、听过收音机、看过电影，其中大多是英雄人物的故事。我知道，光荣和壮烈往往是和生命的结束联系在一起的。而那时候，我从来没有目睹过人在这个世界上的彻底消失。村子里，每个人都如常地日出而作，日落而息，运根爷爷家也是如此。他有一个忍气吞声的妻子，六个生龙活虎的儿子，两个逆来顺受的女儿。他们的家庭完整而平常，会有谁"光荣"了呢？

那块牌子背后的故事，是我缠着奶奶讲给我听的。原来，运根爷爷的父亲去当了红军，他走的时候，运根爷爷七岁，结巴爷爷五岁，老丫姑婆三岁，三兄妹都还很小，对父亲的记忆也不深。后来，父亲再也没有回到他们的生活中，给他们以熟悉和亲近的机会。没有找到尸骨，没有任何音信，只有一块"光荣烈属"牌和一张外观与奖状相似的"烈士证明书"。证明书上，白底黑字写着他们的名字，证实着一家人的血脉亲情关系。

不幸的是，几年以后，唯一庇护他们的母亲也病逝了。家庭的重担突然落到三兄妹自己的肩头上，他们似乎一下子便成了大人，开始了相依为命的艰难成长岁月。那时候，运根爷爷和结巴爷爷刚刚扛得动锄头，为了能从土里刨到一家人的吃食，他们每天天不亮就去地里干活。年仅六岁的老丫姑婆则担负起了做饭洗衣的重任，矮矮的个子，连锅都够不着呀，她只能搬一张凳子站在灶台上煮饭。

关于站在凳子上煮饭这个细节，奶奶讲，妈妈也讲，全村人都讲。每一次听，我都禁不住鼻子酸酸的，六岁，正是在父母膝下撒娇承欢的年龄，我们这个年代的人，何曾受过这般的苦？

往后，我开始注意村庄里每家每户的门楣，发现这样的牌匾还真不少。桂生爷爷家有，流发伯伯家有，南海伯伯家也有……原来，往上几代，全村几乎每家每户都曾经有人光荣地牺牲了。我忽然想哭，是激动的哭，因为无法想象，就在我们的村庄里，就在这平静的生活之下，竟然有那么多人像我在连环画里看到的那样扛起枪打鬼子。他们，不正是我小小的心中一直景仰的英雄吗？只是，他们没能像连环画里的那样，留下家喻户晓的英雄宣言或口号。

只有在过年的时候，我才感觉到有牌匾的家庭有些不一样，因为政府会给他们送一张年画，每次村干部领回来都是一大摞。年画上面写着"光荣之家"四个大字，下方印着慰问信和年历。村民们总是喜滋滋地贴在自家饭厅的墙上，贴到很旧了也不舍得撕下来。

其实，我们家也能收到年画，因为我父亲当过八年的兵。有的时候我会暗自思忖自己家和挂牌匾的家庭有什么不同，想着想着，就觉得自己是多么幸运。我的大爷爷是烈士，所以我奶奶才改嫁到麦菜岭，有了我父亲。同样是参军入伍，我的父亲健健壮壮地回到了家乡，并生下了哥哥和我。是时代的殊异和上苍于冥冥之中的安排，这个世界才有了我呀，这多么重要。

我从没有机会见识真正的英雄，日常生活中所看到的，只是烈士家庭里早早失去了丈夫、父亲或儿子的普通村民，他们的形象与我脑海中的英雄亲人形象着实相差太远。比如我的堂伯父木生，矮小瘦削，笑起来露出一口长期抽土烟叶留下的大黄牙。

木生和我们一家本无血缘关系，他的父亲是烈士，母亲便带着他改嫁给了我的二爷爷。其实，我的二爷爷也参加过长征，只因中途受伤没有跟上部队，失散之后一边东躲西藏一边养伤，风平浪静后方得归乡。那时候木生才三岁，日子似乎开始完整安宁起来，然而命运并没有顺着岁月静好的意思走下去，几年后，木生的母亲死于难产，他成了无父无母的可怜孩子。木生的奶奶闻听消息，便将他接回老家了。此后，我的二爷爷再娶了二奶奶，木生也有几十年时间没有音讯。

时光移易，二爷爷于1982年去世。二奶奶因未曾生育，由过继的二伯父一家赡养。而木生呢，颠沛游离的生活，注定了他的命运很难得到幸福和圆满。从小丧父失母，木生就没怎么上过学，除了当农民，他也没别的路径可走。长大成年后，连媳妇也没有娶上一房，孤身一人生活。他的奶奶去世后，在这个世界上，他是连一个亲人都没有了。

木生想到了曾经生活过的麦菜岭，想到了曾经爱护过他的二爷爷。他终于下定决心找了过来，却发现麦菜岭早已物是人非。木生将二奶奶认做了亲嬷嬷，将我父亲三兄弟认做了亲弟弟，从此开始了亲情往来。木生没有什么家业，一个人终是凄凉，想到身后之事，便按照政府的优待政策住进了乡里的光荣敬老院。

光荣敬老院里，住着几十位烈子烈女和烈妻，他们都是家中挂着"光荣烈属"匾的人，都有着相似的经历和命运，在情感上很容易产生亲近。他们一边感念着政府的厚待，一边相互温暖。木生在敬老院养种猪，时常赶着一头大公猪走村串户，为母猪配种。收入除上交敬老院外，还略有些小盈余，日子过得还算自在。直到七十多岁时，敬老院担心他出事，才不让他再养公猪了。现在，他已经有八十多岁了，还硬朗地活着，每个月都能领到政府发给的抚恤金。我的二奶奶去世了，他便只和我父亲三兄弟往来。尤其是我父亲，一向对他很好，有一包烟都要送过去给他抽，他便到处宣扬说："明山是我弟弟。"很骄傲的样子。

木生，以及在光荣敬老院一茬茬老去的众多老人，是无数赣南苏区红军家属的现实缩影。

长大以后，我开始着意去寻访有牌匾的家庭。在土坯房改造之前，随意走进一个村庄的老屋，都可以找到很多"光荣烈属"匾。因为，在二十世纪九十年代，作为中华苏维埃共和国首都的瑞金，可以说是家家有红军，户户有烈属。

瑞金人民为哺育摇篮里的革命，是倾其所有的。苏区时期仅二十四万人口的瑞金，就有十一万三千人支前参战，五万多人为革命捐躯，纪念馆有名有姓的烈士有一万七千一百六十六名，无名者亦不计其数。听父亲说，光是我们村，便有六十七位烈士。如果去瞻仰叶坪红军烈士纪念塔，会看见塔身上嵌满了一粒一粒的小石子，每一粒小石子就代表着一个牺牲的烈士。同样的，在村民的门楣上，每一块光荣牌匾都铭刻着一个生命的戛然而止。沙洲坝下肖区的杨荣显老人把八个儿子送去当红军，全部牺牲在战场；叶坪乡华屋十七位华姓后生出发长征，没有一个活着回来……妻送郎、母送子，望眼欲穿君不归，这样的泣血故事，在瑞金这片土地上数不胜数。

事实上，为了支持革命，苏区人民献出的何止是最优秀的儿郎？他们献出的还有最后的一把米，最后的一尺布……

还是要说到牌匾。九堡镇密溪古村的村民，把一百多块祖上悬挂的祠堂牌匾拆下来，割下金粉送给红军印刷厂作原料，木匾则全部做了红军烈士的棺木。要知道，在赣南客家人的心中，祠堂是最具家族威严的地方，祖上的牌匾是神圣至上之物。可是他们却甘愿摘下先祖的荣光，把自己仅有的物资献给红军。因为，密溪村的二百余名子弟也参加了红军。更因为，他们坚信红军是可以为他们打下一片新天地的队伍。而这一支队伍，便是他们日日夜夜思念着的亲人的队伍。他们为之付出一切，都不觉得过分。

一组数据显示，苏区时期，瑞金人民认购战争公债七十八万元，支援谷子二十五万担，捐献战争费用二十二万元，捐献银器二十二万两，奉献苏维埃银行瑞金支行存款二千六百万元……这厚重的奉献，不是由于经济实力的雄厚，而是因为抱着必胜的信念。老表们总是说："我们把自己的后代都搭上了，还有什么舍不得的呢？"

可是，他们没有想到，当年的舍得会让他们背负下沉重的包袱。红军长征之后，国民党反扑过来，原本一穷二白的红军家属，又遭到了疯狂的报复。剩下的，是维艰地活命。直到新中国成立，"光荣烈属"的牌匾挨家挨户地钉上门楣，他们才敢确信，天下已经太平了。只是，曾经掏空了所有的瑞金，底子薄、基础差、经济发展步履维艰，发展速度不但无法与沿海发达地区相比，就是与革命老区延安、井冈山、西柏坡相比也明显迟缓。贫穷落后，依然是这块红土地不可回避的现实。

新中国成立以后，毛主席也牵挂着红都，他在接见瑞金晋京代表时饱含深情地说："苏区人民太好了，我们欠苏区人民太多了！"可见，苏区人民的牺牲和奉献，一直被历史，被国家铭记着。

饮水思源，树高千丈忘不了根。二十世纪九十年代开始，中央和国家部委纷至沓来，他们怀着虔诚的敬仰，前来寻根问祖。1995年，新华社第一个在瑞金修建革命旧址，续写红色家谱。2004年12月，中国国土资源部在瑞金市沙洲坝的苏区中央土地人民委员部旧址，挂上了"中华苏维埃共和国土地人民委员部史料馆"和"全国国土资源系统革命传统教育基地"两块牌匾。（当然，如今的国土资源已经更名为自然资源部，但叶和根之间的联系仍一如往常。）

到2013年，已有四十多个部委来到瑞金寻根问祖，各部委找到当年的革命旧址，按照修旧如旧、修旧复旧的原则，一一进行了修缮和挂牌。一个又一个苏区旧址焕然一新，一块块传统教育基地揭开了锃亮的牌匾，成为照亮后人前进之路的理想火炬。现在，叶坪和沙洲坝已经成为规模较大的国家部委旧址群，也成为瑞金苏区精神案例教学的核心教学点。

寻根的目的，不仅仅是挂上牌匾，还有对口支援，还有源源不断来自北京的政策反哺、温暖关爱。在这样的大背景下，瑞金人民抛下沉重的包袱，轻装上阵，到2018年7月，红都瑞金正式脱贫摘帽。

近一个世纪的光阴倏忽而过，烈士牌匾的样式也经历了多样的变化。在红色文物收藏家的展馆里，我看到各种各样的牌匾。五六十年代是椭圆形的木头匾，七八十年代换成白底黑字的铁皮匾，后来，是黄底红字的镀金不锈钢匾。内容分别为"光荣烈士""光荣烈属""光荣军属""光荣之家"等多种。

与之相对应的是，牌匾所悬挂的门楣也发生了翻天覆地的变化，先是茅草屋或土坯房里的小木门，再是砖混房里的大木门，后来是小洋楼里气派的大铁门。多数红军后代早已从农村搬到城市生活，我再要去找那些牌匾，已经没那么容易了。欣慰的是，他们无一例外都远离了颠沛游离、居无定所的命运，拥有了真正的安稳和幸福。

我想，无论是国家部委的牌匾，还是烈士家庭的牌匾，无不印证着新中国与中华苏维埃共和国血脉相承的联系。在这种叶和根的体认中，那些大大小小的牌匾，尽皆辉映着时代之荣光。

# 青松为证

一

枝叶苍翠、树干斑驳、胸围宽大，从表面看，这样的一棵松树，与南方众多上了年岁的松树并无二致。然而当我的目光越过纷乱的杂草和矮小的灌木，投注于树底下立着的一块方形石碑，忽然心中一凛。

原来，这是一棵有故事的松树。

石碑上，简要地记载着一个人的生平："华崇煌，男，1908年出生，红一军团战士，1932年参加红军，1934年随部队长征，长征途中牺牲。"短短的二三十个汉字，如此坚硬而生冷。如果将之放进浩阔的时空里，却足以激荡出意味深长的留白。我们不知道，他牺牲于何年何月何时何地，他经历过什么样的战斗，他是否用瑞金方言发出过最后一声呼喊……我们只知道，他牺牲的时候，还不到三十岁。

长征，二万五千里，那条路多么漫长，于他而言又多么短暂。文字上方，一颗鲜红的五角星静静地凝望着人间。红，是华崇煌生命的底色，也是华屋的底色、瑞金的底色、中国的底色。

山连着山，逶迤在赣闽边界。我所站立之处，正是瑞金市叶坪乡华屋村的后山蛤蟆岭。雨后的山岭，绿意更加深浓，密密实实的林木拉开一个半圆弧的弓形，环抱着整座村庄。细细观察，发现其中生长得最为茂盛，并以绝对优势占据后山高地的，是松树。

我对象征着华崇煌的那棵松树深深地鞠了一个躬，转身，又与更多这样的松树劈面相逢。每一棵松树，都拥有自己的名字：华崇宜、华崇森、华钦恩、华钦仑、华质彬、华钦柏、华钦梁、华崇煌、华崇沂、华桃生、华德和、华树生、华钦材、华德思、华崇松、华钦遥、华崇球。这一块块石碑，一个个名字，如此集中地呈现出松树与一个姓氏、一座村庄和一段历史不寻常的关系。

是的，华屋，是著名的红军烈士村，这十七位被后人刻下名字的华姓后生，都有着相似的简短生平，都没有活着回到这座村庄。只有他们亲手种下的十七棵松树，还挺立在密林中。有的根枝相连，像携手的兄弟；有的独自站立，像落单的孩子。但无论如何，它们都有着同一个生长方向，朝着天空，朝着阳光，永不止歇地引颈张望，就像当红军去革命时那一份热情似火的决心，就像1934年10月那一场义无反顾的出征。

风掀动阵阵松涛，仿佛低低地诉说。我围绕着那些苍劲刚直的松树和碑文，一遍一遍地仰望着，阅读着。这十七个曾经鲜活的生命，开始是平民的儿子，后来是党的儿子、国的儿子。他们连一张照片都没有留下，他们的音容笑貌只能在后人的讲述和人们无尽的想象中复现。

但是我知道，无论从这十七个名字中随意抽出哪一个，背后都有一种意蕴丰富的人生，打开都是一段壮烈豪迈的历史。

二

二十世纪三十年代初，为扼杀新生的红色政权，蒋介石调集大量兵力，对中央苏区发起了军事"围剿"。前方战事吃紧、后方兵源短缺，苏维埃政府发出"扩红支前"的号召。一时间，宣传队、蓝衫剧社走村串户，张贴标语，表演歌舞，激情洋溢地鼓舞着苏区青壮年男子参军参战。作为中华苏维埃共和国首都的瑞金，扩红运动首当其冲，参军支前的人数达到了总人口的近半数，村村寨寨，父送子、妻送郎、兄弟争相当红军的动人景象比比皆是。

这其中，便有华屋的好儿郎。那时候，仅三十四户人家的华屋，家家户户都有人参加革命。他们不仅出人出力，还出钱出粮，为了革命是真正做到了倾其所有。据不完全统计，底子穷苦的华屋村民，共捐献稻谷三百余担，豆类四千余斤，银圆一千四百余块，还有许多难以估价的银器、黄金制品。

第一批应征入伍的，是华质彬、华钦梁、华钦材。三个年轻的小伙子心绪激动，跑到后山上与村庄告别。想到马上就要离开这片熟悉的故土，想到这一去不知什么时候才能回来，他们收敛了最初的欣喜，内心变得沉重起来。"要不咱们走之前每人在这种一棵松树，给家里人留个念想怎么样？"华质彬第一个提出了他的想法，华钦梁、华钦材听后，觉得是个好主意，便交口称好。

松树是阳性的，它总是和性格刚硬的人或有骨气的人联系在一起。古往今来，人们以诗文的形式，赋予了松树诸如坚忍、顽强、奉献、不屈等各种高洁的品格，想必华质彬他们也是自小便谙熟的。在赣南人的心目中，松树还是大夫树，能迎龙，他们习惯将村庄的后山称作后龙山，也喜欢将松树栽种在后龙山上，谓之后龙树。后龙树的地位仅次于社树、水口树，除非万不得已，谁也不会轻易冒犯和砍伐。

三人前往山坡上栽树的时候，引来了乡亲们的围观。不用说，大家都知道，四季常青的松树，蕴含着万古长青的深刻寓意。在三个小伙子坚毅的目光中，乡亲们读到了一种近乎崇高的内涵——他们要将松树的节气种进华屋人的骨气里，并生长为根深叶茂的精神和信仰。

"我们去当红军，决不做逃兵，更不当叛徒！"

"我们坚信革命必胜。"

"对，革命必胜！"

"以后，咱们华屋人去参军，都来这里种棵松树，就算是我们留下的根啦！"

乡亲们听了纷纷拍手，心中更是深深叹服，许多人暗自想着自家初长成的男儿，是不是也应该送出去了？

扩红运动还在继续。从那天起，种一棵代替自己守望家乡的松树，留一份遥相呼应的思念，成为华屋男儿当兵之日约定俗成的规矩，固定了下来。

这一种，便是十七棵，便种成了一个神圣而永恒的仪式。

## 三

离别的日子眼看就到了，队伍集合的口哨声尖锐地响遍了整个村子。听说这一次是跟随红军部队北上，坑洼不平的村道上围满了前来送别的父老乡亲。牵挂和不舍，心疼与期盼，百种滋味翻腾在战士和亲人心间。华质彬的妻儿来了，华崇煌的父母来了……哭喊声、嘱托声，声声催人泪下。

队伍中，个头最矮、身材最瘦小的华崇宜，年仅十三岁。老来得子的爹娘，泪水涟涟地挤进送行的人群中。他们是积极支持儿子去当红军的，但看着自己面容稚嫩的儿子，从未出过远门的儿子，想到他小小年纪就要扛起刀枪、冲杀战场……实在不敢再往下想。

两位老人忍住心中万分的痛楚，拉着儿子的手，鼓励他说："崇宜啊，你现在是红军啦，是我们的骄傲哪，你要跟着叔叔和哥哥们好好打敌人、打胜仗，知道吗？"小崇宜看着忧心忡忡的爹娘，安慰他们说："爹，娘，你们就放心吧，我会像我种下的松树一样坚强勇敢的，你们就等着我的好消息吧！"

是啊，剩下的便是日复一日、年复一年的等待，华屋如此，瑞金如此，整个苏区留下的老弱妇孺都如此。只不过，对华屋人而言，他们还有松树，还有一份看得见的念想。他们知道，出发前，华屋籍的战士们早有约定：革命胜利后，要一起还乡，回报父老乡亲。如果有人牺牲了，活着的人不仅要为阵亡的兄弟照顾好父母，还要照看好那些松树。

谁能想到呢，他们没有等来一个归家的儿郎。

后来，华屋人就把这一棵棵青松当成了烈士的英灵和亲人的化身。每逢清明节，乡亲们来到这里，清杂草、挂草纸、点红烛，放上长长的鞭炮，用最淳朴的方式祭奠亲人，寄托哀思，召唤漂泊他乡的英魂归乡。

循着一块光荣烈属牌，我走进了华钦材烈士的遗腹子华崇祁家。今年八十七岁的华崇祁，是在父亲出发长征后一个月出生的。华屋的十七位烈士，留下过亲生子嗣的仅两人，如今，华崇祁成为唯一的健在者。"我从没见过父亲的样子，但小时候听妈妈说，我和父亲长得像极了。父亲生前是红军宣传兵，一直在黄沙村从事革命宣传工作，父亲是我一辈子的骄傲。"忆及往事，老人的眼里不禁闪动着泪光。

一个从未获得过父亲慈爱的人，最后只能凭借屋后的松树与父亲互诉心声。八十多年了，华崇祁还是像小时候那样，经常一个人跑到山坡上，抚摸着父亲种下的松树，倾吐着自己的心里话。他的叔叔华钦梁的松树与父亲的松树并排而立，有时候，他抱过一棵松树，又去抱另一棵松树，就好像触摸到了父亲和叔叔的体温。

在这两棵松树的不远处，人们建起了一座红军烈士纪念亭。人们还把这十七棵松树称为信念树，把这片小树林称为烈士林。越来越多的人来到这里，聆听故事，祭奠先烈。在讲解员深情的讲述中，总有人会发出难以遏制的啜泣声。

## 四

事实上，信念树的故事远未结束。在烈士林的东北面，又开辟出了一片青年林，十几株幼树正沐浴着阳光，茁壮成长。华屋的后人，凡是参军入伍的，都会来种上一棵青松。像先辈们那样种一棵具有象征意义的松树，已经成为华屋人的一份特殊传承。

可以想见，这些生机蓬勃的小树苗，有朝一日也将长成一棵棵参天大树，华屋的后龙山，会越来越茂盛，越来越葱茏。它们不仅守护着家园，更守护着代代相传的精神和信仰。

与之相对应的，是华屋人郁郁葱葱的新生活。

环村庄缓行，可见标志性的入口景观、宽阔的广场、气派的红军祠，村里还设有篮球场、农家书屋、农民戏台、医疗卫生室、老年颐养之家、妇女之家、留守儿童之家。我还记得，2015年12月，中国作协主席铁凝来到华屋，代表中国作协捐赠了三千册图书。那些书，现在就摆在农家书屋的书架上，滋养着村民们的文化生活。

六十六栋白墙黑瓦飞檐的三层小楼，错落有致地排列在村庄里。全村家家户户都在2014年春节前搬进了新居，自来水、卫生厕、光纤宽带一应俱全，房前屋后栽花种树、干净井然。我想起晋代葛洪在《抱朴子·钧世》中所言"大厦之壮观，华屋之弘丽也"。昔日与贫穷为伍的华姓子孙，如今真正实现了华屋在汉语中的释义。

在新居的一侧，是村民们着意保留的七栋低矮土坯房，那是烈士们住过的房子，他们不舍得拆掉。经过修缮之后，成为一处可供游客参观的传统农耕文化图景。人们在这里寻觅烈士的踪迹，也在居所的新旧比照中再次印证着自己所拥有的幸福。

如果将目光往远处张望，可见村前的田园上，建有大片的蔬菜基地。村民们用革命一样的干劲，在这片红色的热土上，种油茶、种毛竹、种果蔬，成立专业合作社，建立电商基地。连接319国道的入村桥和村内循环路修起来了，沿山脊的五千米环山游步道也修通了。收获的竹木蔬果，源源不断地运往村外，为村民增收插上了飞翔之翅。

华屋人还在缓坡地上养蜜蜂，他们生产的蜂蜜，便以"十七棵松"为名注册了商标。青松，是他们脱贫致富的力量源泉。他们知道，这甜蜜的日子，离不开栽松人和更多革命者当年的流血牺牲。

一边是种养，一边是旅游。到2020年，华屋村民的人均纯收入已达一万五千多元，在小康之路上阔步前行着。他们在华屋红军祠的主墙上，镌刻下"永远热爱党、永远跟党走"十个大字，表达着他们对新时代最真挚的情意。

苍穹之下，青松为证。清澈的河流绕村而过，天南海北的游客纷至沓来，欢声笑语回荡在村庄的每一个角落。如果十七位烈士有灵，看见青山绿树掩映下的乡亲们红红火火的新生活，也该欣慰吧。

第二篇章　弦歌嘹亮

# 苦是对福最深的向往

　　我的祖母从没上过学，这辈子她只认得八个字："福如东海，寿比南山。"

　　因为，她做了大半辈子的女红。她用心血描过绣过的这八个字，宛若八个深刻的烙印，长久地镌在她脑子里了。这八个字，也正是一个没有文化的乡村女人对于生命最质朴最虔诚的向往。

　　祖母的命运可谓坎坷，她出生于1913年，穷和苦就像命定的两块巨石，重重地压在她的左右两肩。因家中姐妹众多，难以养活，她六岁即被送到一户同样穷苦的人家当童养媳，跟着婆婆习女红、做家务、下田地。好不容易熬到成人，又遭遇乱世，战火连绵，日子在一"红"一"白"的反复交替中煎熬。二十世纪二十年代末，红军从井冈山来到赣南开辟红色革命根据地。1931年，中华苏维埃共和国临时中央政府在瑞金成立，祖母生活的地方成了红色政权的中心。反"围剿"、打土豪、分田地、减租减息和扩红运动，如同一股声势浩大的飓风席卷了整个瑞金，也影响了几代人的命运走向。自然，祖母也不能例外。1934年，红军从瑞金出发，踏上二万五千里漫漫长征路。祖母刚刚圆房的丈夫，从此一去不复返。而她，则因红军家属的身份，只能东躲西藏，时刻提防着白军的反攻倒算。

流落良久，最后嫁给我的祖父时，祖母已年近三十。祖父少年失怙，家境不好，穷和苦仍然像驱赶不散的蚊蝇一样，日日围绕在祖母的身边。

为谋生计，祖父学了一门杀猪的手艺，经常外出杀猪卖肉。再后来又到食品站工作，几乎很少着家。家中的几亩薄地，全靠祖母一人打理。她个头不高，身材娇小，翻山越岭行动灵活，但力气不大也是弱点。我的太祖母亦去世得早，祖母坐月子时还得自己洗洗浆浆，落下了一身病痛，可她还是用瘦弱的身体扛起了家庭的重担。拔秧莳田、打谷挑稻、晒谷晾烟、砻谷踏碓、推磨压碾，一季季，一年年，从不间断。

听父亲说，他小时候体弱多病，常常感冒发烧，让祖母操碎了心。因为离圩镇的诊所较远，未通公路，要穿过一条蜿蜒曲折的鹅卵石古驿道，走起来异常艰难。每次生病，都是祖母用弱小的身体背着父亲前行。那个年代医疗不发达，常有孩子夭折，我的大姑就在幼时因病殁了。若不是祖母悉心照料，只怕我父亲也早就没了。听到这个故事的时候，我忽然心里一惊，没有父亲，也就没有我啊。

祖母这辈子最得意的事情是，她没有缠足。每当看到乡村里一些女人细脚袅袅的，干不了重活，行不了远路，祖母就无比同情。也正因此，她得以一人兼担女人和男人的双重职责，像一根顶梁柱，支撑起一个家庭的安稳天空。

除了下地劳作、喂猪养鸡，祖母一有空闲就坐下来忙活针线。麻是自己种的，线是自己纺的，布是自己织的，一家大小的衣服，都是祖母自己手工缝制的。还有长长短短的布鞋，也是她一针一针纳的。那时候没有纽扣，连布扣子都是祖母自己盘的。祖父去世也早，生活不易，祖母更须精打细算，祖父留下的那些长衫，都裁来做父亲三兄弟的衣服。便是碎布头也自有新的用场，或缝成裤衩、手帕，或制成布鞋、鞋垫。

我出生时，是二十世纪八十年代，手工做的布鞋已经极少了。但我仍记得祖母有一双自己做的黑布面棉鞋，鞋面上絮着很厚的棉花，摸上去软软的。鞋底纳得细细密密，鞋子极高极厚，像两艘肚容很深的小船。每年冬天，祖母都穿着它，提一个火笼，盖在围裙内，慢悠悠地走。那双鞋究竟穿了多少年呢，鞋底竟然一点也没有烂，只是略微磨得薄一点。鞋面脚尖处的黑布倒是磨破了一小块，露出了白色的里子布，但祖母仍旧宝贝似的穿着它。

不知道从前的麻布为什么那么经久耐用，祖母一直到老，都穿着自己做的青色或蓝色偏襟衫。她的衣服上，连花都不舍得绣一朵，但是对于婴幼儿的用品，她却是极尽耐心和精心的。

小时候，我亲见祖母翻出箱底的衣物来晾晒，其中有很多青布为底，缀有绣花的婴儿帽子与围兜。青布已经旧了，但绣在上面的花朵和字样却依然鲜艳夺目，粉的，黄的，红的，蓝的，绿的，煞是喜人。那些物件，多半绣有"福如东海，寿比南山"八个字。这些字，起初她不会写，是请人写好了依样画的，描绣多了，渐渐地她就能自己当成画画一样去完成了。她用这八个字将孩子围着，裹着，祈求着上苍的护佑。由于祖母的手工做得好，村里许多女红不好的人家，都要请祖母帮忙给孩子做帽子、肚兜、围兜或鞋子。为表诚意，祖母总是会绣上"福如东海，寿比南山"这几个字。在她的心目中，这也许就是最隆重的祈福仪式了。

对福和寿有着最深的渴望，何尝不是因为吃的苦实在太多太多？

祖父去世时，未及花甲，属于短寿。其时我父亲三兄弟尚未成年。这个被苦难盘磨的家庭，很快又迎来了三年困难时期。粮食奇缺，到处都有人饿死，而祖母一个中年妇女，带着三个正在长身体的男孩子，正是叫天天不应，喊地地不灵。铁锅被大集体收走了，自留地也不许种。老祖宗传下来刀耕火种、吃苦耐劳的传统，还在祖母的血液里翻滚。祖母多想去开荒种地啊，哪怕再苦再累，哪怕只种一两畦红薯也好，可是，却不被时势允许。祖母唯一比别人家多的是一头牛，家里有牛的户头，允许到指定的某块番薯地里割番薯藤以备牛过冬。那时，孩子们都饿得嗷嗷叫，祖母只能自己尽量少吃，让孩子们哪怕多吃一点点粮食。而她自己，早就饿得浮肿了，往腿上一按，就是一个久久弹不回去的深坑。

为了活命，祖母想到了家里晒干的红薯藤。硬邦邦的藤拿水泡软，再熬煮半天，拌点糠，就那样硬吞下肚。还有榨完淀粉的番芋渣，也是拿来煮着吃。我想了想，那不就是猪食吗？有时候连猪都嫌呢。可是祖母靠着这些猪牛的食料，硬是领着孩子们熬过了三年困难时期，再无一个孩子夭折。

直到后来，我们家每次吃芋子，还要说到一个吃芋毛的掌故。父亲说，吃不饱的年代，芋子的皮和毛是不能扔掉的。煮熟的毛芋子，皮和毛剥下来，翻到皮那边的光滑面，塞进嘴里，随便嚼几下，囫囵吞下肚，也能充点儿饥。

祖母惜物，从小教育孩子们不能用脚踩地上的饭粒。她总是说："踩了饭粒会被雷公打死。"吓得父亲那一辈战战兢兢，对饭粒无比虔敬。当然，那时候穷，吃都吃不饱，哪里还有饭粒会落到地上？直到我们这一代出生后，也从小听着祖母念叨这个禁忌。小时候不明就里，只是听到雷公打就觉得恐惧，自然乖乖地听话。不知不觉，这习惯就根深蒂固了。至今，我仍不敢有浪费之心，碗里还有饭粒一定不敢往地下倒，总觉得怕犯了禁忌。凡是和食物有关的东西，我也绝不会倒进卫生间。因为，在我心里，粮食是干净和神圣的，不容许任何污秽之物与它们为伍。在现代生活里，这也许有些近似偏执了，但惜粮食、不饕餮、能知足，不也是人立于世之根本吗？祖母的家教，俨然已成为一种穿越时空的意念，种进了我的灵魂里。

在生活最难最苦的时候，祖母从没有泯灭过对幸福的向往。她始终相信，红军二万五千里长征都胜利了，还有什么苦是熬不过去的呢？

祖母把对幸福的憧憬寄托在明天，也寄托在三个儿子身上。听父亲说，祖母家教甚严，从小教育他们做好人、行善事，并以身作则。祖母识得不少草药，平时多有采摘，晒干后晾在楼棚上，如遇村民需要，总是慷慨施与。久了，一些相隔较远的乡邻也会找上门来，无论相识与否，祖母从不让人空手而归。父亲小时候不懂事，也有过顽皮的时候。七岁那年，他为着好玩，将牛峤子树上的刺掰下来，摆在路中间立起，上面盖层浮土，想装个陷阱，搞恶作剧，看过往行人踩到陷阱时的窘态。按说这种坏事农村很多孩子都干过，父亲也是从大一些的孩子那里学到的。但祖母知道后，不言分说就用烟撬子狠狠地抽了他一顿，一边抽一边骂："我们家不怕穷，不怕苦，就怕养出干坏事的人。"从那以后，父亲吃了教训，再也不敢做祸害他人的事了。在祖母的教育下，父亲三兄弟越来越懂事，越来越知道行善积德的道理。多年以后，打我记事起，父亲就是一个修桥铺路、造福乡邻，在村里口碑极好的人。

祖父上过几年私塾，会写字算数。而祖母从没上过学，深知没有文化的悲哀，于是克服困难也要将父亲三兄弟送去上学。小学毕业后，大伯父和二伯父上了农中，父亲则因为成绩优异，上了普通初中。在那个年代，农村多数孩子都是不念书的，像父亲这样三兄弟都念到中学的家庭，根本找不出几家。事实也证明了祖母的英明：大伯父继承了祖父的杀猪手艺，因为有文化，接班到食品站上班，算是有了一份稳定的依靠；二伯父学了一门做篾的手艺，他心细如发，请他做篾的人络绎不绝，又因算盘打得好，人老实忠厚，公社请他当了会计；父亲念书时成绩一向非常突出，上初中时还被选中上北京见毛主席。听说父亲是坐飞机上的北京，祖母逢人便说。到1969年元月，父亲又光荣地当上了人民解放军。退伍之后，父亲先是当了民办教师，后来又调到公社工作。三个儿子，全都培养成人成才，在农村，对于一个中年守寡的女人来说，是件多么艰难又多么值得骄傲的事。

　　而我感受到的，则更多是祖母的慈爱。小时候，我总是跟在她身后，只要有一点儿好吃的，她都留下来塞到我嘴里。冬天里，她的火笼是我最温暖的所在。上初中时，她为我炒酸菜或咸菜带去住校，总是禁不住多放几勺油。那时候我在灶前烧火，总是听她一边炒一边心疼地说："可怜哟，天天吃这些没营养的菜。"如果我被母亲责骂，祖母总是像只护雏的老母鸡那样将我护在身后。记得有一次，我不小心打烂了一只碗，料想母亲会打我一顿，祖母主动揽下了罪责，和母亲说是她打烂的，母亲果然忍住了没有发火。因为，在我们家，无论遇到什么问题，儿子儿媳首先得讲孝敬。长大以后，我从父亲手抄的笔记本里，偶然翻看到颍川堂瑞金钟氏一脉的家训，其中就有"孝悌谦恭，勤俭持家"这两条。

大半生的勤苦操持，祖母也盼来了她期待多年的福报。三个儿子儿媳都尊重她，孝敬她。除了二伯父过继给没有子嗣的二祖父为他养老送终外，大伯父和父亲两家轮流供养祖母。那时候，祖母已经做不动重活了，不管轮到谁家，谁也不会让她下田劳动，担水挑柴。堂兄堂姐和我们兄妹出生后，都是各自的母亲自己带养。

　　我家抽屉里至今珍存着一张全家福，那也是我平生第一次拍照。照片中，祖母众星拱月般地坐在正中间的位置。那是1985年的初冬，祖母七十一岁生日，父亲郑重地从乡里请了照相师来家里拍照。照相师将照相地点选择在屋后空地上，因为祖母腿脚不好，父亲专门搬好藤椅让她坐，然后一家人团团地围在她身边。祖母身上穿的军大衣是父亲当兵退伍时带回来的，头上戴的羊毛帽子也是父亲给她买的。父母从小教育我们要孝敬老人，他们自己也时时处处身体力行。所以祖母一直如这张照片里的一样，处在最受尊敬的中心位置。

　　祖母年老后怕寒，每到冬天，母亲虽然自己从不用火笼，但每天早上必为祖母备好一个火笼。父亲则专门采购上好的木炭，用于火将熄时可以续上，以保证她的火笼一天到晚都是热乎的。祖母老年后牙口不好，母亲总是将饭和肉都煮得很烂，让她能咬得动。每次家里蒸了蒸蛋，连开蛋碗都是祖母的专利。听说，由年纪最大的长辈开蛋碗，夹第一口好菜，也是我们家老祖宗传下来的规矩。父亲说，他也不知道传了多少年多少代，只记得极小的时候祖母就告诫他："小孩子不能开蛋碗，否则男的娶不上老婆，女的嫁不出去。"祖母爱吃肥肉，爱喝几口小酒，逢年过节时，我们总要请祖母坐在上席，给她夹没有骨头的净肉，父亲则为她倒上香甜的糯米酒。记得有一次过中秋节，祖母眼看着桌上子孙满堂，热热闹闹，又都对她孝敬有加，越喝越高兴，一高兴就喝醉了，脸上酡红酡红的，坐着坐着就差点溜到桌子底下了，幸亏母亲及时扶住她。喝醉的祖母成了话痨，反反复复地念叨着几句话："我过上了好日子啊。搭帮（多亏）共产党，搭帮我家南昌（父亲小名）。"说得我们都笑了。其实我们都知道，她是感念着苦尽甘来，感念着全家人对她的孝敬呢。

我在宁都师范学校念书的第一个学期，手上有了点零花钱。快放假了，我想到的第一件事就是要给祖母带点礼物回去。于是去逛街，为她买了一条围巾，一顶帽子，还有一瓶当时在宁都非常盛行的"宁酒"，感觉很是奢侈了一回。带回家后，祖母果然非常高兴，逢人就合不拢嘴地说："我们家秀华有出息了。"

那时候，我就想着等我毕业了，有工资了，要更加孝敬祖母，让她享受到更多的幸福。只可惜祖母终究敌不过时间的守恒定律，1998年春，祖母老了，在一个晚上安详辞世，无疾而终，享年八十五岁。父亲说，她去世的那天晚上，还吃了一大海碗饭，一点也瞧不出征兆。

"福如东海，寿比南山"，祖母，一个不曾进过学堂的乡村女人用大半生吃过的苦，换得了她心向往之的八个大字。

# 衣袂记

一

回到家里我开始坐下来哭泣。我不敢在学校哭，也不敢在放学路上哭，怕被人瞧见。现在，我必须尽快哭完并擦干眼泪，如果被母亲发现只会令她心生厌烦。这时候公鸡母鸡正乱乱地钻进圈里，屋后树林子里的鸟儿们也扑腾着归巢，四周喧嚷嘈杂，没有人会注意一个悲伤的女孩正捧着自己的衣服垂泪。

我需要一场痛哭，用来追悔一套衣服的不再完美。这像是一个没有观众的仪式，必须由我独自完成它。

那是我自出生十一年以来，在自以为已经足够漫长的人生中穿过的最好看的一套衣服。

几十年过去，我仍然无法忘记它的样子。桃粉色的布料挺括而洋气，与我穿过的诸多软塌塌的棉布衣服天差地别。弧度恰到好处的小翻领上，绣着精美的花边。前襟做了分片处理，也镶着两道亮闪闪的金边，设计感十足。裤子是小喇叭状的，穿上人也显得更高挑更精神了。

我最喜欢的是衣服上的纽扣，银灰色的底版，中间游着两条摇头摆尾的小金鱼。我发誓从没有见过这么好看的金属纽扣。在那之前，我的衣服上永远缝着颜色灰暗，扁平规整，中间四个洞或两个洞的塑料纽扣。村里人如此，学校的同学们也如此。

是的，十一岁生日，我的四舅从南昌为我捎回了这么一套衣服，足以照亮我所有灰暗日子的衣服。我怎么能不视若珍宝呢？我没有好看的鞋子搭配它，我没有好看的书包搭配它，可当我穿上它进入校园的时候，仍然惊艳了老师和同学们的目光。他们仿佛一下子不认识我了，那个总是穿得土里土气的女孩子，突然像是身上发出光亮了。

它给予了我最早的审美启蒙，满足了我对于华服的全部想象。我尽量在每周一升旗的日子，或老师上公开课的日子穿上它。我相信那样足够隆重，足够使我显得与众不同。我还悄悄给衣服取了一个名字，叫"小粉鱼"。

然而那一天在奔跑中匆忙跨进学校大门，我忽然发现，衣服上的一粒纽扣不见了。

简直像天塌了下来。在这个闭塞落后的乡村里，上哪儿找一粒一模一样的纽扣填上那个可怕的缺口呢？我憋了一下午没有哭出声来，但那天老师讲了什么，教室里发生了什么，早已是恍恍惚惚的了。

我哭的时候，忠实的老黑狗"烂面"跑进来蹭着我的腿，喉腔里发出一串我听不懂的狗语。"呜呜呜"，它是不是劝我不要哭？

我一边哭一边摸了摸老黑狗的头。心里想：不，让我痛痛快快地哭完这一场吧。从此，"小粉鱼"再也不是原来的"小粉鱼"了。两条金鱼的失散，让我挚爱的美物大打折扣。最重要的是，我深信此后再也不会拥有如此美好的衣服了。

# 二

几乎整个的童年，我都在灰暗色调的包裹中长大。黑色、蓝色、藏青色、咖啡色构成了全家衣物的主色调，它们总是具备耐脏耐磨的好品质，无比符合在泥土中刨食的村民需要。父母穿过给子女穿，哥哥姐姐穿过给弟弟妹妹穿，旧了破了缝个补丁接着穿。

穷，是乡村的基本底色。正所谓："新三年，旧三年，缝缝补补又三年。"世世代代如此，家家户户如此。

听奶奶说，她从前是自己织布自己裁剪缝制衣服的，偏襟衫，锁盘扣，千篇一律的款式，是不是讲究美观便可想而知了。奶奶一生都没有改穿对襟衫，那些旧偏襟衫，她一直穿到晚年。爷爷去世得早，他穿过的衣服一件没扔，全改小了给父亲三兄弟穿。

到了父亲这辈，市场上开始有洋布卖，但得凭票购买，布票按家庭人口定量发放。现在，父亲的抽屉里还收藏着1983年版的定量布票。原本稀缺的布票何以还剩下这许多张，盖因家里实在太穷，无钱扯布做新衣。父亲将部队带回的军装穿了一年又一年，破破烂烂了还舍不得扔。只有在出差、上班、学习、开会或探亲访友时，他才取出体面的衣服换上。母亲极少出门，更是俭省。相对于衣着的光鲜，他们更关心家禽家畜的兴旺健壮和庄稼蔬菜的丰富收成。

按习俗，每到旧历新年，人们都要添置一套新衣服。但我们家就只给小孩子添置，父母是轻易不裁新衣的。母亲给我讲过她小时候过年的故事，说是有一年外婆给孩子们各准备了一件新衣服，唯有母亲那件是花的，因为她是女孩子。二舅觉得那件更好看，死活赖着要，除夕晚上就抢过去穿着睡了。第二天早上，母亲只好穿着二舅那件暗色衣服走进新年。那是她一年中唯一一次添置新衣的机会。可是她不能哭闹，因为哭闹换来的只有责骂。

是的，在我印象中，母亲似乎从来没有年轻美丽过。她没有穿过花衣裳，也没有穿过裙子。在穷困的家庭训育中，她已经习惯了把好的让给比她小的，自己只求温暖蔽体，便于劳作足矣。令我难过的是，外婆厌恶孩子哭闹的性情转移到了母亲身上。从小，我都不能以这种方式获得自己想要的任何东西，哪怕只是一个拥抱和安慰。

生活的琐屑与困窘，让太多人习惯用最简单粗暴的方式训育子女，也让太多人从小学会了含泪隐忍，学会了摒弃欲求。

年老的外婆，还因几尺布与三舅的继妻发生嫌隙。"那个矮婆子，她偷了我的布。"外婆斩钉截铁地说。没有人可以说服得了她，她认定了这个半路进门的女人心肠不好。外婆多年与三舅一起生活，和先前的三舅母相处很好。外婆也知道，三舅母死后，三舅仍需要女人的温暖，她甚至很努力地像从前那样当一个好家婆，但她还是失败了。也许，是两个人的努力一同失败了。后来外婆搬到了大舅家生活，鸡飞狗跳的日子总算停歇下来。

其实，那时候大家都买成衣穿了，谁会偷她那几尺老布呢？连我都心生疑窦。可是想到外婆还宝贝似的惦念着那几尺布，我心里还是有点悲伤。也许，缺衣短布的日子留给她的创伤太过深重了。那种看待物质的金贵心理，那种收藏囤积不舍得拿出来用的心理，早已嵌进了她的骨血中。

同样的事件，还发生在麦菜岭的招娣奶奶身上。年近百岁时，她已经老年痴呆了。可是有一天，她忽然站在祠堂门口骂骂咧咧，痛陈村里一位妇女偷走了她的布。全村人听了，都是一头雾水。和她讲道理是没有用的。最后，村支书找了一块布递给她说："这是你的布，帮你找回来了。"她抱着那块布，如获至宝地回了家，停止了哭诉和痛骂。

我知道的，在她们的青年和中年时代，布是多么稀罕之物。孩子三朝满月、女孩婚前查家坊、新娘出嫁、老人还山……许多个人生的重要日子，布匹都是人们可以奉上的最为贵重的礼物。许多人家收了布并不舍得做成衣服，而是珍宝一样留着，一旦需要走亲戚送礼，它们又被新崭崭地摆上了案头。

## 三

很长一段时间里，乡间流传着"嘀咯鞋子（高跟鞋）羊毛衣，单车手表收音机"这句顺口溜，它代表着姑娘们对于结婚彩礼的基本要求。为了顺利成就一门亲事，很多农村家庭心甘情愿举债满足这些条件。在婚前，多数女孩子是穿不上高跟鞋和羊毛衣的。对未知享受的渴望，诱惑和催促着姑娘们一个个成为新嫁娘。

虽然我出生在改革开放之后，但童年和少年仍旧目睹并亲历着乡村物资匮乏之痛。后来我想，也许是时代的进程还在缓慢、耐心地渗透之中吧。这些年我有机会走向全国的许多地方，认识了许多各色各样的人，当我们忆及童年并相互比较，才发现地域和家庭出身的差异，同样影响着人的生存境遇。至少，生活在山区的我，所感受到的春风吹拂比城市慢了好几拍。

童年里，我同样是一个穿不上羊毛衣的孩子，即使最劣质最便宜的毛线织就的毛衣也没有。冬天，我穿一种又厚又硬的卫生衣，颜色多半是深蓝、黑色或酱油色，前襟安两个方口袋。这种衣服虽厚却不怎么保暖，一件不够就穿两件，以至裹得像头棕熊，双手无法自如活动。没有棉外衣可穿，只在卫生衣之上罩件宽大些的薄衫子。美这个词语，离我太远太远。

母亲自己也只在结婚时买过一两斤便宜的绿毛线，为自己织过唯一的一件毛衣。后来那件毛衣穿到线都朽败了，拆下来到处是断头，只够织一件小背心，才轮到了我身上。

念小学三年级时，我开始到乡里的中心小学去，发现有好几个女同学是穿毛线衣的。她们的妈妈手巧，用各种颜色的毛线搭配，织出各种花样图案，有的还是一整套当外衣穿。那样的穿着很容易将她们和我分出阶层，我感到了强烈的自卑。虽然我总是考第一名，虽然老师们甚至校长都喜欢我，经常夸我，但我还是难过地领悟着这种差距。青的妈妈是中学教师，爸爸也是公职人员；丽的爸爸是小学中层干部，妈妈在圩上开理发店；春的爸爸开着诊所，妈妈是裁缝师傅……她们生活在圩上，丰衣足食，无忧无虑，个个显得养尊处优。

我的内心弥漫着一种不可企及的忧伤，我渴望有一件像她们那样的毛衣，一件领子和衣袖上织出了花边，腰间和胸前搭配了颜色的毛衣。那是我第一次向母亲开口，我向她描述衣服的样子，并表现出了深深的贪馋。

母亲竟然破天荒地答应了我。像是完成一件需要下大决心的伟业，她去圩上买来了鲜艳的红毛线，外加一小卷纯白的毛线，用于搭配颜色。然后，她开始了漫长的针织过程。事实上，她这方面的经验实在少之又少，纯粹靠自己琢磨和体会。加之她终日忙于田间劳作或操持家务，每天可以利用的时间那样少。四根棒针在她的手中并不太灵活地挑动着，半年或者一年之后，我终于拥有了平生第一件彩色的新毛衣。我将它穿在身上，深知它并没有我想象中的那么漂亮，与那几个女同学的毛衣相比，还有天大的差距，但我已经对母亲心怀感激。

我所能想起来的物质满足实在太少太少。两三岁时，母亲还让我穿着开裆裤。冬天的清晨，我起床后追随着厨房里的母亲。她将我安顿在一张竹椅子上坐，刺骨的冰冷。我哭着要她先帮我将椅子坐热，并哀求说："你们大人的裤子都没有洞，为什么我的裤子有洞，我不要穿有洞的裤子。"那是我能记事后，她所给予我的第一次满足。她把我所有的开裆裤全部缝合起来，至少使我变得体面和温暖了一些。

多数时候，我顺从于母亲的安排，她让我穿什么我就穿什么。比如鞋子，我永远穿着比我的脚大一二码的松松垮垮的鞋，因为她担心我的脚长得快，会浪费。事实是我的脚永远跟不上鞋的尺码，直到它们停留在三十四码，再也不长为止。

如今我仍害怕和母亲提那些旧事，因为腹中填满太多辛酸，一提，我们都免不了要落泪。

可想而知，四舅送的那套"小粉鱼"，给我的少年时光带来多少荣耀和骄傲。

## 四

"小粉鱼"之外，大多数时候我是黯然无光的。

我仍能清晰地回忆起那一天的穿着：一件红得俗艳的上衣，质地粗硬，摸一下就刮手。一条军绿色的旧棉布裤子，软塌塌的，上身一小会就满是褶皱了。最糟糕的是，那条裤子被课桌上的钉子撕开了一条长长的口子。那条口子被缝合起来，留下一个类似伤疤的歪歪扭扭的补丁印。它们均出自母亲的手艺，她未出师门，师傅便与人世永诀，充其量只是个半拉子裁缝。

那一天我正在参加作文比赛，用前三分之一的时间洋洋洒洒写完了一篇命题作文。我看着满教室埋头苦干的同学，先是有一些如释重负的快活。然后在无所事事的左顾右盼中，我开始注视自己，打量自己的穿着打扮。念初一了，青春开始萌动，我变得更加注意形象，可是我无能为力，不知道怎样才能使自己显得好看一些。衣柜里，可供挑选的衣物那样少，我的心中充满了忧伤。

讲台上，我们的女教师穿得多么漂亮。我难过地低下头去，看见脚上一双绿色的解放鞋，脚指头前边还剩一大截瘪瘪的空间。我等了许久许久，不敢第一个走上前去交卷子。当我躲闪着从她身边离开，眼睛里盛装的净是裤脚和鞋子的绿。那次比赛，我得了第一名，然而埋在心底的憋屈和自卑并没有因此削减多少。在书本中，在现实里，所有人都试图教育我，人更应该注重心灵美，而不是外在美。我多想大声喊出来："爱美是一种本能，不是吗？"

在学校的元旦联欢晚会上，除了吉他弹唱是我此前闻所未闻的表演形式，还有霹雳舞、时装表演等节目令我大开眼界。穿着蝙蝠衫、太子裤的男生在舞台上翻滚；模特队穿梭而过，展示着各色各样的风衣、长裙、夹克衫……令我目不暇接。

在目不转睛地盯视着台上的红红绿绿时，我忽然感到时代的潮水扑面而来，它们飞扬、汹涌，几欲令我窒息。回顾自身的穿着，没有一样不令我自惭形秽。那一天，我听说我们的数学老师是一个很出色的业余裁缝，他善于设计时装。我还听说，这次时装表演的大部分服饰，来自一个外号叫"模特"的女教师。我渐渐注意到这位女教师，她教着高我们一个年级的数学课，几乎每天的穿戴都没有重样。

再后来，"模特"嫁给了我们的数学老师。当我近距离地接触到她时，她已经是我的数学老师了。我注意到男生女生们好奇、羡慕或暧昧的目光，由此深信不只是我对于美有着强烈的渴望。

每一种衣服样式开始流行起来，进入乡间的照例是无数的赝品和劣质品。

夹克衫风行到我们乡里，大约是1990年代初。袖口和腰围处是松紧带，扎得紧紧的，相对应的是衣衫宽大，如蝙蝠的翅膀。骑着自行车时，身后鼓胀起来的衣服使人显得庞大而威风。土了多年的农村人，对洋气和时髦格外敏感。每个中学生渐渐都添置了这样的衣服，尽管质量良莠不齐，仍有冲上了时代浪头的先锋感。

而我吃够了夹克衫的亏。母亲断不会在价格上对我慷慨，所能选择的余地少之又少。在一件便宜的夹克衫中，松紧带和塑料拉链形成一对水火不容的敌人。绷紧的腰围，随便一挣，拉链就撕开或爆裂，然后罢工，怎么也拉不起来。透明胶是我所能想到的唯一修补工具，结果自然是徒劳无功。后来干脆敞着怀穿，倒显得拉风而潇洒。

那时候我不明白，为何别人穿夹克衫不至于如此局促，难道仅仅因为我运气不好？许多年以后，我知道组成任何一种商品的零配件，都直接影响到它的使用效果，都意味着成本和价格，我对于"价钱识货"这句俗话简直奉若真理。

母亲告诉我，两三岁时，几位会写流年的先生从闽西来到麦菜岭。他们为村里众多男丁一一写下了流年簿，自然包括父亲和哥哥。由于父亲将他们当成文化人，待他们热情客气，还留他们吃住，先生又破例替我这个女娃看了相。

母亲的描述活灵活现："先生取出一本古书，一手翻到那一页，指着一个女孩子说那就是你。那个女孩穿着花衣服，显得花枝招展。"她还说，先生翻完，对我竖了一个大拇指，又捏了捏我的脸笑了。母亲由此认定我会有好命，至少是能穿上漂亮衣服的命。

啊，那个曾经存在于图画中的女孩，那件象征着未来命运的花衣服，给予我多少懵懂的憧憬。

那些年，我尚不能看见外面的世界，但我听从了母亲的嘱咐，努力读书，为自己挣得一个能穿上花衣服的明天。

## 五

当我回到家乡做一名教师时，忠实的老黑狗"烂面"已经不在了。它永远不懂得我的眼泪为何而流，而我多么希望它还在世，还能看见我穿上好看的衣服，像小时候那样甩动长尾巴，摇头晃脑围着我转啊转。

从前那个对美衣充满了艳羡的我，怎么会想到，六年以后，我们"模特"老师的儿子已经上学了，而且编在我任教的班级里。我看着那个眼睛黑亮，像他父亲一样沉默寡言的孩子，心中有太多的感慨唏嘘。一种时光移易之感，如激流般澎湃而来。

我至今保存着教书第一年拍摄的一张照片。我站在画面中间，双手搂着一群孩子，孩子们都将脑袋使劲地探向镜头。彼时的我，穿着一套紧身牛仔服，里面是黑色的高领打底衫，竖起的金属拉链闪闪发光。我身边的孩子们，与念小学时的我截然不同，他们穿得花花绿绿，款式各色各样，人人脸上都洋溢着天真活泼。

我常常陷入回想，那些年是如何渐渐蜕下厚厚的旧茧壳，进入与美衣同在的岁月呢？

在师范学校，尽管大多时候我穿着人人一个样的校服，但毕竟有了选择服饰的自主权。比如搭配一条健美裤，一双白色运动鞋，那校服便显出了精气神。在流行的推动之下，我尝试过喇叭裤、高腰裤、西裤、牛仔裤。其实我要得不是很多，无非穿着得体，无非远离从前的寒酸而已。

我跟着同学们在宁都县城的小巷子里穿行，找到一家据说手艺很好的裁缝铺，请那个中年的女师傅做一件衬衫、一条西裤。那应该是我第一次为自己选择布料，和师傅商议款式。它们同为浅灰色系，上衣带竖条纹，裤子是纯色。我希望这套衣服会使我显得苗条一些。是的，忘了交代，那时我有点胖，与如今判若两人。我的同学见证过我肉嘟嘟的样子，手背上趴着八个小窝窝。

女师傅为我们一一量着腰围、臀围、肩宽，用本子记下来。我第一次意识到每个人细部的差别，不只是笼统的胖和瘦，高和矮，还有象征身形比例的数字。那套衣服做得很成功，宽窄合体，裤缝烫得笔直。我买了一双中跟的皮鞋，将衬衫扎进裤腰里，整理出恰当的蓬松度。当我迈着自信的步子走在校园里，忽觉已经具备了昂首挺胸的意味。

为了弥补少时的缺憾，我还找针织店织过毛衣外套，领子上绣几朵别致的小花。直到我对花朵心生厌倦，终于自己动手将它拆下。人们常说："缺什么，补什么。"这种报复性的弥补，对我而言，只要一次便足够了。至少，它推动着我的审美在一次次成功或遗憾的试验中不断成长。

我的两个好友怂恿我买下过一模一样的黑毛衣，柔软的衣料，宽大的翻领，正中一个蝴蝶结。我们相约同一天穿起来，抬着下巴，大步跨进教室，仿佛有着盛气凌人的架势，板着脸装了一会儿，终于憋不住哈哈大笑起来，却因此被一个比较要好的男同学送了鄙称——"三只黑乌鸦"。事实是，那时候我们的自我意识不断萌芽，我们对穿着已经开始了个性的追求。恍然惊觉，从一个对各种花色极度渴望的小孩变成热爱纯色的少女，其间仅经历了短短的几年时光。

是啊，那个年月港台明星正成为青春期人群的偶像，他们大多深色着装，眼神忧郁，显得酷而深沉。以至我们照相留影都互相提醒，不准笑，要深沉。我发现，决定衣服好看与否的并非颜色，而是设计、剪裁和款式，当然，还有人的个性和气质。那样的崇拜和模仿似乎无须多言，美，总是像一个不可抗拒的深渊，吸引着你不断跌入。

我想起那些年，父母的美育和言传身教，衣服仅仅为着遮羞、蔽形、保暖，和偶尔的体面。难道他们从来不曾热爱或追求过美吗？不，一定不是这样的。忆及时代和家境的穷困将他们钉在了生活最低需求的柱头上，我不禁悲从中来。

# 六

父母刚从乡村搬到城市居住的那几年，我热衷于重新调整他们的着装。我为父亲购置品牌的男式衬衫，领着他去试穿羊绒大衣。我让母亲尝试穿宽松的T恤，休闲的裤子。在那之前，他们从未穿过羽绒服、羊绒衫，我一一替他们买全了。我看着他们一点点地融入城市生活，在人群中不再显得土气而另类，内心稍有安慰。

我自己也经历着不停的变化和调试。从牛仔服的休闲自由到职业装的成熟端庄，代表着从学校调动到机关工作的那段转型时期。抛弃职业装回归自由舒适，是我在写作道路上越走越远的时期。每一次的由繁而简，或由简而繁，都来自境遇或思维的变迁。

有一段时间，我迷恋过皮草。正如古时以衣饰区别人的地位尊卑、身份等级，皮草在某种程度上象征着一个人的经济生活水平。是的，那时候我并不富有，但也不至于买不起一件皮草。我承认女人的虚荣时常会出来作祟，尤其是当那种衣服美到令我日夜向往时。再后来，我又热爱上旗袍。我熟识了一家专柜，只要是小码，件件都合身而美好。导购员对我很是友好，因为每当我试穿她们的旗袍，在镜子前左右顾盼时，总会吸引一些女人前来试穿。自然，总有女性拿着我刚刚穿过的款式走进试衣间，却因为腹部的脂肪堆积深感难堪。我从来都对她们投以鼓励的目光，我想，只要喜欢，她就有权买下它，穿着它走上大街。我，和大多数与我同龄的她们，尤其是比我还年长的她们，生命中对美的向往都被现实压抑了太久。

几十年前的一个悲剧故事又一次浮现在脑海中。在某个山区，有我们的远房亲戚，村里有个年轻媳妇，因为不顾家人的反对，为自己置了一身新衣服，被婆婆挑唆，遭到丈夫一顿毒打。那个媳妇气不过，抱着刚满周岁的儿子跳进了深井。直到今天，我还在不断地想，如果不是因为穷困，如果婆婆和丈夫多少理解一个女人对美的迫切向往……可是，没有如果了。

从前的他们，怎么能想到世界会发生如此巨大的变化呢。当时代行进到今天，女人可以随心所欲地穿着自己喜好的衣服，她们本身也构成了人世间美好的一部分。

现在，我已经不那么喜欢穿着旗袍了，它对所搭配的包包、鞋子，甚至发型、妆容的要求，还有对身体的束缚使我渐生厌倦。我开始倾向于自由自在，可以大踏步奔走的状态。更重要的是，可以选择的衣服款式实在太多太多了。

拉开衣柜，光是裙子便有几十款，牛仔裙、A字裙、百褶裙、筒裙、背带裙、连衣裙……琳琅满目。做梦都想要一条裙子的时光，一去不复返了。看着那些层层堆叠的衣物，我常常为不知道今天穿什么而发愁。最后发现，真正喜欢经常穿的，就那么几件。

繁华过后，关于华服的所有梦想都该轻轻地安放了。相比款式的多样，我更加重视身体的感受，和对某几个品牌品质的信任，这或者也是我回归到简洁主义的缘故。

而我的父母，仍然保留着简朴的生活方式。今年春节，天气湿冷，父亲只是穿着一件夹衫当外套，我说他，他说不冷。直到先生忍不住提醒，他才听话地走进房间，换上先生为他置办的棉大衣。媳妇或女婿送的衣服，一定要穿出来，他是明白这个理的。但是我知道，他只是不舍得穿，他习惯了出门做客或办事时才穿好的衣服。

我选择理解他们，理解一个时代的深刻烙印。

在一张黑白照片里，我穿着"小粉鱼"，站在妈妈身前，脸上洋溢着暗暗的喜悦。那一年，我十一岁，四舅带回了这套衣服，并借来了照相机，为我留下如此珍贵的影像。

顺着"小粉鱼"的指引，我又一次回到十一岁，回到命运的底色中。只见那灰暗中的粉红时光，那小小心心的得意和真切悲伤的哭泣，那追着远方奔跑的身影，全都在衣袂中飘啊飘。

# 十四岁出门远行

一

父亲领我去瑞金县城的百货公司，挑选了两双雪白柔软的波鞋。十四岁，第一次出门远行，我唯一的愿望，竟是摆脱脚上那双永远又土又大又绿的解放鞋。

是的，解放鞋。它们总是那么廉价、实用、耐穿，并且可以继承哥哥未竟的事业，以达到废物充分利用的目的。我从来没有因为穿着问题向父母要过、哭过、吵过、闹过，只是沉默，将深刻的自卑紧紧地抿在嘴唇里。虹、春、娟是圩上的，都穿雪白的回力鞋，水的姐姐在福建鞋厂打工，早就穿上了暖和的波鞋。

我曾一遍遍地诘问自己，是不是我们家最穷，是不是我们的父母最吝啬，答案是否定的。

正如此刻，父亲毫不犹疑地掏出一张百元大钞，为我换来了两双波鞋，这约等于他一个月的工资。是的我懂，他们向来接近于苛刻的俭省，无非是要将少得可怜的收入一分一毫都积攒下来，供我们兄妹读书，无非是要保留足够的资本，为我们寻一个远离解放鞋的未来。

一辆咔咔作响的中巴车载着我在通往宁都的沙石公路上反复颠

簸，窗外是连绵起伏的青山，城镇迟迟未见，似乎此去永无尽头。我感到一种失重的遥远和恐慌，父亲坐在我的身旁，我知道他将很快离开，将我一个人抛在宁都。何况，我们素不亲近，除了他不时问我渴了饿了累了吗，再无话可说。

车上还有一二十个前往新学校报到的农村少年。这唯一的一趟班车，让我们不约而同了。他们和我一样，都是整个村庄乃至整个乡镇跳出农门的骄傲，对于一种全新的标志着命运转向的生活，都有着不可抑制的兴奋和憧憬。只不过，他们是以乡音浓重的谈笑放肆宣泄，而我，只允许浪涛在内心来回奔涌。他们鼓着腮帮子，又吮又嚼地对付着一块麦芽糖，发出吧嗒吧嗒的响声。我看见了他人身上那种毫不掩饰或者全无意识的土气，那正是我极力想要规避的。

而这，又绝不仅仅是依靠抛下解放鞋即可达到的。

十几年的农村生活，砍柴、农耕、劳作、喂养畜禽，那种以生存为重，与泥土为伍，缺乏考究的生命内核早已浸淫在骨血之中了。

在接到录取通知书的那段时间，我常常被一种夹杂着神圣、恍惚而又不可思议的情绪左右着，三年以后，我就可以当别人的老师了吗？以我自出生以来从未走出过瑞金的短浅见识，尚不足以思考更远的命运和更宽阔的未来。至于理想，无非是从土地上拔身，争取一份干净体面的工作。如此，我最直接的参照，便是我的老师。

那些从城里来的年轻女教师，都有着披肩的长发、白皙的皮肤，穿鲜美的长裙，配优雅的高跟鞋，身上散发一股似有似无的淡淡清香。三年的时间，能让我脱胎换骨，成为那样的女教师吗？

我对着穿衣镜审视自己，长期的体力劳动，加上营养不良，我迟迟未能发育出像样的少女形态。我面黄肌瘦，个头矮小，那些与烈日为伍的盛夏双抢时光，还为我的鼻翼种下了一粒一粒的小雀斑。摊开双手，掌心里又粗又厚的黄色老茧像魔咒一般如影随形，怎么也不能斩草除根。手背上，谜面般分布着冻疮和柴刀、镰刀、割禾刀留下的深深疤痕。

这个夏天，我去县城参加录取前的体检，穿着红得耀眼的劣质塑料凉鞋，被工作人员当作小孩子呼来喝去。我拿着那张体检表，上面写着：身高一米四八，体重七十斤。这是继我童年被带往乡政府体检，查出严重缺钙缺铁缺锌以来，第二次被揭示身体发育趋势如此滞后的情形。

有许多年我忽视着它的存在，但是现在，它提醒着我，使我对未知的师范生活充满了焦虑和不安。

## 二

我渴望以一种全新的面貌进入一个新的群体。在村头的小溪边，我用小石块一点一点地磨去手上和脚上的泥垢。我还去圩上花了几块钱请理发师剪下一缕刘海，以遮掩右额角因婴儿期一场大病落下的疤痕。

我从来没有像现在这样，看到自己身上太多的不完美。一直以来，我在学习上都以一个的明星的形象存在，备受同学仰视，他们因此忽略了我长相的平庸和穿着的拙劣。但是往后，随着一段全新旅程的开启，我预感到这所有的光环，即将结束了。那段时间，我正在读《简·爱》，深切地理解着女主人公的自卑和倔强，同时对于丑小鸭变身白天鹅的故事怀抱幻想。我还从邻居手中借来《圣经》，默默地消化着其中"爱和平等"的要义。

尽管用了一整个暑假的白天和黑夜来想象即将到来的人和事，但是面对一座于我而言近乎庞大的校园时，我还是感到了自己的卑微与局促。校园的主干道旁，风摇动着两排高大的棕榈树，那巨大的叶子发出轻易不可捕捉的簌簌声，似欢迎，又似俯视和拒绝。父亲领着我在公告栏里找到了自己的班级和名字，穿过曲径通幽的庭园、草场和楼宇，依次找到了教师办公室、教学楼和学生宿舍。

一号，这是一个多么令人耻辱的学号啊。一定是因为身高的缘故，我暗暗猜想着。身材高大魁梧堪称壮硕的班主任似笑非笑地望着我干瘦的小身板，对父亲说："梅江的水是很养人的，再过三年，她会大变样的。"我羞愧地低下头去，盯视着自己仍然黑瘦的脚指头。就在那一刻，我被现实击碎的信心又重新组合起来。

五张木架子的双层床拥挤在狭小的空间里，这意味着，我将与九位素不相识的女生同处一室，展开也许相亲相爱也许矛盾重重的现实剧情。室友们陆陆续续到齐，我发现，她们和我一样，大多来自农村。我们彼此暗暗观察又羞于主动结识，各自用力包裹着同样的腼腆和骨子里溢出来的土气。

整个下午，我木然地望着父亲为我归置好生活用品，担心他一离开，我就找不到转头的方向。然而，分别终归是一件无法摆脱的事实。父亲找到了高我两届的远房表哥（其实我与他第一次见面），带我们在校外简易的馆子里吃了一餐饭。然后，他站在校门口，朝我摆手，迈着坚定的步伐背身而去。他把我交给这座庞大的校园和陌生的人群了，仿佛完全没有体察到第一次只身离家的女儿满心的胆怯、窘迫和茫然。

在开口说第一句普通话的时候，我的信心又一次轰然倒塌。我发现，从自己口中吐露的字音那么蹩脚，那么七零八落，像一个跌跌撞撞的学步婴孩。很快地，我发现寝室里有几个同县的女同学，一种油然而生的亲切和依恋感，使我恨不能从此只与她们说话。

可是就连瑞金方言，她们也与我不尽相同。因为，唯有我来自最边远的山区乡镇，口音殊异。在用方言表达"蚊子、窗户、抽屉"等等词汇的时候，我遭到了她们的嘲笑。我第一次觉得，原来自己从小熟练操持的语言，竟是如此鄙陋。

同学们各自掏出从家里带出来的零食果物，互相邀请对方品尝。我带来的，是家里置办升学宴时剩下的"烧鱼子"，其实是收拾大鱼淘汰出来的鱼鳞鱼尾等和着米粉油炸的果子。出锅时是香脆可口的，然而此时距我的升学宴时间已经半月有余了。当我小心地挨个吃过了别人的南瓜干、红薯干、瓜子、冬瓜条之后，发现我的"烧鱼子"在她们勉强吃完已拿到手的一块之后，再也无人问津。

这是母亲为我准备的食物，她一定不曾想到，别人家的孩子，和我不一样。

三

九月秋凉，我从箱子里掏出两双波鞋，打算轮流换穿。

穿上新鞋走在通往教室的路上时，我发现生活又一次对我开了个不大不小的玩笑。那是我们家多年来不可更改的习惯，在为数不多的购买新衣新鞋的机会时，必为我挑选大号的买。"小孩子还在长身体，买小了很快就穿不得。"母亲不容置疑地坚守着这一准则，以至于我从来没有穿过合身的新衣合脚的新鞋。这一次，也没有例外。

呵，我要怎样快速地拔高我的身子，才能赶得上它们的大啊。我只能将鞋带死命地扎紧，以使步伐尽量地轻盈一些。一件原本以为勉强撑得起骄傲的物品，却让我感到了别扭。那个时候，我总是忍不住想起鲁迅的发妻朱安，和她婚礼上那双塞满了棉花的鞋子，小脚者尽力要追上时代追上生活的良苦用心，最后以失败告终，其实又多么悲壮多么勇敢。

我在路上遇到一个貌似与我同车来到宁师的男生，见他穿着一双鞋底宽厚而笨重的白色波鞋，每踩一脚，鞋后跟都要亮起一道红光。而他黝黑的宽脸，矮而粗壮的身材，与这雪白发光的波鞋是多么的不相称。他一定也意识到了这一点，低着头，每走一步，都像在强按住底气的不足。

是的，我们可以穿着解放鞋甚至赤着脚在大地上奔跑自如，但是在朝向理想和远方的路途上，我们还需要摆脱太多过往的负重与羁绊，在新的环境里找到自己迈步的姿势。

高年级兄弟班的学长来教我们做广播体操，我发现，那个仅见过一面的表哥竟然也在其中。他与同学谈笑风生的样子，让我想到了如鱼得水这个词。显然，他也认出了我。也许是想到父亲请他吃饭拜托他关照的责任，也许是我羞怯畏缩的样子令他心生怜悯，他走过来，很大方地向那些同学介绍他的表妹。表哥长得高大帅气，看得出，他的人缘也不错，那些教广播体操的学长对我多了几分耐心。至少，不会轻易露出轻视或烦躁的态度。

天知道我的潜能怎么会在短短的几天内被激发得淋漓尽致。我学得很好，尤其是和那些怎么也纠正不过来的同手同脚的人相比，简直堪称完美。我开始在心里暗暗地想，父母给予我的，也许不仅仅是幼年的疾病和少年的土气。

我的活动范围不再局限于三点一线。黄昏来临的时候，我会穿过那两排高大的棕榈树，走出校门，行走在梅江河畔，看河边绿意葱茏的菜畦，看落日为水口塔涂上金色的光辉。当我成为其中再自然不过的一部分，那种真实的沉浸与融入，驱散了最初的惶恐和不安。

　　有同学相邀晨跑，锻炼身体。每天黎明时分，我们开始在城南大桥上奔跑，桥面应和着我们的脚步，发出沉闷的回响，带动一阵轻微的震颤。当我大汗淋漓地返回校园时，太阳还未升起。不知从什么时候起，我发现波鞋不再显得那么宽大，那么笨重，我穿着它健步如飞，并找到了奔跑的节奏。

　　教室里有一台黑白电视机，每天晚自习时都要播放新闻联播。我们可以一边听新闻，一边练习书法。而在我的内心，则暗藏了一个不为人知的目的，跟着播音员校正我那由民办老师教的汉语拼音，以及随之带来的不标准普通话。我发现自己读不准韵母中含有"ong"的所有汉字，是因为村里的老师一律将之读成"eng"。这样的训练成果显著，找到了问题的根源，我发音的缺陷迅速得到校正，甚至斗胆参加了播音员的竞选。

　　在日渐深入的交往中，我了解到，外表比我光鲜的林和丽没有了母亲，玲则从未见过她的生父。她们内心的沉重和伤痛，比我不知要深多少倍。开学没多久，我收到了父亲的来信，他对我嘘寒问暖，而她们没有。我第一次发现，自己竟是一个如此富有的人。十四年，他们为着我的未来齐心协力，给予了我无与伦比的完整和丰盈。

　　我摊开信纸，给父母写下第一封回信："爸，妈，梅江的水的确是很养人的……"

# 追上一声风笛的鸣响

夜色如同一张巨大的网，被网住的人，总是试图逃离黑暗，奔赴有光亮的地方。我与燕挤进赣州站的售票厅里，在长长的队伍后面蜗牛般地往前挪动，期待有一列火车带我们回家。

"快，来不及了。"她刚刚高举双手，就被后来的人从售票窗口前抬将出来。我在翘首等待中回过神来，接过她递来的一张红色火车票，抓起行李，撵着她的脚步往入口的方向飞奔。来不及问询和解释，也来不及顾忌形象和面子，只是挤开人群，像两只惊慌失措的兔子，奔跑，奔跑。耳边是呼呼的喘气声，是高音喇叭紧迫催促的播报声，还有好心的车站工作人员的指路声。

初冬的夜风，凉意暗袭，而我们却跑得大汗淋漓。我们都释放出了超乎寻常的能量，穿地道，过天桥，下楼梯……一列绿皮火车就停在眼前，站台上往来的旅人已经稀疏，而双手沉重的物品却渐渐拖慢了我们的速度，尤其是燕，她被高跟鞋捆缚了脚步，明显已经力不从心。

终于跑到一节车厢前面，此时站台上只剩下我们二人，列车员正躬身要收起脚踏板。幸运的是，车厢门还开着，仿佛是专为等着迟来的我们而开着。我俩奋力将手上的东西一股脑扔上火车，车上一个小伙子热心地接过去放进里面，好为我们腾出一个上车的位置。"快，马上要开了，抓紧。"所有人都焦急地看着我们。借着列车员伸过来的手，我快速地一跃而上。

然而，就在燕的手快要和列车员的手握在一起的时候，"呜呜呜"——风笛拉响了，火车开始缓缓启动。燕跟着火车跑动着，喊叫着，列车员最后无奈地朝她挥着手："不要追了，太危险，回去吧。"火车逐渐加速，我与燕，两个同行的旅人，就这样被分隔在路途的两端。

那是2005年的一个冬夜。我站在车门边，很久很久，都没有回过神来。直到我开始掏出车票，准备寻找自己的座位，才感觉到手心里隐隐的疼痛。伸出手来，是几条红而深的勒痕。那是纸盒的细绳，借着奔跑的重力，深深地勒进了肉里。

像一只蜗牛，我将两个人的行李一件件地往座位边上挪动、码好。小灵通的电话铃声骤响，燕告诉我，今晚再没有班次回瑞金，她需要在赣州住一晚了。幸而，随身的小包没有扔上火车。我猜想，她在拼尽最后的力气追赶火车，最后无奈地停下脚步时，一定望着远去的火车发愣了许久。

是时候交代事件的因由了。2005年，我还是瑞金市城区某校的一名语文老师，燕是我们学校的副校长，一个从事语文教学多年并深有心得的前辈。大余县南安镇教办负责人找到她，想请她过去上一堂示范课，并让她推荐一位年轻教师同往。燕想到了我，彼时我刚刚有一节电教课获得了赣州市赛课一等奖。

那时候的交通是多么不便啊，我们从瑞金乘绿皮火车到赣州，再从赣州转汽车到大余，几乎用去了大半天的时间。那是我为数不多的一趟出远门经历，坐火车的次数更是屈指可数。从买票、乘车到花费和报酬的计算，都由燕一手操办，我只需跟从。公开课进行得很是顺利，燕带去的是演示过无数遍的精品课《两个铁球同时着地》，我则带着驾轻就熟的获奖课《荷叶圆圆》。听完课，在场的老师们报以热烈的掌声。镇教办的人热情地带着我们登上了大余著名的景点梅关古道，欣赏漫山遍野正蓄势含苞的梅。

今天的我们可以随时掏出智能手机，上网搜索火车的班次，在网上订购火车票。这在2005年是不敢想象的事情。我用的是只能接打电话、收发短信的小灵通，许多偏僻之处尚没有信号。那些走在时尚前列的人，也不过用着砖头般的按键手机，功能并没有强大到哪儿去。这，或许是燕没有赶上火车的根本原因。如果我们可以用手机从网上订票，则省去了排队购票的漫长等待。

大余的同人热情地开着小车将我们送去赣州乘火车，还在赣州安排了丰盛的送别晚餐。他们胸有成竹地说，时间还来得及，不用担心，慢慢吃。我甚至不知道他们所指涉的时间究竟是几时几分，虽然心里有些急切，但也只能少安毋躁。燕和他们有聊不完的话题，而我在坐小车时吐过一通之后，没有食欲，也没有说话的欲望，只是一个安静的倾听者。时间一分一秒地过去，我已不记得那餐饭吃了多久。或许是对方出于礼貌一再挽留，或许是燕对于赶上火车太过自信。总之，最后是一场与火车的赛跑，燕跑输了。而跑赢的我，要面对的是一大堆来自大余县的土特产：南安板鸭、周村酸芋荷、牡丹亭多味花生……所有的东西都是双份的，其中周村酸芋荷是罐装的，里面盛着满满的酸汤水。对了，还有两个人的行李袋，装有她带去的一大一小两个沉甸甸的铁球。事实是，我根本没有能力处理这么多的行李，连将它们带出站的力气都没有。

所幸在同车厢的人中，我很快找到了瑞金人。一个好心的中年男子答应帮我一起将物品拎下火车，拎到出站口。先生等在出站口，从陌生人手中接过重物，并对他千恩万谢。

2005年的我并没有足够丰富的想象力，揣测时代的发展之快。谁知道呢，自2005年瑞金站投入使用，不过几年火车就增加了许多车次，还开通了动车，具备了始发列车的能力。2019年，瑞金开通了高铁，火车站也整体升级，有了大城大站的规模和气势。从赣州到瑞金的车次越来越多，整个行程不到一小时，就像大城市的人上下班乘地铁那样稀松平常。

在这十多年的时间里，我乘坐火车外出的次数越来越多，从绿皮火车到动车，再到高铁。行走的路途也越来越远，每一次都是提前做好规划，留足充裕的时间等待，以从容之姿迈上火车。

当我安心坐在座位上，听见一声风笛的鸣响"呜——"，它是如此悦耳，如此动听。

# 信封里的十元钱

多年以后，许多关于师范的人和事像梅江的水那样在记忆里流走，可是水秀的面孔、与水秀通信的时光，以及安放在信封里的十元钱，时时要浮出水面，温暖着我，也盯视着我，鞭策着我。

1990年代，我来到邻县的宁都师范学校念书。相对于众多渴望跳出农门的乡村少年，我更像是一个命运的宠儿，早早地抛下了手中的锄头。可是我的好朋友水秀，却没有这样的幸运。她是我初中时的同桌，最铁的姐妹。那时候，水秀近乎疯狂地梦想着当一名护士，于是她报考了卫校。可是中考无情，残酷地击碎了她的美梦，她只好早早地成了一个打工妹。

她是怎样辗转找到我的地址，开始给我写信的呢，早已经忘了。只记得信里的内容大致是：她跟着熟人进了厦门的一个工厂，每天在流水线上辛苦地工作十几个小时。其辛苦状，似乎一闭眼就能想见。就是这样，她还不忘经常写信鼓励我好好念书。同样的，我也时时鼓励她好好工作，既来之，则安之。

哗然而来的现实，让我们过早地学会了安于现状。至于未来，更多更大的理想，我们都还没有来得及认真思考。

水秀是个心灵手巧的女孩，每次寄来的信都叠成纸鹤、树木等等各不相同的形状。又是在一个晚饭后百无聊赖的黄昏，班里的收发员扬了扬手中的信件说："钟，有你的信。"我的心顿时从迟钝中兴奋起来。收信，在那个数着寂寞乡愁过日子的年月，常常要让人欣喜若狂。

一看字迹便知是水秀了。夕阳透过窗外的白杨树，斑驳地照在这只洁白的信封上。她的纤弱的笔力，有一种令人心疼的美。

我舍不得把信封撕烂，拿了小剪刀小心翼翼地裁开。这一次，水秀的信纸折成了一只帆船。当我小心地展开铺平后，竟然发现船的中央躲着十元钱。信是平邮，我知道在信封里装钱其实很不安全，但是感谢邮政，让水秀的这封信平安地抵达我的手中。

迫不及待地想知道为什么，于是展信细读。读罢，却潸然泪下：

"华，告诉你一个好消息，这段时间我拼命地加班干活，每天只睡五个小时，现在终于提升为拉长了。你在学校读书，伙食一定不好，我没有多少能力，这十元钱寄给你，买点好吃的吧。我打工没出息，你要好好努力，别忘了你的文学梦……"

忽然明白了，为什么这一次，她把信折成了一只帆船。原来她从来没有忘记过我们曾经一起憧憬过的未来。也许她的梦已经漂远，却盼着我的梦能扬帆启航。回想三年的同窗时光，她曾对我的种种的好，依旧历历在目。冬天里，我的手时常冰凉，她用温暖的双手握住我的手为我取暖，并笑言："我就是你的火笼"；我的脚冻麻木了，她拿她的保暖鞋换我的解放鞋穿；我家离校远必须住校，睡在学校寝室的地板上太冷，她拉我去她家，跟她同钻一个被窝；班里的责任田要浇粪，她怜惜我个头小，叫我跟她合作，从家里挑来一担大尿桶，每次都是她一个人完成两个人的任务……三年来，我常常心安理得地接受着她的照顾，而水秀，也总是那样快乐地付出着。我们的友谊就像天上的恒星那样，一直亮到毕业。如今，虽然天各一方，但她的关心和牵挂却一如往昔。我想，水秀那么懂得关心人，又那样无私，如果她真的考上了卫校，不知会成为一个多么出色的护士呢。

我不知道，当水秀日复一日机械麻木地重复着同一个动作，当她的护士梦已经永远地成为过去时，她的内心是否还会升起一个新的梦想。但我们两个曾经天马行空编织未来的情景，却是那样深刻地印在了我的脑子里。她曾经眉飞色舞地描绘过她的生命蓝图，她眼睛里发出的动人的光芒，曾经映照得连黑夜也要发亮。

抚摸着她随信寄来的十元钱，我的心又是一阵疼痛。十元钱，对于很多人来说是那么不值一提。可对于当年的我，却是一笔不小的财富。它意味着我可以不再每餐吃两毛钱的青菜，能够买点荤菜犒劳一下自己；意味着我可以每天买一个平时不舍得买的椒葱饼，一连吃上二十五天……

可是，我想到水秀在流水线上几分几分地赚计件工资，想到水秀或许熬得满是血丝的眼睛，我又怎么忍心那样挥霍掉这十元钱呢？于是，我用那十元钱买了我一直想要的书。因为，我不能让水秀对我失望，我不能忘了我们曾有过的约定。她的梦或许黯淡了，可我的梦不能黯淡。为我，也为她。

从那时候起，我开始痴狂地阅读、写作，一有空就泡在图书馆里。我渐渐接触到大量的国外经典文学作品，夏洛蒂·勃朗特、雨果、托尔斯泰、泰戈尔……阅读，使我的目标日渐清晰，也使我的步伐日益坚定。如果说初中时的文学梦仅仅是一种海市蜃楼，到现在，则成了一道有着路径可以抵达的风景。

因着那个逐渐明晰的目标，我的写作不再局限于自娱自乐，而我的名字也开始密集地出现在校报和校刊里。文学社、广播站、宁师青年报都聘我做记者，有繁重的采访、写稿和编稿任务，那种日子很有成就感，但是也很忙碌很辛苦。坚持不住的时候，我会捧着水秀的信，一个人漫步在梅江河畔，看一眼，再看一眼："你要好好努力，别忘了你的文学梦……"

风从江面上吹来，抚过我素淡的旧衣衫。水秀清瘦的样子又出现在眼前，我曾无数次地想象过她用纤长的手指为病人扎下针头，如今它们陷入在现实的泥淖里。我们都是物质的贫儿，但是至少我们还有梦。看到自己的文章走出校园这块方寸之地，刊登在《中师语文报》的那天，我迫不及待地写信告诉了水秀。收到信的时候，她会哭还是笑呢？

此后的一个寒假，水秀回家过春节，专门骑自行车来我家找过我，接我到她家玩了一天。她还是那样，对人好，似乎是理所当然的事。再后来，我毕业当了一名小学教师，听说她找了个不错的男朋友，结了婚，生了子，便再没了音讯。

而我，这些年一直都不能忘记水秀的期盼。我不停地努力地写着，像探寻一座无尽的宝藏那样一镐头一镐头地掘进。因为文学，我的命运又一次得到改写，2011年，瑞金成立全国首个县级文学艺术院，由于我在写作上的成绩突出，选调进入了文学艺术院工作。2016年，我又得以来到文学的最高殿堂——鲁迅文学院中青年作家高研班学习。

二十年弹指而过，梅江河的水依然不息地流淌。梅江河畔的那所师范，如今被命名为宁师中学。时光之手以其强大的力量拨弄着世间的人和事。只有我知道，我所拥有的一切，似乎都与多年前水秀的那封信以及信里的十元钱发生着某种关联。

因为写作，我会收到许多寄自全国各地的信函，那个时候，我总会想起水秀来。真的很想见到她，问问她："还记得信封里的十元钱吗？"

# 茶亭沉浮录

我的眼前出现一座颓败的茶亭。它已经完全垮塌了，屋顶片瓦未存，只剩一片废墟之地豁然向着天空敞开。垮塌下来的青砖和条石，每一块都爬满了青苔与草藤。三面残存的墙体，泥土已经稀松，朝着大地一寸一寸地矮下身去。

此地名唤枫坳里，位于瑞金与长汀交界的山岭间。听说，它叫"上茶亭"，约莫建于明末年间，曾经连接着从江西通往福建的古驿道。可以想见，在安步当车的年月里，多少人曾以此为驿站，安顿过周身的疲惫；多少人曾以此为地标，等待或迎接过生命中的亲人。

在广袤的赣闽粤山区，驿站驿道，曾经遍布着这样的茶亭。它们供行脚的路人遮风挡雨、歇脚休憩，故又称凉亭、风雨亭。茶亭密集处，几乎每隔几里路便可见一个。修建茶亭的人，可以是官府或乡绅出资，也可以由村民集资。讲究些的，用青砖条石砌就，雕梁画栋；粗糙点的，可以是土夯泥筑，茅草遮檐。但无论如何，总有几张以资将息的长凳，总有一个将风雨烈日挡在外头的屋顶，炎夏天也总有善心者烧好的茶水。过往行人多的地方，还长年有卖米酒的、卖小吃的等在那儿。那些跋山涉水挑担行脚的人，那些贩货经商赶圩赴会的人，那些翻山越岭走亲访友的人，总能在茶亭里获得容留与安慰。

试想，当一个人孤独无依地走在山路上，骄阳似火，唇舌焦渴，此时得遇茶亭，是怎样一件惊喜的事情；若遇倾盆大雨，奔进茶亭躲避下来，望着茶亭外密集的雨帘，又是怎样一种欣慰的情状；当然，若是囊中有几文小钱，于茶亭里沽一壶客家的米酒，那又更是一番酣畅了。

作为驿站的茶亭，与历史上用以观赏的亭子显然不在一个类别上。诸如沧浪亭、醉翁亭、爱晚亭等，那是风雅之人游山玩水吟风弄月的去处，它们与穷苦百姓的生活不大沾边，只为点缀名山胜水、四时风景。它们的名字在文人的吟咏下披上了诗意的头巾，文化气息亦随着时日的增长愈沉淀愈浓厚。如欧阳修的一篇《醉翁亭记》，便让一个亭子名声大噪。而大余县的牡丹亭，则因了汤显祖的戏剧《牡丹亭记》名贯中外。如果说那些历史名亭是阳春白雪，那么这些安顿在赣闽粤山区的茶亭则是不折不扣的下里巴人了。

单看茶亭的名字就可发现端倪，如"普济亭""施恩亭""积德亭"，它们拙朴如斯，甚至不需要经过反复的推敲，张口便是一个，无外乎儒家"仁义礼智信"的内涵与外延。的确，它们关乎着仁爱、善良，关乎着烙印在中华民族骨子里的宽厚与普济情怀。

一个平常而拙朴的茶亭，却成了父亲的救命恩人。1980年代，父亲是一名乡村电影院放映员。为保证影片常新，他不得不每日骑自行车翻越石罗岭换拷贝。一次骑行至急弯陡坡处，他发现刹车片失灵了。人的重量加上拷贝的重量，形成一股强大的惯性，向坡底俯冲而下。完全失去控制的车子，随时有可能载着父亲撞车或者翻沉深渊。幸而陡坡边有一个茶亭，父亲情急中掉转车头，朝茶亭撞去。疯狂的旋风在一座茶亭面前静止下来，父亲伤痕累累，终归没有生命危险。

事后，父亲专门找到建茶亭的人，表示了郑重的谢意。从那以后，茶亭在父亲的生命中多了一层别样的意义。

全家搬出市区生活后，父亲回老家还要乘车打那座茶亭边经过。茶亭旧了，裸露着土黄色的沙墙，一副灰扑扑的样子。需要它的人已经不多，它存在的意义或者只在于一种风尚的沿袭罢了。我猜想，当父亲看到那座茶亭的时候，一定会想起当年那惊心动魄的一幕，一定会触动一些慨叹，并让他铭记一份福缘。后来，我发现茶亭文化的印痕果真是深深地烙在了父亲身上。他乐善好施，心怀悲悯，大半生里都热衷于修桥补路、捐资赈济，为一筹莫展的村邻出谋划策。这些年，来自麦菜岭的乡亲进城办事，或外出打工，总喜欢在父亲的家里打个站。来了，吃顿便饭、住上一晚是常有的事。父亲从未嫌过麻烦，总是热情逢迎。从某种意义上说，父亲的家，于麦菜岭，如何不是一座伫立在城里的茶亭？

少年时期，我从麦菜岭出发，去往外婆家，总要在石罗岭的茶亭里作短暂的停留，喝上一碗新鲜的凉茶水。我记得，山顶的那幢旧屋里，曾经住着我远房的姑婆。多年以前，她唯一的儿子去了台湾，从此她便守着老屋和茶亭一个人孤独地生活在山上。她每日挑来山泉水，烧开，放上一些晒干的鱼腥草，供过往路人饮用。这样的凉茶是不收钱的，路人想喝多少碗就多少碗。姑婆活到八十多岁，算是高寿。人们都说，她一辈子施茶，是行善积德修来的寿年。她死后，就葬在屋旁的山上，依然日复一日地望着那座茶亭。

现在，石罗岭上最后一家人也搬进城了。而我们再也不用徒步穿越荒山野岭，再也不需要他们施舍的凉茶水了。茶亭离我们越来越远，那些用脚力丈量大地的日子也离我们越来越远了。一条宽敞的公路环绕着石罗岭蜿蜒而下，一些中巴车、小轿车、摩托车终日在公路上盘旋往复，载着来来往往出出进进忙忙碌碌的人们，还有谁会停下脚步，在山顶的茶亭上作一次悠闲的小憩呢？一箱一箱的饮料、矿泉水走进了千家万户，连最偏远闭塞的山里人家，也能拎着色彩鲜艳的橙汁或雪碧回家，还有谁需要去茶亭里喝上一碗好心人施予的水呢？

唯有被茶亭加持过的善念，还在人间一程一程地传递着。

# 安得广厦千万间

## 姨父迁居记

前不久，姨父打来电话，话语中抑制不住满心的喜悦之情，约我们一家前往他家吃乔迁喜酒。姨父闹心了一辈子的居住问题终于尘埃落定，有了完满的结局，我们自然替他高兴，于是欣然前往。

在酒店里，姨父亲自放了一串老长的鞭炮迎接我们的到来，并庆贺新居的落成。我们知道，这噼里啪啦的鞭炮声，就是姨父的心里在唱歌呢。姨父奋斗了一辈子，为住房的事也窝心了一辈子，现在总算住上了满意的住房，能不心里乐开花吗？

吃完饭，姨父急忙领着我们前往他的新居。但见一个全封闭物业管理的小区呈现在眼前，警备室、保安、监控器一应俱全。姨父边走边介绍着说："我现在再也不怕那些可恶的贼了。"想起来，姨父一家可是吃够了小偷的亏。九十年代初，姨父拿出好不容易积攒起来的十几万元在县城买了一处地皮，自己营建一栋楼房。因为钱不够，建房的材料分批分次才能买到，建房的速度也是蜗牛般奇慢，连师傅们都是手头上实在没活干了才过来做几天。当时姨父一家还住在乡下，不能每天守着楼房。不幸引来小偷频频光顾，先是刚刚放上去的窗户被盗，后来，小偷逮着他们家没人看管，连堆放的钢筋也半夜开车来运走，气得姨父是顿足捶胸。等楼房好不容易建起来之后，姨父发誓再也不建房了，又花钱又辛苦不说，还窝了一肚子的火气，实在太划不来了。

一路穿过绿树、花圃、假山，小区显得幽雅静谧，我们直赞姨父这次真是选对了地方。可不是嘛，姨父原来建的那栋楼房，紧临街道闹市，第一层就是店面。当时县城时兴唱卡拉OK，姨父所在的那条街，一下子开了大量的卡拉OK店，成为夜生活最繁华的卡拉OK一条街。这下姨父一家可遭罪了，每天深夜，躺在床上，从四面八方依然传来震耳欲聋的音响声，更时常有杀猪般难听的唱歌声灌入耳际，让人辗转反侧，难以入睡。姨父深受其害，形容起那些夜半惊魂的歌声时十分形象，说像肚子疼似的，整天哎哟哎哟地喊。在那儿住了不到一年，姨父眼窝深陷，神情苍老，再也无法忍受，遂举家从县城重返乡下生活。那栋楼房至今仍然空在那儿，偶尔有人寻租，他就是低价都愿意租出去。

坐上电梯，不知不觉就到了新房门口，姨父掏出钥匙，熟练地打开防盗门。我们进得屋内，逐一参观品味着他的新居。四室二厅二卫的新房，布局错落有致。他给子女各准备了一个房间，两老则选择了南面朝阳的那个主卧室。他领着我们走进主卧。十岁的侄儿好奇，打开了靠墙的那个大衣橱，忽然惊讶地喊了起来："快看，里面还有机关呢！"原来，用壁柜门做装饰的里边，是一个大大的卫生间，真是柳暗花明又一村哪。

卫生间里，一个光洁的坐式马桶放置其中。我们大声嚷嚷着："姨父你们还真会享受生活啊！上厕所也不用出房门了。"姨父长叹了一口气，伤感地说道："唉，要是'小地主'还在，可以用上卫生间，就……"姨妈一听，眼泪不由得自主就涌上眼眶。提起这个"小地主"，可是姨父一家永远的伤痛。"小地主"是我最大的表姐，听说长得白白胖胖的，十分可爱，所以有了这样的一个绰号。只可惜，我还没出生时她就不在了。那时候，姨父姨妈在石城坝口的钽铌矿上班，三岁的"小地主"没工夫管，就寄放在瑞金壬田的一个老人家里带。那时候，村里的住房全是土坯房，厕所的条件就更不用提了。有一次，老人到村子里的茅厕解手，"小地主"也跟了进去，一脚踩空，就掉进了粪池里。可怜三岁的"小地主"，还没来得及喊一声，就沉了下去。等老人叫人来捞，人已经不行了。几十年过去了，这件事在姨父姨妈的心里结成了厚厚的伤疤，轻易不敢揭开。但是今天，当他们住上了拥有两个大卫生间的新房时，那份永远的遗憾和痛楚仍然难以抑制地涌上心头。

"今天是个好日子，应该高兴才对！"妈妈接过话头说，"你看，你的外孙和孙子都这么大了，现在，再也不用担心上厕所的问题了，多好啊！"姨父姨妈回过神来说："是啊，是啊，不止是我们家，听说现在农村里正在进行土坯房改造，政府还发建房补助金呢。住上了好房子，都不用担心孩子有那份危险了，还是新时代新生活好啊！"

这时，表哥拿出一串鞭炮来递给姨父，说："爸，您不是还要在咱家里再放一挂吗？"姨父接过来，大声说："要放，要放。不过，我们到楼下去放吧，咱们吃了环境不好的亏，可别再让楼下的邻居吃这个亏啰！"

我们站在宽大的阳台上，望着楼下的姨父点着鞭炮，噼里啪啦地放起来。姨父随着欢快的鞭炮声，乐呵呵地笑了。我看见，姨父脸上的皱纹缓缓地舒展开来，似乎被迁居的喜悦熨平了。

## 本庆的新房

这是一个再普通不过的清晨，阳光一如往常温暖地洒在乡间小道上。道路两旁，粉红的蔷薇花正迎着春光粲然微笑。罗林生急匆匆地向村子走来，遇着下地劳作的村民，熟稔地打着招呼："冬招婶，又去侍弄烟叶了？"这村庄，叫七堡村；罗林生，是沙洲坝镇党委书记、赣州市派驻瑞金七堡村新农村建设工作组组长。

半年多来，罗林生和工作组的成员们早已踏遍了村子的每一个角落，熟悉了村里的每一张面孔。他们甚至常常蹲在田间，和那些村民一道给烟苗掐个顶，拔个草。但是今天，罗林生无心欣赏那些美丽的蔷薇，也无意脱下皮鞋进入那一丘丘碧绿的田畴。因为这一天，是村民钟本庆家新屋上墙的日子。

说到钟本庆，很多人都大摇其头，六十多岁的人了，一辈子连间像样的房屋都没混上。"他还是很早以前的高中毕业生呢，心中也有过抱负，可惜了！"村支书感叹地说。钟本庆困难的根源是妻子患有间歇性精神病，为了给她治病，家里扒拉土地收获的那点钱几乎全都掏空了。许多年来，钟本庆对妻子不离不弃。一转眼，大半辈子就这样过去了，妻子的病却还没有好。两个老人一直挤在一间低矮的破泥屋里度日，厨房和牛栏就那样简陋地依在小屋的两旁。他们家中，唯一值钱的东西就是一头牛了。

去年冬天的那场大雪，对于很多人而言无异于一场上天的恩赐，但对于工作组的干部来说，却分外焦心。第二天一大早，晨光方才熹微，他们便踩着嘎吱嘎吱的白雪，匆匆下到村里去了。

对钟本庆的家，他们格外揪着一颗心。那间年岁已久的破泥屋，已经不听使唤地张开了口子，好像因为屋内太过拥挤，想要透口气似的。此番下雪，他们担心的是裂缝变大，屋子会倒下来，同时又担心着天气寒冷，两个老人有没有柴火可以取暖，有没有粮食可以过冬。

进到屋内，一张老旧的圆木桌上放着一盆冷粥，显然是头天煮的了。钟本庆正好生病躺在床上，妻子则什么也不晓得，呆呆地站在一旁。他们不禁心酸得眼眶湿润，忙生起火来，把粥热好，招呼两个老人吃下。接着他们又检查了钟本庆家里贮存的粮食，幸好不缺，总算放下一半心来。而屋子的问题，仍旧是大家的一个心结。罗林生当即又踩着雪来到村支书家里，组织了几个壮劳力，先把这间破屋用木头撑牢固。工作组合计了一下，下定决心，无论如何要帮钟本庆建起一座新房来。

"安得广厦千万间，大庇天下寒士俱欢颜。"建一座新房，说来轻巧，真要实现，又谈何容易？以钟本庆家的财力，新房只能是梦中的一道风景。他自己也曾经说过："做梦都想在稳扎的新房里安安心心地打呼噜。"

不过今天，钟本庆的梦很快就要变为现实了！

一路上，觅食的母鸡在村子里"咯咯嗒，咯咯嗒"地欢唱着，工作组成员们一边回忆起那些过往，一边大踏步地朝钟本庆家走去。只见新起的基脚敦实地立着，建房的工地上，已是一番热火朝天的喜人景象。泥水师傅接过一块又一块红砖，结结实实地垒上墙。几个皮肤晒得黝黑的妇女，撂下田里的农活来当小工，挑水、运砖、拌水泥，忙得正欢。钟本庆花白的胡子里抖动着笑意，今天，妻子一切正常，还翻出家中的花生豆子，炒得香喷喷的，兴高采烈地分给大家吃。

走近新屋，他们一一辨认着：这是客厅，这是卧室，这是厨房，还有一个卫生间呢。新屋的结构，还是罗林生亲自设计的。钟本庆走过来，握住罗林生的手，动容地说："罗书记，真是多亏了你啊！"

是的，如果不是工作组的一再努力，又怎么会有新房的诞生呢？当初，钟本庆一筹莫展，工作组反复研究，决定帮助他申请住房困难户建房互助资金。这样，钟本庆就有了国家补助的一万五千元启动资金。可是，建起一座新房，少说也得三万元吧。钟本庆咬咬牙把那头牛卖了，得了两千元，工作组考虑到他只生有一个女儿，作为计生困难户，又为他争取了一千元补助金。

一万八千元，怎么才能把房建起来？这可愁坏了工作组。他们左思右想，终于想出了一个好办法。村里泥水师傅多，请他们义务帮忙，那一大笔工钱不就省下来了吗？

这样的设想起初是让他们感到困难的。因为钟本庆的妻子平时隔三岔五地发病，在村子里对着村民骂骂咧咧，又损坏别人家东西，没少得罪人，大家能心甘情愿地施以援手吗？工作组开始挨家挨户地做工作。白天找不着人的，他们就轮流夜宿村庄，利用晚上找那些泥水师傅谈。没有想到，村民们一说就通。

是啊，村民们怎么会不听工作组的话呢？半年多来，他们踏踏实实为群众办的好事，那是看在眼里，记在心头：吕屋小组的公路没硬化，孩子们读书常常摔成个泥猴子，是工作组跑交通部门争取到修路工程；一位患心脑血管疾病的村民不懂用药常识，是工作组请来人民医院的专家送医送药；村里的生猪养殖户不成规模，抗风险能力差，是工作组跑前跑后组建了"生猪协会"……这桩桩件件，都像放电影似的一幕幕浮现在村民们眼前。

你看，一块百来平米的地，原是村里公有的，当它变成钟本庆的新房用地时，没有一个人出来阻拦；运料的小六轮由村里的一个小伙子开着，一点儿油钱也没收，就隆隆地装着红砖开进了村。一个正在上墙的泥水师傅高声地打趣道："本庆叔，等新屋做起来了，你就放心地打呼噜吧！"帮忙的妇女们哄的一声笑了起来，钟本庆望望工作组的成员，也开怀地笑了。笑着笑着，他的眼睛里竟溢出了一种晶莹的水样的东西。

这笑声，比那些迎着春光的蔷薇花，还要灿烂！

# 流年食事

## 食枣记

枣确乎是金贵的，于南方而言。

小时候，也见过村庄里长有几棵枣树。它们似乎是营养不良或水土不服，一副永远长不高长不壮的模样，加上一身的刺，连摸一摸都不行，并不讨人喜欢。春天里，它们弱弱地开起了小黄花，只是星星点点，不艳丽，也不旺盛，总给人一种心不甘情不愿的感觉。

但我还是盼着它们能结出果实来。二十世纪八十年代，能够入嘴的零食实在是太稀缺了。

后来我才知道，枣树也分种类，需要优选培育。而我们身边的，全是自由生长不经意蓄起来的野枣树，也怪不得它们生性吝啬，只结小米枣儿。那枣啊，真就是米粒儿大小，绿莹莹地瞧着你，吊着你的胃口。即便这样，我还是吃不上它们。还没成熟呢，一帮野孩子早就偷偷地你一竿我一竿打光了，哪轮得着娇气惧刺的姑娘家家。

听说圩上是有枣卖的，但庄户人家一分钱恨不能掰成两分花，不是生活必需的东西哪舍得买。想吃枣，只能等村里有闺女出嫁或后生娶亲。每次听说谁家要结亲了，小孩子们总是翘首以待，露出一副馋嘴相。

乡间的喜事多在冬月举办。新娘子哭哭啼啼地走在前面，后面保管有个端簸箕的青壮年男子，簸箕上装满了红枣、花生、桂圆、莲子，寓意着早生贵子。莲子不能生吃，花生和桂圆南方种得多，并不算太稀罕。我们最稀罕的是那红彤彤、滴溜溜圆的大红枣。那种迫不及待要到嘴的甘甜，简直能让你百爪挠心。

但我们不敢造次，得等仪式举行完毕。我们团团地围在新娘子周边，有尿意也不愿意离开，生怕错过了吃枣的机会。最后，必有一个多子多福的年长妇女，将簸箕里的食物撒向猴急的孩子们。我们必先抢枣，然后才是花生和桂圆，只消一会儿工夫，便抢得一干二净。主家只笑吟吟地看着我们，尤其喜爱那些活蹦乱跳的男孩子。

第一次吃到炖枣，是家里为哥哥办十一岁生日宴的那天。一大盆的红枣莲子银耳汤端上桌，泛着诱人的光泽。尤其是红红的枣子，经过炖煮，色泽变成紫红，皱皱的枣皮舒展开来，那么圆润，那么可爱，像一个个小胖娃娃。也许汤里是加了糖的，我舀了一颗枣，和着汤一同入口。天哪，我尚不知人间还有如此美味，柔软的、甜蜜的感觉滑过舌尖。彼时只是想，等我长大了，能赚钱了，一定要买好多好多的枣。

及至自己结婚，从前的繁文缛节悉数被省略。没有迎亲，也没有哭嫁，更没有端着簸箕的后生跟在身后。但母亲还是悉心为我备好了嫁妆，被、箱、镜、盆、桶，一应俱全。当我打开一只装有鞋袜和红绳的小箱子时，赫然看见，箱子底部铺了厚厚的一层"枣生桂子"。遥想儿时抢枣的情景，不禁泪目。两年后，我生下一个柔嫩的女孩儿。像当年的小米枣花儿一样，细细的，弱弱的。但她在家庭中的珍贵，丝毫不亚于当年村庄里被众星捧月的男孩子。

是从什么时候开始，可以肆意地放纵自己的口舌之欲了呢？参加工作，领了工资时吗？似乎并不能，二百多元一个月，还需适当孝敬父母，日常开销便已局促。我没有记账的习惯，只觉得生活的变化更像是春天的新苗，在潜滋暗长中不知不觉就枝繁叶茂了。有意思的是，2016年我在北京学习，来自天南地北的同学互赠家乡土特产，海南的杧果、青海的牛肉干、新疆的馕……而来自山西的同学李心丽带来的，正是我儿时盼而不得的美味——香甜兼具的大枣夹核桃。

这些年，我吃过的枣已经不计其数了。鲜枣、干枣、枣制品；红枣、灰枣、紫枣、黑枣；切片的枣、去核的枣、免洗的枣；生吃、炖煮、泡茶……我喜欢用红枣、党参、枸杞炖酒娘蛋，食之，一个人在枣的微甜中闭目微醺，常感良日如斯，夫复何求。

大多时候，我将枣放在电脑桌边当零嘴，写作时，随手就能取一颗入口。现在，我可以随时用各种美味来犒劳自己，不再担心囊中羞涩。而互联网发展速度之快，让多少曾经天遥地远、奇货可居的金贵食物，几天之内就飞入寻常百姓家。

我的女儿，亦承继了我对枣的喜爱，时不时端着空盒子跑来告诉我："妈妈，该买枣了。"

## 猪油香

记得很多前年，奶奶曾给我讲过一个故事：有个叫件陀的人，家里很穷，常年吃不上油。有一次他发现村里的油槽没人看守，便悄悄地溜进去偷油吃，一口气喝了好多好多。结果第二天上茅房时，屙出来的全是油。

故事是真实的，如今想来仍让人感到心酸。物资匮乏的年代早已远去，我已经记不清是从什么时候开始，对于油腻的食物渐渐不再喜爱了。只记得在儿时的生活里，油于我而言曾经那么珍贵，那么令人心生渴念。特别是那凝固成乳白色的，香滑酥软的猪油，给我留下了多少美好的回忆。

我出生于1980年，小时候，家里难得有荤腥上桌，油就更是得省着吃了。有客人来，妈妈炒菜时才会刻意地多放些油，这时候菜都贴着锅底，闪着亮晶晶的光泽。而平时，妈妈只舍得放一丁点儿油，甚至干脆不放。一次被邻家一位嬷嬷偶然瞅见，不无感慨地说："唉，青菜都炒得'嘭嘭飞'哦。"妈妈至今说起，还要泪湿。

我们家一年一度最奢侈的盛宴莫过于年底杀猪了。养了一年的大肥猪，宰下来，连皮带肉加内脏，全都要拿去卖了换钱，唯有那厚厚的猪膏是不舍得卖的。妈妈把几十斤的猪膏切成块，一股脑放进大铁锅里，烧旺了柴火熬成油。不多一会儿，厨房里就传出醇厚浓郁的油香味了。我总是情不自禁地被那喷香的气味吸引，蹭进厨房里，即使只是闻一闻，也感到无比的陶醉，无比的心满意足。最后，猪膏熬成了一小块一小块色泽金黄，香香脆脆的猪膏渣。撒一点盐，趁热放一块在嘴里，那脆香，那酥麻，仿佛要把人的心都融化掉，简直是人间上佳的美味了。

熬出来的猪油，母亲拿勺子舀进搪瓷缸里，一缸一缸地贮存起来。猪油在缸里凝结，变得雪白雪白，酥松绵软，一打开盖子，香味扑鼻而来。也许是打小就理解了生活的不易，即使馋到口水直流，我也从不偷吃半勺猪油。我坚决地拥护着妈妈对生活的规划，自然，偶尔也能享受到一次猪油拌饭的奖赏。一勺猪油，再滴几滴酱油，拌在热饭里，顿时白饭变成棕色，闪着油亮的光芒，不由分说地诱惑着我的食欲，吃起来可以狼吞虎咽。吃完后一抹嘴巴，滑滑的，有说不出的得意与满足。

念书前，父母外出工作或劳动，总是将我一个人留在家里，孤孤单单的。我有时候会哭闹，耍赖不肯吃饭。母亲生气了，给我一巴掌，然后气呼呼地去田里了。等她走开，我一个人在家里抽泣着，门从外面锁上了，哪也去不了。不多时，会听见二奶奶一边开门锁，一边哄着我。进得门来，她就按母亲交代的，找出橱柜里的猪油，帮我拌一碗猪油酱油饭。我吃着香香的饭，慢慢便止住了抽泣。如今想来，那其实是母亲别样的疼爱和牵挂啊。

在缺医少药的农村，猪油还有一个妙用。烧伤烫伤时，搽上一点，可以防止感染，权当药使。我们家烧柴火灶，锅也特别大，灶膛里火烧得很旺，被烫伤的时候有不少，这时候，母亲就搬出猪油罐，轻轻地抹在患处。我已忘记了那油是否真起治愈作用，但身心被安抚的感觉却仿佛还在昨天。

如今，各种各样的食用油已经多到令人眼花缭乱，以至于有了浸出油、压榨油、转基因油、非转基因油等各种概念。我家的餐桌上，花生油、山茶油、橄榄油、葡萄籽油等健康食用油轮番上阵。虽然有些贵，但以我们的生活水平已经能够承受。

由于胆固醇等种种原因，猪油早已不受人们待见。但是那流年里的猪油香，仍在我的记忆里久久萦绕，挥散不去。它属于那个饥馑的年代，不可避免地要在我成长的岁月里刻下永不磨灭的印痕。

## 年滋味

南方的湿冷空气中弥漫着一股热烘烘的情绪，年来了。游子归乡、亲人团聚，所有奔忙的脚步都安歇在一个叫作家的地方。

只有母亲依然是最忙碌的，为着一家老小的春节衣食，为着一年一度最为隆重的年夜饭。这一天，在众多的美味佳肴中，要数饭包肉圆最不可或缺，工序又最为繁杂。

说起饭包肉圆，那绝对是瑞金独一份的舌尖美食。无论做主食还是当小吃，它都恰如其分。至于它是何时由何人发明，已不可考。据说我的爷爷辈，爷爷的爷爷辈，再往上数辈，无论再穷再苦，过年都是非吃饭包肉圆不可的。那热气腾腾的景象，那浑浑圆圆的形状，诉说着一家人热火朝天、团团圆圆的愿望和期冀。

一大早，母亲就忙活开了。她先是蒸好一大锅的白米饭，将头一天泡胀的大米拌进去搅匀，就端着去了石磨坊。石磨坊里围满了前来磨饭的女人，从清早到整个上午都吱吱呀呀的，热闹非凡。她们自觉地排着队，互相搭把手，磨完一家又是一家。父亲则提着从田里挖回来的藠头、大蒜、萝卜，还有新割的包菜去溪边濯洗。溪水在冬日里冒着一股若有若无的热气，破鸡的、洗菜的人们热切地交谈着，年的祥和气氛就在一股股升腾的热气中缓缓包裹着村庄。

母亲磨饭回来，将藠头、大蒜、萝卜和包菜切碎，再细细地剁着，一刀一刀，不厌其烦，一直剁至碎末才肯收刀。剁细的菜料，一股脑地倒进磨好的米饭中。那边厢再加上几碗红薯粉，打入两个鸡蛋，放少许盐。母亲开始用手一圈一圈地搅，直搅到你中有我，我中有你，再也分不出谁是谁，就可以上蒸笼了。

蒸笼早已洗得干干净净，上面垫一层纱布。母亲左手抓一把肉圆料，拇指和食指团成一个圆，均匀地挤一个肉圆出来，右手就拿一把小汤勺挖出，小心地放进蒸笼里。不多会儿，满满当当的一屉肉圆就像精巧的艺术品，摆上了蒸锅。我一边烧火，一边眼巴巴地等着，仿佛一错眼就会与美食擦肩而过。这时候，母亲已经开始了蘸料的制作。吃饭包肉圆，蘸料是顶重要的一环，否则食之无味矣。切好的红辣椒、大蒜头下锅爆炒，再添些酱油，加水煮透，上面撒一层葱花，一股浓烈的香味和辣味催得人直打喷嚏。

饭包肉圆在旺火上蒸一二十分钟后，笼屉里的香气再也掩盖不住，四溢开来。母亲湿了手，迅速起锅，倒扣在洗好的大砧板上，将纱布一掀，肉圆趁热一个个分解到钵子里，上桌。那扑鼻的清香，那白中透些乳黄的色泽，直诱得人馋虫大动。一家人端起碗筷，团团地围坐着，将饭包肉圆夹进碗里，淋上又香又辣的蘸料，咬一口，结实、饱满，吃得有滋有味，吃得细汗直冒。热气在餐桌上氤氲，母亲用依旧通红的手捋了捋头发，望着欢天喜地的一家子，不禁舒心地笑了。

我知道，每一个饭包肉圆里，都包裹着母亲的爱和辛勤付出。然而无论是最繁忙的年关，还是最琐碎的烟火日常，母亲从未喊过半个累字，只默默地忙碌着，张罗着，仿佛一切都是那么天经地义。因为，相比于饥馑之年，每一次为食物而奔忙的时光，都令她沉醉于主妇的满足。

是的，冬去春来，我们所体悟的年滋味，不都浸润在对亲情、美食的热爱，和对生活的憧憬之中吗？

## 开蛋碗

"外公，开蛋碗啰！"刚刚上桌的女儿，乖乖地把蒸蛋端到她外公面前，等他拿汤勺挖了一小勺入口，自己才开始自在地吃起蒸蛋来。从小的培养和灌输，她早已对这一必要的程序谙熟在心。

我的老家在江西省瑞金市九堡镇堑下村，听说，由年纪最大的长辈开蛋碗，夹第一口好菜，是我们家自老祖宗传下来的家风。据父亲讲，他也不知道传了多少年多少代，只记得极小的时候爷爷就告诫他："小孩子不能开蛋碗，否则男的娶不上老婆，女的嫁不出去。"后来他长大懂事一些，明白这只是教育小孩子的一种说辞，简单易教，无须讲太多大道理。但敬老尊长的家风，其实早已在他心中深深扎根。

的确，在那衣食不丰的年代，饥饿是生活的常态，人们对荤腥的渴求更是达到了极致。穷人家里，能吃上一碗蒸蛋，不啻一场盛宴。如若孩子不懂得孝道，待得长辈上桌，极有可能已经丝毫不剩了。

村里的冬娇奶奶便是如此，她生有六个壮如牛犊的儿子，两个有模有样的女儿，自己却瘦弱得跟一株枯树般。三餐炒菜，冬娇奶奶每炒一个，就被子女们端上了桌，一端上桌，大家便饿狼一般一抢而光。等到冬娇奶奶出来吃饭时，连菜汤都不会给她剩一口，除非那个菜实在难吃，大家都不要。冬娇奶奶实在太苦了，就想办法先装开一小碗，藏在灶肚里。可是有一次，藏的菜被丈夫发现，狠狠地揍了她一顿，子女们都幸灾乐祸，没有一个替她说话的。后来，冬娇奶奶六十出头就病故了，真是一辈子都做了可怜人。那时候我还小，印象中，她生病也没被送过医院，只是请个赤脚医生来打了几针。如今和爸妈说起冬娇奶奶，仍觉得难受。

但在我们这个家族，这种现象从未发生过。因为一代又一代人，都严格地遵循着祖上的家训：长辈没有上桌，孩子不能抢先吃饭；长辈没有夹菜，孩子不能伸出筷子；长辈没有开蛋碗，孩子不能先行舀蛋……这是家风，是对长辈的敬重，更是中华民族尊老敬老的优秀传统。

我仍然记得小时候，家里穷，物资又匮乏，母鸡生的蛋都要拿去卖了换钱用。妈妈只有在农忙时节才会蒸几个蛋，以犒劳大家辛苦的劳作。往往在清早割稻归来，我们兄妹早已筋疲力尽、饥肠辘辘，恨不得马上来一顿饕餮大餐。此时掀开锅盖，望见热气腾腾的米饭上方，平放着一大盆色泽金黄的蒸蛋，上面还薄薄地铺着一层碧绿的韭菜叶。那诱人的香味，沁入五脏六腑，令人不能不垂涎欲滴。但是我们都不敢轻举妄动，因为，还没开蛋碗呢。

终于等到妈妈把蒸蛋端上桌，猴急的我第一个催促奶奶："奶奶，快来开蛋碗呀。"这是我从小就知道的规矩，奶奶没动手，我们就不能开吃。奶奶明白我们的心思，她总是笑模笑样地走过来，拿起勺子轻轻地舀一点儿，咂咂嘴巴，好像陶醉在世间最美的滋味中。我和哥哥这才像下山的饿虎，你一勺我一勺地将蛋拌进饭里，吃得肚儿圆圆。其实，奶奶和父母，都是象征性地吃一些，更多的，还是让给我们兄妹吃了。直到最后剩下一丁点，按规矩也要给年纪最小的孩子拌蛋碗。当然了，我是最大的受益人，一直拌了十多年的蛋碗，直到外出念书。我想其实在我们家里，尊老和爱幼原是相辅相成的。

如今，我们全家早已告别了缺吃少穿的岁月，蒸蛋更是想吃就吃。但是长辈开蛋碗这种传统仍然一直沿袭下来，直到我的孩子这一辈。我相信，将来它还会继续传递下去，到孩子的孩子，孩子的孙子……

# 嬗变

## 灯盏辉映

每当我徜徉在瑞金城区的大街小巷，欣赏着繁华的夜景时，我的目光总要被各色各样的灯光吸引住。闪烁的霓虹，明亮的街灯，恰似一颗颗璀璨的明珠，把夜色装点得如此迷人。

抚今忆昔，我情不自禁地要想起陪伴在我成长岁月中的那些灯盏来。小时候，我所生活的农村里，是用不上电灯的。每到晚上，能点上一盏煤油灯就算是奢侈的享受了。做饭时，妈妈把煤油灯端进厨房；吃饭时，再端上饭桌；睡觉时，又端进卧室里。就着一盏煤油灯，全家人几乎是同进同出，步调一致，倒也温馨。不过有时我们兄妹俩一不小心把煤油灯摔到地上，煤油洒了，油灯碎了，那是要被大人狠狠呵斥的。毕竟在物质生活极为匮乏的年代，这样的损失难免让大人心疼一阵子。

为了节省煤油钱，我们从来不敢把灯芯拨得太长。逢年过节时，祭祀祖宗总要点上几支蜡烛，燃剩的蜡油也是不会浪费掉的。奶奶会小心翼翼地收集起来，装在一个金属的空面油盒子里，再将它们熔合成一块，中间放一根灯芯草，又可以用上几天。还记得童年时，那些个寒冷的冬天里，我常常和奶奶一起，把收集起来的凝固蜡油放在火笼上熔化。看着它慢慢地变成液体，然后端到窗户上冷却，又看着它慢慢地凝固成一个平整的圆。那是一段怎样温暖而又心酸的记忆呀。

念小学时，我和哥哥每天晚上都挤在同一张桌子上做作业，就为了共用一盏煤油灯。有时窗外有风吹进来，为了不让煤油灯熄灭，我们往往不得不停下功课，用手拢住灯火。在昏黄的油灯下，我们努力学习，都取得了优异的成绩。

上初中时，要上晚自习。这时的校园已经装上了电灯，我们的学习条件比以前好多了。不过那个年代的电是不稳定的，说不定什么时候就停电了。学校因此专门购置了一台发电机，由物理老师负责发电工作。常常是大家正认真地上着晚自习时，灯光戛然而止，校园里顿时响起浪涛般的惊呼声。这时，物理老师一定会打着手电筒，急匆匆地赶到发电房里。于是，学校的发电机很快便开始"突突突"地轰响起来，等到光明重现，教室里立刻又是一番埋头苦读的景象。

尽管学校能够发电，在校园里你仍然可以看到一个奇特的现象：几乎每个学生都会带上一盏煤油灯来校。因为一下晚自习，学校就会统一熄灯。为了继续学习上一段时间，同学们便点上了煤油灯。那时候，宁静的校园里，常能见到各个教室、寝室里透出三两盏煤油灯的光亮，灯下是埋头用功的农家子弟。这简陋的灯盏，照亮了多少农村孩子的求知路啊！它们虽只散发点点微光，却足以驱散暗夜的黑，为莘莘学子带来无尽的希望。

就是在这样的灯光下，我们那一届初中毕业生，考出了十几个中专和中师，破了那所乡村中学的记录，全校的教职工都欢天喜地。因为在那个年代，考上了学，就意味着改变了农民的身份和命运。三年以后，我回到家乡，从一个手持灯盏挑灯夜读的学生娃，变成了校园里的一名教师。我常常给孩子们讲自己上学的故事，他们也许还不能懂，但终有一天会懂。珍惜，以及进取，是生命中的两件宝物。

时至今日，改革开放的春风早已吹遍了祖国大地，农村电网改造的触角也伸向了最边远的地区。无论城市与乡村的孩子，无不告别了就着煤油灯苦读的艰难岁月。你看那校园里的每一个角落，都是灯火通明，开关自如。我沐浴着那一缕缕温暖明亮的灯光，将那些照亮岁月的灯盏，一一藏在记忆深处。

## 钟声已远

关于钟声的记忆，还应追溯到四五岁时的幼年时光。那时，生于农村的我们是没有幼儿园可读的，白天父母下地干活了，我们便撒丫子四处疯跑。离家不远处有一所初中，时常可闻钟声响起，我因此也学会了一句顺口溜："打了铃，上语文；打了钟，坐初中。"

于是每当那些初中生们带着在我看来庄重的表情上学时，我就跟在他们屁股后头咿咿呀呀地念："打了铃，上语文；打了钟，坐初中。"直到被守门的大爷挡在校门外，仍要好奇地张望许久方肯离去。

好不容易熬到上小学的年龄了，我却被送进了仅设一二年级，只有十几个同学为伴的村小。村小里没有钟，有的只是老师手里那只简易的哨子。上课时以哨声为令，下课时，干脆就不用吹哨。我依然羡慕着那些匆匆而过的初中生们，羡慕他们对钟声的习以为常，羡慕他们成熟的，对我们这些小不点不屑一顾的表情。

终于有一天，我带着对钟声的神往，怀着仰视的心情迈进了中学的大门。钟声响起，"当、当、当——当、当、当——"，轻快响亮的是预备的钟声；"当——当当，当——当当——"不疾不徐的是上课的钟声；"当——当——当——"缓慢沉稳的是下课的钟声；"当当当当当……"清脆急促的是集合的钟声。多么神奇的钟声啊，只要运用好节奏的快慢，力度的轻重，便能赋予它不同的内涵，指挥着成百上千的人进入各自的状态。

那时学校里有一个专门司钟的师傅，他总是在最精准的时间里敲响钟声，从未出现过任何失误，即使是"当"与"当"之间的时间间隔，也总是卡得毫厘不差。他对工作的严谨与认真，使他赢得的尊重丝毫不亚于学校里的任何一个老师。当我们与他碰面时，总是会毕恭毕敬地叫上一声"东海师傅"，尽管他根本就不认识我们，对我们的招呼也只是象征性地点一下头而已。现在回想起来，那时对于钟声，对于司钟师傅的敬畏，也许是最早对于责任感的敬畏和萌芽了。伴随着东海师傅雷打不动敲响的钟声，我们这些农家的孩子孜孜不倦地汲取着知识的养分，一步一步地朝着人生的理想迈进。

从师范毕业回乡教书时，每逢值日，我也有机会成为敲钟人。尽管我敲的钟远不如东海师傅那么专业，偶尔还因误时而敲得火急火燎，但那种犹如指挥官般驾驭千军万马的成就感还是蛮受用的。看着孩子们在钟声里奔进教室，又在钟声中欢呼雀跃地出来嬉戏，我总是不由自主地想起念书时的自己来。也不知当年司钟的东海师傅，是不是也会看着我们作少年的联想呢？

只可惜一两年后，学校的钟便被电铃取而代之了。电铃自然方便，只要设定好时间，它自会在该响的时候响起。学校的老师们为此还很兴奋了一阵，自认为卸下了一个包袱。只有我，心里暗自对刚刚上手的钟颇为留恋。也不知敲了半辈子钟的东海师傅，又会以怎样落寞的心境，去回味往日的钟声呢？

许多年以后，电铃声也已淡出了校园，孩子们上下课时，听到的都是轻松愉悦的音乐。迎着歌声来，踏着歌声归，当今的孩子无疑是幸福的。从前遍布各校的老钟，现在大都已经拆除，留下的，也早已锈迹斑斑。时过境迁，现代文明飞速地推陈出新，将那些旧有的事物远远地抛诸身后。但无论世事如何变迁，伴随着校园的钟声成人成材的一代人，会将钟声及钟声里的岁月镌刻在生命里。

## 山路弯弯

儿时的梦想，就是能有一条平整宽阔的路，领着我走向远方。

我至今仍清晰地记得小时候去外婆家的情景。那是1980年代，我和哥哥轮流挑着一担切糖，徒步从麦菜岭出发，一路翻过石罗岭，穿过老茶亭，越过陡峭的山路。两个小小的身影一点一点地挪动在山岭之间，需半天时间方可到达沙洲坝的外婆家。那是一条多么简陋多么艰辛的山路啊！

后来，石罗岭上出煤炭，从九堡镇出县城的简易公路也渐成雏形。路面上铺了些沙石，能通自行车。每到寒暑假，舅舅们便会骑着自行车来接送我们。行进在坎坷不平的简易公路上，自行车颠簸得十分厉害。特别是下陡坡时，车子一下一下地把我们抛起来，我的心一会悬在空中，一会又放下来，吓得死命抓住货架，生怕被抛下车去，跌入路旁的万丈深渊。此时去外婆家的时间已经缩短了一大半，但一路下来，手握得生疼，屁股也坐得生疼。

因为骨子里的血脉亲情，我是多么渴望常常去往外婆家那间温馨的土屋小住一段啊，但是行路的艰难，在某种程度上还是阻挡了我蠢蠢欲动的脚步。

伴随着我国经济的蓬勃发展，养在深闺的家乡终于盼来了福音。这条简易的公路被拓宽、降坡，并且铺上了水泥。从此，公交车开进来了，大卡车开进来了，天堑变成通途了。一个山旮旯的乡镇由此打开了一道通往外面的开阔的视界，九堡镇里出名的九件宝贝——芋子、烟叶、姜等土特产源源不断地被输送到山的外面，人们的生活也因此而日渐丰裕起来。

1994年，我考上了邻县的宁都师范学校，是坐着由小六轮改造的人货混装车颠簸出城的。从县城到宁都，又坐了三个小时的汽车，总觉得自己去到了一个多么遥远的地方。因为交通的不便，极为渴念回家的我，一个学期才能回家一次。可是现在，随着昌厦公路的贯通，回一趟母校也只是一个小时的车程。现代交通的方便快捷让人们缩短了多少人际与心灵的距离啊！

近几年，村村通工程在全国上下如火如荼地进行着。回到家乡，再也看不见尘土飞扬的泥泞土路了。取而代之的是一条条平坦干净的水泥路。摩托车骑进村了，乡镇公交开进村了，小轿车也开进村了。农村面貌，早已今非昔比了。我想，发生在我身边的这桩桩嬗变，不正是"中国梦"进程中的一个小小缩影吗？

如今，更多的莘莘学子由平坦的乡镇水泥路走出，走向市区，走向更遥远的城市，上大学，读博士，甚至是出国留学，走向了一片片更加广阔的天地。而我，也从一个山村的娃娃一路走来，先是成了一名乡村小学教师。再后来，我通过选调考试，穿过这条路走向市区，进入全市最大的小学教书。我没有就此停止前进的脚步，而是不断地努力充电，业余写作，直到有一天，收到鲁迅文学院的录取通知书，出版了自己的作品集，又顺利地加入了中国作协。

"我终于看到，所有梦想都开花。"注目着那一条条四通八达的路，它们迢迢地伸向远方，多么像我们的生活，幸福而绵长。

## 故乡水事

全家搬到县城居住，屈指算来，已有十多个年头。十几年间，回老家看看的念头时时盘旋在我的脑海中，伯父的七十大寿成全了我，我踏上归乡的路途。

回到老家，刚下车的我就想要找水洗漱一番。几乎是本能的，我走向了伯父家门口的压水井。二嫂似乎看出了我的心思，连忙把我迎进屋里说："有自来水，方便着呢。"我满腹狐疑，真没想到，几年未回，昔日偏僻的小山村已经用上自来水了。在哗哗的流水声中，我不禁陷入了对往事的回忆之中。

我出生的那年，正好是改革开放初期。儿时的我，就生活在这个恬静的小乡村里。那时候，全村人的生活用水都来自村子脚下的一条小溪。每天清晨，为了赶着挑上没受侵扰的清水，村里的妇女们便早早地起床，来到溪边担足全家一日的用水。从小溪到村子要经过一个长长的陡坡，担水的艰辛可想而知。因此，村里人对于担回家的水都是省了又省，平时洗衣洗菜，都是在家门前的池塘洗的。

我十一二岁时，母亲将担水的任务交给了我和哥哥。于是我们兄妹俩轮流着，每人一天到小溪边挑回一缸水。我矮小瘦弱，一副大木桶顶我半人多高，足有十几斤重。我只得将扁担绳卷得高高的，方能将桶挑起，虽然只挑着半担水，但走在那长长的坡上，仍是步履维艰。有时一不小心摔了一跤，半天的辛劳便又白费了。至今想起来，仍觉心酸。

2002年夏天的一个晚上，村党支部召集村民们开了一个会：吃水的事是大事，还是要想些法子。最后大家一致同意：挖口井吧。几天之后，全村十几户人家，有钱的出钱，有力的出力，决定在村边挖一口井。

水井开挖的那一天，全村男女老少齐聚一堂，精壮汉子光着膀子，吭唷吭唷地挥动了铁镐。那股子劲，似乎以前从未使出过。人心齐，泰山移。在全村人的协作中，一口井没几天就挖好了。用砖头砌好井沿，租来抽水机抽干浊水，然后放上一百斤木炭，等新鲜的井水渐渐满起来，村民们终于摆脱了靠天吃水的日子。从此，担水的路途不再那么艰辛，下雨的天气里也不再为没水可挑发愁。

随着时代的发展，农村经济进一步好转，压水井渐渐地走进了村民们的生活。当时，我们家是全村第一个打压水井的。此时打井不是全靠人力了，花钱请师傅用风钻机深钻下去，一口井很快就能挖好，再在井上安装一个压水泵，一个压水井便宣告完工了。用压水井只需摇动把手，一股清凉的地下水就哗哗地流了出来。

我们全家都搬到了县城后，彻底地告别了担水，压水的日子。然而今日，令我没有想到的是，曾经为水而奔忙的村民们，也像城里人一样，拥有了自来水，过上了方便而舒适的生活。

我禁不住来到村子脚下的那条小溪边，溪水依旧潺潺地流着，只是不再担负为村民提供饮用水的重任。我又来到村边的那口井旁，曾经喧闹的水井，如今四周已是杂草丛生。为了安全起见，井口已经被封了。我猜那幽深的井水早已沉睡，许久没有人惊扰过它的清梦了。

回望一个个有关于水的故事，曾经那个担水的赢弱身影，早已尘封在记忆深处。四十年改革开放，村民的生活已是沧桑巨变，天上人间。其实，散落在大地上的每一个乡村，又何尝不是像我的故乡一样，早已旧貌换新颜？

# 咫尺相闻天地间

## 信　使

父亲坐在夜晚的光晕里，目光被远方牵引。说远似乎又不太恰当，此刻，他的小孙子正近在咫尺，不迭声地喊着"爷爷"。父亲的双手紧紧握着一只手机，瑞金——佛山、爷爷——孙子，其间只隔着一层薄薄的手机屏。每当想念小孙子，父亲都会拨通视频，在他甜甜的叫声中重温一次幸福的滋味。

这滋味如此悠长，足够放进几十年漫长的光阴中细细品咂。

父亲有过多年的手写书信史。从前的日子，车马邮都慢，写信几乎是异地亲友间唯一的联络方式。从1970年代父亲参军入伍，到1990年代我与哥哥外出求学，如果将我们家的书信全部摞起来，至少得有两人多高了。渴望与亲人见面而不得时，顶多奢侈地拍张照片，夹在信封里交寄。

没有十万火急之事，电报是轻易不敢发的，太贵，需字斟句酌。我只在小说的情节里读到过电报，通常是冷冰冰的四个字："母病，速归。"背后的种种情感与真意，通通被排斥在了文字之外。异地之间，欲闻彼此声息，比登天还难。电话固然早就发明了，可小家小户，哪里安装得起？1980年代末，全乡最早安装电话的人家，花费一万多元。那时候，"万元户"还是个霸气的名词，听说人家是有"海外来风"的，乡民们直咋舌。

1990年代，BP机开始时兴起来，一些阔佬则用起了砖头厚的大哥大。有一次哥哥在信中附了一串长长的数字，告诉我可以打这个号码找他。我以为他配了大哥大，兴冲冲地跑去校园外的公用电话亭，却被告知这只是寻呼机，真正进入通话，得等对方收到传呼后赶紧找电话回拨过来。我等了半天，最终没能等到哥哥的回电，倒是花了一块钱寻呼费。

我们家是全村第一户安装固定电话的。那是1998年，电话线第一次拉到我们村来，全村人都翘首观望。那部红色的电话机有着清脆的铃声，每响一次，都像一曲欢歌环绕于屋宇之间。它在承载荣耀之时，也增添了诸多的琐碎之事。全村所有的电话都打到我家，有时是请父母传递消息，有时是约定时间喊他们的亲人接电话。一时间，我们家成了全村的信息中转站。

单位也有电话，但被校长牢牢地锁在案头上，生怕有人偷打电话。一旦有电话找人，满校园地喊，全校师生便都听见了。特别是年轻的女教师，一点秘密也遮掩不了，只能羞红了脸任凭大家猜测或盘问。

那年冬天，在广东从事电子行业的哥哥带回来一台电脑，连上电话线，教我拨号上网。缤纷的信息扑面而来，令我目不暇接。阅读、冲浪、游戏，进聊天室聊天，天南海北无拘无束的快感迅速攫住了我。一个月过去，父亲打出两百多元的话费清单，震怒地掐断了网线。我无力反驳，因为自知囊中羞涩，因为懂得父亲每一分钱的来之不易。

　　时间的车轮驶入二十一世纪，数字信息化时代哗然而至，通信技术的更新几乎日新月异。我先是拥有了小灵通，然后又换上了轻巧的手机，接打电话、收发短信，已觉方便至极。谁知几年之后，就用上了可以上网的手机，虽然只是2G网络，但使用QQ等简单的程序已经非常方便。我开始写作，结识全国各地的文友，在热烈的交流中一点点拓宽对文学的认识。

　　现在，我使用着5G网络，在宽大的手机屏幕里看电影、刷微信、传送文件，追求的不仅仅是功能，还有速度。我为父亲添置了智能手机，教会他发语音、看视频、读小说。像年轻人一样，每天起床和入睡前看看手机，已经成了父亲生活的一部分。至于话费，全绑定在我的包月套餐里。父亲常常为一些好笑的视频乐不可支，不忘分享到家族群里给大家看。他最喜欢的，仍是与小孙子视频，在一次次的手机晤面中确证自己的欢喜。

　　时间在飞奔，也在累积，科技的创新一程一程地往前赶。我的微信通讯录中，早已添加了不少身在异国的文友。只需举起手机，他们便可将异国的日常实时拍摄发来。天地之间，咫尺相闻，这真实的存在，多么像古代的神话传说。

　　偶尔，我仍然会想起校长办公室那个用木盒子锁着的电话机，想起一根被父亲扯得七零八落的网线。从前，我们何尝想象过今天。未来，又有多少可期之幸，将进入我们的生活？就让时间载着轻车，一一送达吧。

# 网 海

我喜欢一个人的安静时光，泡一杯清茶，端坐于电脑桌前，任手指在键盘上飞快地舞动。十数年光阴飞驰而去，码字，已成为我生活的一项重要内容。若干年前，我不期然与文字联姻，自此一"网"情深，初衷不改，科技这个红娘自是功不可没的。

至今还记得1997年哥哥把电脑抱回家来的情景：彼时年关将近，学计算机专业的哥哥从广州购得一台二手电脑，用一个很大的箱子拉回家来。全村人像看一场大戏一样围在我家里，"啧啧啧"地不住赞叹，左摸摸，右瞧瞧。哥哥在电脑里一个一个地打出围观者的名字，大家都稀罕得不得了。哥哥将电脑连上电话线拨号上网，自此，我开始接触到了海洋般浩大无垠的网络。

那时候，每当我听见拨号上网的声音，听见电流在嗤嗤作响，在安静的等待中，内心便不由得泛起一种莫名的激动和渴望，仿佛一个神秘、未知的世界即将在眼前打开。一切从零开始，不会打字，苦背字根；不懂操作，多方求教。有人告诉我，要练习打字的速度，必先申请QQ，在聊天中可以迅速提高打字能力。于是，我在别人的帮助下拥有了一个五位数的QQ。

起初是盲目地添加好友，东拉西扯，胡乱地聊些不着边际的话题。不知不觉中，便将网友分出高下来了。谈吐高雅，性情温和的，自然乐意多聊几句。特别是一些喜欢文艺的同龄人，共同话题则越来越多，越聊越投机。悄然惊觉，原来还是骨子里的文艺"细菌"在作祟啊。

2005年，腾讯公司开发出了QQ空间，我赶紧申请开通了空间。空间是一个巨大的圈子，从这一家串到那一家，像泛起的涟漪一样无穷无尽地往外扩散。就像为自己狭窄的房子打开了一扇窗，拨云见日，各种绮丽的风景扑面而来。素不相识的人们，在空间里晒心情，晒照片，更多的，是晒文字。在结识了几个文字感觉很好的网友之后，我终日游逛其间，流连忘返。看着他们拥有的强大粉丝团，各种崇拜，各种评论，简直令人眼热。佩服之余，肚子里那点文艺"细菌"开始鼓捣翻腾，对生活也不由多了几分留心和几分思考，于是就时常有一种想要表达的冲动在胸腔里不安地搅动着。乡村的夜晚寂然无声，多么适合写字。

于是，在许多个安静的夜里，我一个人坐在电脑桌前，写下乡村在我脑海中固有的形态，写下世事留与我或温婉或冰冷的印记，写下行走于路上不可磨灭的诸多影像，自然，也写下心灵的欢愉与疼痛。我试着将它们贴在日志里，内心忐忑不安，仿佛是等待一场宣判，不知道会是个怎样的境遇。

第二天晚上，我一如既往地坐于电脑桌前。当拨号连接成功的电流声响起，我迫不及待地打开空间，只见几十个评论扑入眼帘，赞誉的，表达相同感触的，提出建议的，不一而足。我抑制住内心的激动，一一作了回复，还特别认真思考了网友提出的一些建议。其中几个网友，郑重地在小窗里告诉我："你可以去投稿，你可以当作家，真的。"还有好心的前辈，列出具体的书目，建议我拓宽阅读视野。我照着做了，慢慢发觉真是受益无穷。有时候想，网络是一个多么神奇的世界，使多少素不相识的人为师为友，改变着多少人的生活和命运。

2005年9月，新浪博客正式登陆博客战场。而那时候，我对于写作也渐渐有了信心，申请博客，在更广大的网络世界里交流文字，已经成为一种必需。建立新浪博客之后，仿佛一下子闯进了一个无比辽阔的疆域，我不停地串门、关注，不断地发现文学上的榜样，特别是一些文学的信息。我开始投稿、参赛，从中检验自己文字的价值。

其实在网络兴起之前，我并不是没有投过稿，从上初中起我就做过文学梦。但当时都是手写稿纸，认真誊抄一遍，装进信封，贴上邮票，郑重其事地寄出。可惜，眼巴巴地等待之后，回报我的多是泥牛入海。那样的效率，多么令人沮丧。不知道十天还是半个月才能寄达，甚至不知道对方到底收到没有，作者与编辑的交流几乎为零。以至于我在很长时间里裹足不前，几乎要放弃了那个梦想。

后来，报刊开始采用电子邮箱收稿，大大地方便了写作者。一键之间，可以将稿件发往天南海北。采用与否，收到的回复也快。我投出的稿子渐渐有了回音，从一而百而千地累积着发表的数量和质量。在一次一次的肯定与否定之间，我修正着自己的方向和位置，并不断地向着更高的目标靠近。同样是在网络上，我被一些人发现、引领，甚至是推崇，由此进入了文学这个宽阔而深邃的世界。我想，我是找到自己的位置了。

后来，就这么一直写啊，写啊，写了十余年，出版了自己的著作，也成了中国作协会员，更重要的是，文学带着我进入了一种全新的生活。我实在不敢想象，如果没有科技，没有网络，如今的我，又在何方。

# 盛夏云影

盛夏时节，又一批客人不顾暑热来到瑞金共和国摇篮景区参观。作为东道主，我一路随行。在叶坪革命旧址群，成片的香樟林、柔软的青草地、动人的红色故事引得客人们流连忘返。这时，几个女客人内急，悄悄问我卫生间在哪，我连忙陪同前往。

刚刚接近卫生间，便闻到一股淡淡的熏香味弥散而来。继续往里，是锃亮洁净的地面、舒适清爽的便器、洁白柔软的纸巾，更贴心的是，每一个小空间里，都安装有原木色的小托板，用于客人放置雨伞、帽子等物件。出来的时候，几个从大城市来的客人不由得啧啧赞叹："真没想到啊，革命老区的卫生间竟做得这么好。"

在为家乡发展感到欣慰的同时，我不禁又一次想起了从前面对落后卫生间的景况。我出生在农村，小时候，如厕对我而言简直是一场噩梦。简易的土墙、低矮的木门，粪坑上陈放几块木头就成了卫生间。木板往往没钉牢，摇摇晃晃的，每踩一下都战战兢兢。四面漏风不说，还随时有跌进粪坑的危险。加上成群结队的蛆虫、苍蝇、蚊子，还有令人作呕的恶臭，让你仿佛置身妖魔鬼怪包围之中，恶心、恐惧，恨不能立即飞离这腌臜之处。多少年过去，那种日子仍然不堪回首。

农村如此，学校也好不到哪去。踏板倒是封得更密更牢一些，也给每个蹲位简单地加了隔板，但用的人太多，又不能以自来水冲洗，那熏人的臭气，简直能把人冲出三里之外。每次轮到我们班负责清扫，不啻为一场酷刑。有时候在里面遇到从城里分配来的年轻漂亮的女教师，看见她捂着鼻子，一副难受的样子，心下竟有着万分的同情。吃喝拉撒，谁都不能避免，管你出身多么金贵呢，来到落后地区，也只能忍受。

到了1990年代初，父亲不知从哪认识了几个会修沼气池的人。他把他们请到家里来，听他们大讲沼气池的好处，不禁心动，跃跃欲试。彼时家里经济条件很差，修沼气池少说得几千块钱。但父母亲下了决心，非要来一场卫生革命。于是按照师傅的规划，雇工、买料，一个在村民们看来无比浩大的工程就这么开工了。

建成后，我们家的厕所成为全村乃至全乡最卫生的厕所。沼气池的粪坑被密封得非常好，毫无臭气溢出，苍蝇、蚊子和蛆虫根本没有容身之处。奇特的是，里面的人畜粪便经过发酵，竟变得像清水一样，一点也没有臭味了。我妈有时会揭开盖子舀一勺出来喂猪，她说，这可是猪的好饲料，催长的。当然，更多是挑出去给庄稼蔬菜施肥，这样的肥料不臭，却肥力十足，施下去明显比别人家的庄稼长得好。更实用的是，产出的沼气通过长长的管道运送到家里，沼气灯亮了，沼气灶也燃上了。村里人时常来我家看稀奇，啧啧称赞这新鲜事物。父母虽然为此花了大价钱，但每每总觉得值。

第一次用上冲水马桶，还是在1990年代中期，我去南昌的亲戚家做客。在那个小小的蹲位里，开关一按，自来水"哗"的一下就冲得干干净净。那个时候，我悄悄地感叹着城市的好处，心里暗暗地想：

什么时候，我的家里要能用上这样的卫生间该多好。可是，农村连自来水都还没装上，这样的梦想从何谈起？

再后来，我调到市区工作，结婚后家也安在市区，算是告别了与土厕为伍的日子。可是我的父母还在乡下，虽然沼气池还在，但比之卫生间，又是落后了一大截。回娘家的时候，仍感诸多不便。直到2000年代初，父母兄长在城区购房，全家人都搬到城里住。那套新房有两个卫生间，装修时，为了照顾老人小孩，我们特地留了一个坐式马桶。看到全家人都过上了相对健康洁净的生活，我的心里有说不出的欣慰。

其间的十几年，我几乎很少去到农村了。只是父母会偶尔回老家走走，带回来一些新消息，比如村里通了自来水了，比如谁家做了新屋了，比如某某买了洗衣机了……我想，农村的生活一定也是在变的。

直到2013年，我被单位派到瑞林镇元田村当驻村干部，必须吃住在村。起初我心里直犯怵，瑞林是全市最偏远的乡镇，也不知道现在还落后成什么样。想到曾经的那种露天厕所、被苍蝇蚊子围攻的情景，我真担心自己会受不了。及至下到村里，村干部安排我在一家农户家住下。上得楼去，安顿好自己的行李，我发现住房的旁边就有一个很现代的卫生间，而这户人家在村里并不属于富裕户，不由得吃了一惊。早听说政府在推行"四改一整治"，但没想到改革真落实到了最偏远落后的地方。打开水龙头，自来水"哗啦啦"地流淌而出，仿佛在唱着一支欢快的歌，我的心情顿时大好。此后的两年驻村时光里，无论我去到再穷再远的村民小组，几乎都未遇到如厕难的困扰。有了电，有了水，有了冲水的卫生间，如今的农村人，终于过上了好日子。

行走瑞金，无论是在景区景点，还是公园街区，我们都会发现，流动卫生间、公共卫生间比比皆是，而且一个比一个现代，一个比一个干净。尤其是共和国摇篮5A级景区的卫生间，温馨得简直像宾馆似的，也怪不得受到外地客人的交口称赞了。

"沉舟侧畔千帆过，病树前头万木春。"透过香樟的浓荫朝头顶望去，几朵白云正从蔚蓝浩阔的天幕中悠悠飘过，那么轻盈，那么惬意，那么安详，仿佛整个中国整个时代投射在天上的影子。

# 与春光的几种遇见

## 种树春天里

早春时节，淙淙的春水推动着万物破土的声音，树芽儿争先恐后地冒了尖，又是植树的大好时节了。每年的这个时候，总禁不住手心痒痒，想到野外去出一身植树的汗。这习惯，归根结底还是打小被父亲培养出来的。

在麦菜岭的诸多田地里，其中有一块被父亲专门留着做了育苗圃。那块地地势较高，许是鸟儿们常喜憩息的中转站，它们嘴里啄的、身后排泄的种子便在春天里，不甘寂寞地生发成嫩绿的小苗儿。最多的是杉树、松树、枇杷、桃树和李树，父亲不舍得除去，干脆不再种菜，培上厚厚的肥料，让它们可劲儿地生长。若是在其他菜地里发现了小树苗，父亲也一律小心翼翼地移栽过来。久而久之，一个像模像样的苗圃也就形成了。

到了植树节前后，父亲择一个阳光明媚的周末，领上我们兄妹二人便出发了。父亲挑着一担水桶，桶沿还夹着锄头铁镐，哥哥带上一担畚箕，我则扛上一把铁锹。到了苗圃，父亲瞅准几株半大待移植的树苗，往树根处大勺大勺地泼上水，泥土很快洇湿，变得松软。父亲持了铁镐，将树苗连根完整地起出来，用畚箕装了，带上工具，又领着我们朝山坡走去。

那时候的天似乎总是格外的蓝，连小鸟也在头顶上煽动着关于春天的欢快心情。本屋的后生看到我们一家三口扛家带伙的"逶迤"队伍，总要大声地说："哟，满叔，又带他们去种树啦？"父亲朗声答道："是啊，细猴子要多出来锻炼。趁着天气好，多种几棵嘞。"望着村人赞许的目光，我心里于是升腾起一股自豪来，脚步也随之轻快许多。修桥补路，栽花种树。村子里，谁不知道父亲是最勤快的人呢？

一年一年，父亲把松柏、毛竹、果树种满了房前屋后，又种遍了屋对门的黄土坡，还有那条蜿蜒而过的小河岸。一片一片的小树林渐渐延至壮观，成为孩童与飞鸟、家禽的乐园。孩子们爱的是那夏天成熟的果子，难免要上演好多幕"偷果"剧。其实我们家吃不完，管不了，也懒得去管，几乎就等于是公家果。洗衣妇则最喜在午后，躲进河岸的浓荫里，一边浣衣，一边拉呱家常。房前的母鸡，在阴凉的树底下打个鸡窝，眯起眼睛来打盹，也着实惬意。

我佩服着父亲的坚持，对树木的爱也成了根深蒂固的了。以至于小学四年级写一篇自由作文时，一提笔就写道："我家门前有几棵高大挺拔的杉树……"那篇作文后来被老师贴在教室的后墙上，不知怎么的，居然给村主任看见了，回家来现场背出几句给我听，羞了我一个大红脸。不过，我写的那都是真实的，不像好多同学那样，憋不出几句话，拿作文抄几句了事。

因为经常种树、做农活，我很小就成了使用农具的好把式，有着浑圆的胳膊和不小的力气。有一回，学校里组织大家到马路两旁植树。我挥舞着镐头，挖起坑来比大个子的男生还厉害，班主任十分惊讶，把我指给其他老师看，还在班里大大地表扬了我一番：不仅成绩好，而且劳动好。至于是否起到教育作用，我不甚了解，但这一幕却一直记忆犹新。

后来多读了几年书，知道了一棵树具有不可估量的生态价值，产生氧气、吸收有毒气体、防止大气污染、增加土壤肥力、涵养水源、产生蛋白质、为鸟类及其他动物提供繁衍场所等价值竟约合近二十万美元。我不由惊叹了，想来父亲半辈子所种植树木，早已价值连城了吧。

当然，于我而言，更愿意的是刨去这些经济价值，从情感上去关注这些树木。绿色激发我生命的律动，鲜花给予我美好的感受。人类从种树中获得愉悦，古已有之。东晋陶渊明不仅喜菊兰，还爱植柳，自号"五柳先生"。"萦萦窗下兰，密密堂前柳。"享受自然之美的惬意尽在诗里。花草树木，怡情养性，历来催生出诸多诗文佳句。杜甫、白居易、柳宗元、苏东坡都喜欢植树。"红入桃花嫩，青归柳叶新""东风二月苏堤路，树树桃花间柳花"的美妙景象至今让人读之犹在眼前。他们种之乐之赏之吟之，自有一番别样的雅境。

一直以为身在城市，难以再拾植树之乐。今年，却在瑞金著名的"四省百县林"里，与一群同样热爱植树的人，再一次抡起了久违的铁锹。有的人说："我要给树做个记号，以后经常来看，还要带儿子来看，看着树苗长大了，多好啊。"前人栽树，后人乘凉，父亲又何尝不是这样想的呢？他把树留在了老家，无论福荫了谁，心中都是宽慰。

把树种在春天里，多么美好的一件事。

## 春色弥漫在人民会场

夕阳缓缓地铺陈下来，温软的晚风像一把无形之手，把我从逼仄的书房里拽出。在这样的春天，这样的黄昏，这样一顿心满意足的晚餐之后，不出去走走，简直是一种罪过。

此去的人民会场，原是瑞金市一中的外操场，学校整体搬迁之后，渐渐成为老城区居民的休闲健身乐园。在瑞金城，新的休闲公园早已此起彼落地建起了数座，但人民会场却从未被冷落过。喜新厌旧原是人之本性，但总有一些人，喜欢沉溺于旧的时光、旧的物事里，把日子过得墨守成规而又悠闲从容。

老街是必经之地，早点铺、夜宵摊、小诊所、理发店、水果行……熙熙攘攘行色匆匆的人群，大着嗓门分毫相争的热闹，熟悉的方言，陌生的面孔，都是尘世的交响，浓得化不开的人间烟火。我混迹于拥挤的人潮里，没有人和我打招呼，没有人干扰我一个人的思绪，真好。

眼前的人民会场，未免是有一些衰败陈旧之迹象的。会场中央的青草，东一撮西一撮的，或浓或淡，或稠密或稀疏，总没有一个规整的样子。台阶上的水泥块已经松动，露出了内里砖头的一角，红红的，像一个不修边幅让人窥见红内衣的懒女人。但是这又有什么关系呢？操场边上的树是绿的，草是今年新生的，东南角的体育健身器材是新安装的，还有围着这个操场一圈一圈疾步而行的人，是精神饱满的。

"你走了几圈了？""我呀，快十圈了，你还要发狠才能赶上我哟。"两个中年妇女一边甩着膀子一边并肩疾行。我不知道，她们这样的绕圈行走已坚持了多久，但显然不是一天两天了。人民会场之于她们，就像一日三餐那样熟稔，不可或缺，成为生活中固定的某一个部分。几个男人在跑步，穿着白色的运动衫，衣袖被风拂起，像一挂飘动的经幡。他们向前俯冲的姿势，总让我想到诸如猎豹、麋鹿之类的动物来，但事实上，从他们脸上的风霜可以看见，他们都已不再年轻了。

夜幕悄悄地降临下来，人民会场的人却越聚越多。单杠、双杠、吊环、跷跷板、臂力器……一个个健身器材上都晃动着人影。我赶紧靠到按摩器上，揉搓着僵硬的肩颈和背部。那种难以忍受的酸痛让我又一次产生自责，终日久坐，只为码一些无关痛痒的文字，再不照应好自己肌体，它们就都要揭竿起义了。一个年约五十的妇女，拉着吊环一次一次地将自己的身体升到空中，她跳将下来的时候，腿脚弹跳自如，丝毫不显僵硬。我望着她灰白的头发在风中抖擞，心中涌起一阵一阵的自惭形秽。我知道我是没有力量将自己举起来的，我活得如此羸弱，如此苍白，将一副在农村练就的饱满身躯糟蹋得弱不禁风。

夜变得逐渐深浓，人民会场被一层朦胧之色笼罩。在离我不远的地方，一个女孩，正站在草地的中央吊着嗓子，练习歌唱，是我等无法企及的美声唱法。在电视节目中，我对于美声常常是排斥的，我害怕那种高度，那种嗓子眼吊在上面无法下来的难受，我总是将之列入曲高和寡的行列，一直持敬而远之的态度。但是现在，她离我那么近，她的嗓音那么真切，她的美声给予我从天上一下子回到地面的感觉。轻风吹过我的脸庞，我感到自己被一种无以言说的美好和幸福包围。我想，从此，我会开始热爱这样的一种唱法了。

我又想起了许多年前发生在人民会场的一次歌唱。我相信，每一个经历过这场歌唱的瑞金人，都不会将之忘怀。那是1996年4月9日，"特区老区人民心连心"慰问演出团来到瑞金，李谷一、张也、万山红等著名艺术家来到瑞金。就在这儿，他们为老区人民捧出了最深情的爱，以及最优美的歌喉。那一天，著名歌唱家彭丽媛正患着重感冒，得了喉炎，声音全哑了，但她仍坚持清唱了两首歌曲。那一刻，人们的掌声比任何时候都要热烈。那掌声，是热爱，是理解，是包容，但更多的，是对一位德艺双馨的艺术家的深深崇敬。

不知道是谁，在瑞金网里说了这么一句话："人民会场的草会歌唱哪！"我无法寻找到这句话的主人，但是心里却由衷地喜欢。真的，春天如此美好。这些青草，它们没有理由不歌唱。

## 橘花香处春意浓

谷雨时节，细细的雨丝飘洒在瑞金市谢坊镇的乡间小道上，也调皮地亲吻到我的脸上。许久未走近乡村，但见路的两旁，戴着斗笠插秧的农人不时映入眼帘。泥土夹杂着清新的气味，草叶、灌木皆生动地透出青来，到处是一派勃发的绿意。好一个律动的春天！

在安背村一座朴素的农家小院里，迎接我的是一阵橘花的幽香，是那样的芳浓馥郁、沁人心脾。三两只悠闲的母鸡在树下啄食，一只家狗跳将出来，吠叫几声。接着出场的，却是一个八十多岁的看家老人。想问主人何在，浓浓的乡音里，听不清所言何意。但见他颤着手指向远方，凝眸远望，是一片广袤的田野。油油的庄稼地里，没有一块未涂上绿色的。春种正当时，四海无闲田。"一年之计在于春"，谁还愿意抛下农事流连在家呵？远远的，那挥锄的人儿，只给了我一个小小的弓着身子的背影。

这样的忙碌的背影，我们在谢坊镇何止看见一个两个？在镇政府的会议室里坐定之时，我和几个工作人员攀谈开来，说起如今正在农村进行得如火如荼的新农村建设工作，宣传委员和组织委员的脸上满是谦逊与腼腆，全无我预期中的滔滔不绝。而据我所知，谢坊镇的新农村建设工作却是搞得扎扎实实，远近闻名。尽管如此，我还是捕捉到了关于"一线夜访"这样一个新名词。仔细询问，方知他们为了照顾农民日间的劳作，就利用晚上的时间走访农户，了解民情民意，倾听农民的心声。"夜打灯笼访贫农"，一首熟悉的旋律不禁浮现在我的脑海中。我能想象他们打着手电，行走在夜晚的乡村小路上，任由月光将他们的背影拉得很长很长，该是怎样一幅动人的图画呵。新时期的干部，仍保留着苏区干部那样的好作风，能真正想到农户的心坎里去，怎不令我由衷地感动？"一线夜访"的背后，凝聚的是乡镇干部们不舍昼夜的付出啊！

　　正当我们听得入神时，镇党委书记忽然抬腕看了看手表，抱歉地站起身来。原来，一个种橙的农户遇到困难，他们约定的会谈时间到了。"失陪了！"谢书记匆匆起身出门，留给我们一个忙碌的背影。"真心实意解民忧"，把农民的需求看得比任何事情都更重要，这便是乡村干部啊。我不禁又一次凝望着会议室里"为人民服务"几个大字，它们正闪烁着耀眼的红色的光芒。

　　一路伴着橘花的芳香，我们又来到安背村的村委会。村里的黑板报字迹清晰，显然是经常更新的结果，里面登载着一些关于春耕、生猪养殖、烟叶种植等农民需要的科普知识。村务工作的公示则条分缕析，让人读来一目了然。我的目光被一块干部去向公示牌吸引住了。日期显示为当天，告示牌上清清楚楚地记载着每个村干部的去向。有走访群众的，有去计生服务所做手术的，有去处理村民纠纷的……此刻，他们正忙碌在各自的岗位上，显然，我是无法一一亲见他们工作着的样子了，我只能凭着想象，去猜测那一个个转身离去的村干部，有着怎样的背影。我知道，他们的身材是否高大，行走是否矫健，都不重要，重要的是，他们急急而去，是为着"认真细致访民情、真心实意解民忧、化解矛盾保民安"，是为着帮助群众办实事，是为着"释民惑、聚民心、解民难"。

村委会的墙上，挂着一排排的相片，上面定格着一个个新农村建设工作组成员的身影。其实，活跃于我的目光所不能企及之处的身影，又岂止是这一些？那些背影，是将一个名叫林有发娣的八十多岁的孤寡老人送进养老院所留下的；那些背影，是将牛牯岭至下松山下村的道路硬化时留下的；那些背影，是将八千元的慰问金亲手送到安背村的困难群众手上时留下的……那些背影呵，是荡漾在春天里的高阳，温暖着千千万万颗孤独的心，点亮了无数人生活的希望。

离开安背村时，我带走了一朵橘花。在我的心里，安背村的橘花，因了那些忙碌的背影而显得格外的芬芳。橘花香处，我分明看到了一个繁茂的春天。

## 幸福深处桃花开

三月的天空，是被桃花映红的。它们先是一朵两朵，期期艾艾，欲语还羞地试探着露出粉面。紧接着便如少女的心事，按捺不住地溢将出来，呼啦啦不管不顾地占领了整个季节。一丛丛，一簇簇，摇曳生姿、粉嫩欲滴、不胜娇羞。"桃花浅深处，似匀深浅妆。"淡淡的春光里，便蒙上了一层粉色的烂漫气息。

此地名曰桃花岛。碧波荡漾的江水，环抱着一个世外桃源般的小岛。岛上遍植桃树，此际桃花开得恣意，被黄的油菜花、白的萝卜花众星捧月般地衬托着，生生地烘出了一个人间仙境。我被一朵桃花拦住了去路，一枝带露，冷艳孤绝。那是怎样的一种香，仿佛从灵魂里涌出，清幽、雅意，不浓烈，亦不沾染一丝浊气。举目之处，浅笑妖娆的，皆是桃花，牵引着多少为之心动的人。我看见一群徜徉于花丛中的赏花女，她们衣衫艳丽，长发飘扬，面若桃花，把春光点染得愈加明媚。

　　端坐于桃花树下，任时光倒流，思绪万千。我仿佛又看到了家乡麦菜岭的桃花，凄清清地盛开在我童年的小河边。小时候，我的家乡也是一个桃李芬芳、美景天成的好地方。每到春天，溪边的桃树陆陆续续地绯红了面容。但是我翻遍了记忆的犄角旮旯儿，也定格不了任何一张赏花的画面。我的母亲，还有村里的诸多女人，甚至是等待出阁的妙龄少女，她们似乎都没有这般的闲情逸致。我所能看见的，只有浣衣煮饭的忙碌，躬身田地的劳累。她们总是穿着最耐脏的深色粗布衣服，起早摸黑地周旋于生活，泥浆与汗液混合成她们的体味。至于桃花开于何时何处，桃花的美，桃花的香，于她们是基本可以忽略不计的。一年一年，桃花在乡村的坡坡坎坎上空自美丽，黯然凋零，唯有结成果实的时候，才能得到人们的注意。

　　蓦然回首，离开乡村已是十余年了。在我的心中，桃花之于村妇，一直都是落寞的。赏花，向来都是那些风雅之人做的事。可是如今，我却在桃花岛上遇到了她——一个头发花白的老太太。在众多年轻貌美的赏花女子中间，她显得有些格格不入。一张被风霜刻下了缕缕痕迹的脸，一双粗糙的布满褶子的手，衣裳看似刻意打扮，但仍带着无法脱去的土气。和她同行的，是一老一少两个男人。一听口音，竟然是瑞金同乡。老乡见老乡，顿觉格外亲切，在迂回的花间小径上，我们不禁攀谈开来。老太太是叶坪乡人，说是儿子专门开车载着她老两口来看桃花，庆祝"三八"妇女节哩。我一听乐了，说你老人家好福气呢。老太太由衷地说："也就最近这几年生活越过越好啦，要搁以前，哪还有这样的闲工夫？"老太太当了一辈子的菜农，日出而作，日落而息，每日天还没亮，就得担着青菜往城里赶，几十年的光阴里，她错过了多少开在她眼角余光里的桃花啊。她说，前几年，乡里搞万亩蔬菜基地，她家原有的那些田都被征用了，她便开始赋闲在家。我心生疑惑："那你们吃什么了呢？""儿子承包了一个水产养殖基地，黄泥塘的鱼，好销着呢。我和老头子，闲时就去帮帮忙。"老太太舒展开皱纹笑了，笑得灿若桃花。儿子的小车、桃花岛上的"三八"节……我能读出她心里的满足和幸福。从小农经济到小康生活，老太太的幸福，何尝不是播放于整个赣都大地的一部微电影？

我又想起了盛开在瑞金泽覃乡的桃花，居住于山村的泽覃乡民，以花为媒，吸引了千千万万的小蜜蜂在桃花源里安居乐业，酿造了一份无比甜蜜的事业。蜂蜜带来可观收入的同时，幸福也像花儿一样绽放得浓酽芬芳。

穿行于桃花岛上，随处可见售卖小吃的村妇，艾米馃，还有桃子做的蜜饯，色泽光鲜，诱得人馋涎欲滴。一个小岛、一片桃花带活了一村经济。洗脚上岸的村姑们，怕是怎么也想不到昔日这无人问津的桃花，能引得全国各地的游人纷至沓来吧。如今，她们靠着这花和果，尽情地享受新生活带来的诸多好处。你瞧，这一排卖小吃的女人们，个个都撑着一把大花伞，怕是也担心太阳灼黑了皮肤？

在《桃花源记》中，东晋文人陶渊明为世人描绘了一个乌托邦式的世界。我不知道，如若陶公活至当下，面对从物质到精神充盈如斯的现代桃花源，他的文章是否该有另一种写法。

# 有温度的生活

一

入江西遂川境内，穿过盘曲环绕的乡间公路，便进得汤湖镇。其时，北风正紧，气温零度。我们此行的目的地，是向往已久的汤湖温泉。

远远地，望见群山之间云烟缭绕、热气腾腾，汤湖温泉渐次掀开了神秘的面纱。绿荫掩映下，曲径通幽，假山、巨石、亭阁，以及笼罩着蒙蒙雾气的汤池，让人恍如置身人间仙境。大小不等的各色温泉池中，嬉戏的人们面容若隐若现，恰似与瑶池共舞，沾染一身仙气。"春寒赐浴华清池，温泉水滑洗凝脂。"脑海中浮现历史深处贵妃出浴的慵懒，曾经公子王孙方能享有的人间畅美，而今已成为寻常百姓的休闲健身方式。穿行于梦境般的汤湖，不禁又是一番唏嘘感叹。

下塌的住所，就在温泉的旁边。还未来得及整理行囊，便迫不及待地投身温泉。池外的风，是蚀骨的寒。而池内的水，却是醉人的暖。在SPA池里，水温宜人，水深恰好，浸泡其中，旅途的疲乏与劳顿仿佛瞬间消失于无形。一股一股的温泉从池底汩汩地冒将出来，我扶住栏杆，平躺下来。温泉强劲的冲击力时而将我高高地托起，时而又将我抛入谷底。多像生活的无形之手，将世人紧紧地包裹其中，巅峰与旋涡，昂扬和跌落，都让你无从选择。SPA池的另一端，温泉自高空疾风骤雨般地倾泻而下，我闭上眼睛，在一次一次的跌宕起伏中，经受击打，又获得抚慰。

　　回头寻找，发现孩子们早已不知去向。从隔壁的儿童池里，传来了他们的欢笑。他们从高高的滑梯上溜下，投入温暖的池水中，泼水嬉闹，尽情宣泄着难得放松的快意。这样的生活，孩提时的我即便穷尽了想象，也无法触摸。我起身来到高温池，蒸腾的热气带着浓浓的硫黄味儿，瞬间窜进鼻孔。据说这样的碱性温泉水，对皮肤大有裨益。我慢慢滑入池中，高于体温的泉水刺激着每一个毛孔，似有无数的小蚂蚁钻进皮肤，融入血液，让人浑身酥麻。皮肤渐渐变红，浑身开始发热，额头开始冒汗，那股热气沉积于胸腔中，几至于无法呼吸。我只能站起身来，深呼吸，才能避免在高温中眩晕。

　　天色渐晚，泡温泉的人群渐渐散去，最后整个的汤湖便成了我们的天地了。在回廊里，几个中药池挨个排列着。透过雾气，能望见池水清洌，中药包儿漂浮在水中。圆形的中药池由青石砌成，颇有返璞归真的意味。跳入黄芪池中，想象着它的百般功效，感觉神清气爽。紧接着，白术、甘草、柴胡……各种药池一一泡了个遍。嗅着中药独特的清香，披散了长发，慵懒地靠在岸边，望着池边的圆石，不远处尖顶的亭子，感觉仿佛置身于古代的皇宫。不禁暗笑自己，未曾貌若天仙，如何能得万千宠爱？貌美如贵妃，也终逃不过一个红颜薄命的结局。身为女子，生于当下，如何不是一种幸运？

　　晚饭后，我们漫步在汤湖的庭院里。霓虹灯、秋千架、一块一块拙朴的石头叠映在静谧之中，周遭升腾着袅袅的雾气，使我常常忘了自己是个凡俗之胎。空气里的冷与水池里的暖交织着袭来，让人产生一种异样的兴奋。我们轮流坐在秋千架上，互相将对方高高地推起，在惊叫声中回味着童年的滋味，谈起过往，谈起那些念书的时光。那时候，我们振臂一呼，围坐在一起的就是一个大圈，而今真正志同道合，还能时常走在一起的能有几人？

忆念着，感慨着，不觉已是半夜时分，忽然想还是不能辜负了这良宵美池。于是又一次更了衣，下得深水池中游泳。池水能没顶，即便用了游泳圈，我还是由衷地恐惧。同学却在水下向我张开了双臂，我放松下来，跳将进去，将身体漂浮在泉水温暖的怀抱里。不知不觉漂进了池子的中间，偌大的游泳池，我已无力游到岸边。几个月前去海边浴场时，我漂在水中，还是孩子将我一步一步拉上岸来。想到孩子在暑假里用几天的时间就学会了游泳，而我却如此不堪，觉得自己真是笨得可以。幸好同学又一次充当了保护神，并耐心地一招一式教给我划水的动作，竟让我在这零度的冬夜里泳技略有长进。多少年过去，同学情仍是最纯真最温暖的情，心无杂念，包容与扶持同在。心想在这世间，拥有这般情谊已是多么弥足珍贵呵。

累了倦了，我们起身来到风情地热区，躺将下来。热度自地底徐徐导入身体，摊开的手脚、肩背，尽皆融化在这天赐的温暖中。夜籁中，风声过耳，更觉宁静。我们闭着眼睛，喁喁地交谈。生活的负累，追寻的维艰，似乎全都在这样的舒展里卸了下来。孩子们自有他们的快活，互相掏掏耳朵，搔搔胳肢窝，兀自咯咯地笑个不停。若在平素，他们早就安然入睡，此刻却仍兴奋不已。学业的负担，家长和老师的期待，使他们从小就背负了很多。我多么希望每天看着孩子睡到自然醒啊，但是却不能够。唯有在这样的时候，能让他们紧绷的神经彻底放松下来。不知不觉中，湿透的泳衣渐渐被地热烘干，睡意袭来，整个地热区只剩下我们几个，亦不知时间几何。

汤湖，恰似一个巨大的磁场，将我的心，锁定于天地之间。

## 二

清晨起来，掀开房间的窗帘，只见远山仙气袅袅，云雾缠缠绕绕，楼下的温泉上方轻纱漫卷，披上了一层飘逸的外衣。置身于这陌生而唯美的地方，远离尘嚣，恍若隔世。想来"采菊东篱下，悠然见南山"的陶渊明也不过如此吧。

据遂川县志载，"大鄢泉有口气如沸，可熟羊豕"。历史上，汤湖镇有自然泉10余处，主泉称"大汤湖""小汤湖"，泉四周有9个土墩，热水顺坡而下，民间戏称为"九龟下潭"。由此推知，汤湖的温泉，绝不仅仅限于这景区之内。我忽发奇想，欲到民间寻访最天然的温泉。

出得门来，方知昨夜气温骤降，北风裹挟着寒气，霜雾并重。景区外，是一座连着一座的群山。举目望去，能看见山间零星地散落着农家小屋。更奇妙的是，小屋旁，常常可见飘飘悠悠的热气，像是系在山腰间的一条条丝带。那么轻，那么薄，仿佛一阵风便能把它吹走。但是无论风怎么吹，它又好像生了根似的，仍旧萦绕在其间，仿佛驱不散的顽皮小儿，戏弄着北风老人。

朝着冒热气地方一路走去，山间小径，枯干的茅草，自然得像是素面朝天的乡村少妇，有一种令人心动的美。我不由想起自己的家乡，也是这样的乡村，也是这样的泥土，也是这样随处生长的野草，每一处都透着亲切，透着温情。唯一不同的是，我的家乡没有温泉。

举家搬迁之后，我已多久没有走近生我养我的故乡了呵，今日里，却在他乡里呼吸到了故乡的味道。

终于来到一处农家小院，院内走出的老妇，和我曾经的乡邻一样慈蔼。门口是一只尽职的家狗，望见生人，犬吠声声。不知为何，我却没有惧怕，在我心中，家狗大多并不凶猛，吠叫唯向主人告之而已。我们说明来意，老人喝退了家犬，把我们迎进院内。倒也怪了，那犬竟乖乖地倒伏在我们脚下。我们相互调侃，自吹自擂一番：看来咱真是面相如佛啊，连家狗也亲近咱们。

老人将我们带至后院，但见一根细细的竹管上，一股温泉水涓涓而下。老人告诉我们，这温泉水每天都是这样潺潺流出，从未间断。我们取了一盆，将冰凉的双手浸泡其中，暖意瞬间传遍全身。仔细端详老人，发现她的皮肤有着不同于乡野老妇的细腻，想来是长年累月为温泉涵养的缘故，我们不禁要深深地羡慕了。老人取来几个木桶，垫上塑料纸，接上温泉水，让我们泡脚。没有时下流行的按摩，也没有配入现代的药材，收费也是极其低廉，这种原始朴拙的泡脚方式，倒正合我的心意。交谈中，发现当地的村民，并未以温泉为产业，依旧保持着本色的生活方式。

离开这座农家小院时，天开始下起了小雪粒，而我们的心里，却始终是暖融融的。我想，我们虽不能终生与温泉相伴，但可以过一种知足而有温度的生活。

第三篇章　风光无限

# 樟树下，外婆家

<br>

一

　　一群老樟树，时常绵密地铺进梦境里。顺着它们挥舞的长臂，童年，外婆，乡愁，时间的经纬，无数次重新映现在一座名叫樟树下的村庄深处。

　　许多年过去，你仍固执地将这一片地方称作外婆家。正如现在，大巴车从瑞金市区，经沙九公路，往西北郊进发八公里，一路畅行开进了村委会门前的宽阔停车场。车上走下来一群来自全省各地的文艺家，作为其中的一员，你忍不住动情地向众人指认它在你生命中的特殊意义——外婆家。

　　其实，外婆十几年前已长眠于村后的一座山冈中。踏上这片土地，既熟悉又陌生。儿时钻进钻出的土房子、老洞水、泥巴路、猪栏牛舍不见了，取而代之的，是一排排黛瓦白墙的徽派建筑，还有整洁的水泥路、青砖地。原来供全村人洗衣服的泥堰池塘，如今已用片石砌得方方正正，成了荷花池。一口用来汲取饮用水的简易水井不见了影踪，你还记得，井面上垫着一块湿滑的木板，上面长满青苔。妈妈说，有孩子从那里滑下溺亡过。现在，人们用的是自来水。

唯有那群老樟树还在，还记得一个小女孩曾爬上一棵驼背的樟树，嬉闹、唱歌、捉迷藏。还用宽大的枝叶覆盖一座村庄的日升月落、炊烟袅袅。五十六棵这样的老樟树，围绕着一个村庄，已经活了一百年甚至几百年了，它们用自己的存在和气息，成就了一个村组的符号，也丰满了几代人的记忆。

樟树，是赣南人的风水树。在房前屋后，在溪河两边，在村头村尾，人们栽种它，热爱它，崇信它。炎夏时坐在它的浓荫下歇歇凉，盛大节日时在它脚下敬炷香，有了折磨人的难肠事时拜一拜它，对它倾诉一番。樟树下村组所在的行政村，叫作洁源村，是赣南许多遍植樟树的村庄中的一个。如果再往前追溯，早在苏区时期，整个洁源村就名叫樟树乡，隶属于下肖区。

村里的人，大半姓欧阳。一座祠堂，承载着他们的姓氏或宗支的脉络。而村史馆，则记载着整座村庄的历史。在村支书的指引下，从村委会办公楼登上二楼的村史馆，你仿佛进入了时光隧道，那些过去的人，过去的事，还有过去的生活一一复现。看了那些老物件，听了那些老故事，你猜想，在那些老樟树铺就的绿底色之上，最鲜艳的莫过于红色了。

这是一座地道的红军村。"那个时候，洁源的天是红的，地是红的，人心也是红的。"村支书说。村里人念念不忘的，有"七个儿郎当红军"的故事，也有"一家五兄弟齐革命"的故事。要活命，要翻身，时代的洪流裹挟着每一个普通人，朝着一个相同的方向迅疾奔涌。

"七子参军"故事中的主人公欧阳汝明，是在苦水中泡大的洁源村人。父亲早逝，他与母亲相依为命，常靠要饭度日，饱受土豪地主的欺负。十几岁开始，他便是田间地头的劳作主力，但二十八岁才得以结婚。1928年，当革命的火种在瑞金点燃时，欧阳汝明决定把儿子们送去前线当兵。他做好了老母亲刘氏的思想工作，又挨个说服了儿子投身革命。他的大儿子欧阳克茂参军时，还不到三十岁，他的小儿子欧阳克荣随红军北上时，刚满十六岁。悲伤的是，他的七个儿子，全部壮烈牺牲在了长征路上。

你不知道作为烈属的村民欧阳汝明，是怎样度过了他的余生。但是你知道，1934年，在扩红运动中，洁源村荣获过一面"扩红第一村"旗帜。你还知道，苏区时期仅一千余人的洁源村，支红支前人员共有四百多人，其中一百八十六人参加红军或在苏维埃政府工作，一百零五人为革命牺牲。新中国成立后，被正式认定为革命烈士的有八十九人。

那时候，为了支持革命，洁源村人民不仅踊跃报名参军，还甘愿吃红薯渣、挖野菜充饥，慷慨捐粮捐款，踊跃献鞋献物，几乎穷尽了自己的所有。洁源村人是这样，瑞金县人是这样，整个赣南，整个江西的所有红色区县和村庄都这样。在樟树下村组，参加红军后一去不返的人有许多，回来的只有两个，其中一个是外公的满叔叔。只是，他受过伤，回归的已是病体残躯了。

你还记得，外婆家常年住着一个老人，叫观发娣奶奶。她的丈夫，丈夫的兄弟、堂兄弟，全都去参加红军了，没有一个人回来。孤身一人的观发娣奶奶带了一个养女，与三舅从小青梅竹马，结为夫妻，就成了三舅母。后来，观发娣奶奶搬到了外婆家生活，成了全家人的奶奶，被恭顺养老，直到高寿送终。

这样的故事，村子里每家每户都能讲出一两个。离樟树下不远的村庄里，还发生过一个流传最广的故事——"八子参军"。下肖区的杨荣显老人，八个儿子去当红军，一个都没有回来。而今，故事早已搬上了赣南乃至全国的舞台，每演一场，泣声一片。

洁源村所在的乡镇——沙洲坝，是中华苏维埃临时中央政府所在地，也是"二苏大会"召开的地方。距村子两里开外，还有一口闻名中外的井，叫红井。挖井和吃水的故事，印在了小学一年级的课本里，也印在了沙洲坝世代人们的心上。现在，怀着饮一口红井水的心愿，来到沙洲坝的人，老幼妇孺，络绎不绝。

## 二

也许，正因为这里的颜色赤红赤红，正因为这里的人们倾其所有，时代留给这里的创伤，竟绵延了几十年。落后，竟一度成为洁源村的代名词。穷，是樟树下人命运中无法绕开的一段过往。

几声鸟鸣隐入稠密的枝叶，阳光在叶隙间跳荡，你闻到樟树的香气，像闻到一股源自光阴的醇酿。时间过去了几十年，从你围着其中一株樟树的斑驳枝干转圈圈开始，老樟树似乎还是那样老，又还是那样年轻、壮健。它们一直在生长，在见证，在拥紧整个村子的世事沉浮。

你的思绪游离了人群，无法遏止地沉陷于深情，沉陷于往昔的回忆。

念书前，你是外婆家的常客。父母忙得脚不沾地的年月，一个无人看顾的野孩子，多么需要一个随时可以倚靠的温暖怀抱。外婆给了你一张共卧的床铺，还有许多个在鼾声中入梦的夜晚。只是，她和三舅三舅母共同生活的这个家很穷，给不了你像样的吃食。有一年夏天，三舅母种了一大块地的胡萝卜，于是到了收获季节，餐桌上便每天都是这一样菜，荤腥就更别提了。你瘦弱、敏感、胆小，食欲总是不佳，又从不敢像表弟妹那样无所顾忌地吐露愿望。外婆担心你瘦得不成人形，便每天晚上在你饭碗底下悄悄埋一个煎荷包蛋，用眼神暗示你到门口屋坪趁黑吃掉。那时候，鸡蛋是不舍得自己吃，要拿去卖钱的。外婆甘冒婆媳不和之风险，给予你的特殊慈爱，何尝不是穷人不可言说的心酸。

那时候，村子里除了樟树，长得最多的是松树。屋后山冈上的黄土地总是那么贫瘠，密密麻麻的松树永远是一副长不大的样子，面黄肌瘦的，像你。你喜欢爬驼背樟树，也喜欢跟着外婆去松树林里搂松毛，外婆拿竹笆子一路笆过去，将松毛一层一层压进畚箕。你避开那些不会说话，但总是自带神秘和恐怖的土坟堆，提一个小竹篓去捡松蛋子，捡一会儿，就唤一声外婆。天色向晚的时候，你们踩着夕阳的尾巴，满载着战果回家去。这些东西，都是引火做饭的好燃料。外婆还要戴着硬邦邦的帆布手套卷蔗毛，将带茅刺的甘蔗叶子抓住，团成一个个结实的小卷儿，晒干，堆在鸡圈的上方，以备送进灶膛，烧出一日三餐的热饭菜。

那时候你怎么会想到呢，现在的樟树下人，再也不用四处寻找烧灶的燃料了。你随意走进一户人家的厨房，电磁炉、电饭煲、液化灶……都明明白白地告诉你，一种物资匮乏、与穷为伍的日子已经像一本旧书翻了页。如果你问一个村里的小孩，能天天吃上鸡蛋吗？说不定会收获一个瞧不上的白眼："天天吃，腻死了。"

村后头，松针一日一日地烂在黄土地上，似乎连土地也变得肥沃了。出松树林往前走一里路，有大舅承包的脐橙园，一年四季长得郁郁葱葱，卖果的收入，供大舅和表哥表弟各自建起了气派的新屋。后来，他们又加种了奈李、甜柚，还在果园里散养母鸡和花鸭，让它们吃虫子，啄青草，一只只养得肥肥壮壮的。卖土鸡蛋，也卖土鸡土鸭，价格比市场上贵，却依然抢手。受了大半辈子穷的大舅和大舅母，笑声一日比一日爽朗。

2013年冬天，表弟在村委会旁边的祠堂里办圆屋酒。你开着新买的帕萨特，载着爸爸和女儿去吃酒席。村前的余坪上，停车位画得明朗大气，车技不佳的你顺利将车停得稳稳当当。祠堂里摆满了大圆桌，大舅正满面红光地招呼客人。他说，自从村里统一规划建设后，在祠堂里办喜事就阔绰多了。酒席上用的几十只鸡和鸭，全是自己果园里养的，尝一口，果然味道鲜美。

沿祠堂后侧的石头小径往上行，是一个宽阔的休闲广场。表哥和表弟的新居，并排安置在广场的东南面。他们家的大门，正对着"开元通宝"的艺术造型。藏风、聚水、奔富，包含着人们最朴素的愿景。你还记得原址上的老屋，一层，土坯，正中是客厅兼饭厅，两间房，其中一间做了厨房，大舅全家五口人挤在另一间房里睡。门前的屋檐下，见缝插针地搭着鸡圈，四边堆满了杂物。

以2011年为例，全村人均生活性支出仅九百六十八元，近七成村民住在土坯房中。自然，你的大舅、三舅也在其中。幸运的是，这个红军村和赣南诸多红军村一样，终于等来了时代的关注与厚爱。2015年，一场前所未有的精准扶贫攻坚战在这片红色土地上拉开。短短的几年时间，全村环境好了，产业做起来了，土坯房也消失了。变化之快，简直令人一时缓不过神来。

# 三

同行的文艺家，许多都已经去过全省各地的脱贫攻坚示范村，但走进樟树下，仍为这里的洁净和秀美深深叹服。甚至，疑心自己进入了高档别墅区。在樟树的浓荫遮蔽下，青砖地、绿草坪、石围栏、艺术雕塑各居其位，一块不高的假山石上书写着"美丽洁源"四个行草大字。字，是瑞金市一个知名书法家题写的。感受着它与周围环境的完美契合，你忽然觉得，樟树下，其实原本就是一件时间的艺术品。或者说，是脱贫攻坚的艺术品。

2017年夏天，你曾与一些文友专程驾车来此散心。你们在村庄各处合照或自拍，荷花池、马头墙、桂花树，只觉处处皆景，诗意盎然。徜徉其中，这哪里像一处乡村图景，分明是一座有山有水有花有草的园林。你一次次地寻找过去的踪迹，又一次次地陷入恍惚。你一遍遍地问自己，这是无数次出现在梦中的外婆家吗？你的心里充满了矛盾，既希望这还是谙熟多年的外婆家，又愿意它就是现在这般美好的模样。

暮春的微风摇动着古老的樟树，枝叶发出沙沙的轻响。就在文艺家们被香樟灌醉，发出啧啧称赞的当儿，八十多岁的欧阳钊老人，正拿着竹扫帚唰刷地清扫着青砖地上稀疏的落叶。老人腰不弯，背不驼，着绿色解放鞋，戴白色棉纱手套，笑模笑样的，仿佛全身心地灌注于一件无比快乐的事情。人们说，他在这里义务扫地，已经好多年。

他和外婆当属同辈，也同样在苦日子里煎熬过。"欧阳钊老人，是真正的心肠好，当了几十年村干部，行了一辈子善。"妈妈忍不住要和你讲述他的故事。因为担心没钱娶媳妇，欧阳钊的父母像许多农村人那样，早早地为他带了一个童养媳。可是长大以后，俩人死活不愿意在一起。童养媳嫁了，欧阳钊单着。那时他的父母已逝，为了给他娶一门亲，已成家的哥哥到处去当挑夫，一分一厘地攒钱。由于经常翻山越岭赶夜路，劳累过度，哥哥壮年时不幸患病去世。后来，欧阳钊夫妇一直与嫂嫂和侄儿女共同生活，他顾全着一个大家庭，即使内部发生一些矛盾，也总是说理劝和，不曾分家，直到侄儿女们各自成家立业。二十世纪六十年代末，伴随着一场全国性的运动席卷城乡，许多地方接二连三地错杀无辜，许多家庭陷入悲痛欲绝之境。而樟树下在时任治保主任的欧阳钊极具定力的维护下，全村老幼平安度过运动。时至今日，许多村民仍发自内心地感念着他。

现在，欧阳钊已是儿孙满堂，全都住上了新房，再也不用为娶亲和衣食事操心了。"国家政策好，让我们过上了好日子。我还有力气为村里扫扫地，就当是锻炼身体。"你在想，这应该是一个人对新生活最崇高的致敬了。他用一辈子，领受了命运给予的困苦和甘甜，他有他最质朴的回报与感恩方式。

从休闲广场出来，你又信步走进村民欧阳罗发生的家里。按照辈分，他应该是外婆的侄儿辈。二层半的小洋楼，粉刷洁白的外墙，中档装修的内室，一应俱全的家具家电。如果不是村干部的介绍，你不会相信，他曾经是地地道道的贫困户。夫妻二人站在敞亮的客厅里，黧黑的面庞上，有微笑随腼腆的神色一圈圈漾开。

欧阳罗发生夫妇是不幸的，他们的儿子患有唐氏综合征，先天愚型，属于二级残疾。2006年，欧阳罗发生自己又查出患有肺结核和肺脓肿病，经过两次大手术，最终右肺全切除，才捡回一条命。高额的治疗费，三个孩子的抚养教育费，欠债，还债，让夫妻二人陷入了恶性循环的生存困境。

生活的变化，从精准扶贫工作队的进驻开始。他们了解到，建档立卡贫困户欧阳罗发生家有一口鱼塘，因为身体和资金原因闲置了。于是他们找上门来，商量养鱼的事情。没有投入的资金，工作队帮他申请了五千元的产业奖补金，又帮他争取了五万元的财政贴息贷款。为了把鱼养得更好，还为他请来水产专家做技术指导。养鱼，是轻体力劳动，他正好能够适应。仅2015年一年时间，鱼塘就实现了一万两千元的纯收益。今年，工作队又为他扩大养鱼规模申报了精准到户项目补贴。鱼越养越多，他们的日子也就越过越红火。

养鱼赋闲之余，依着村庄环境整治的契机，工作队又鼓励他买了一台割草机。出去帮人割草，日工资可得两三百元。他还被推荐为村里的保洁员，月工资七百元。洁源生态阳光餐厅开业后，他的妻子去做服务员，月工资有两千元。走到哪里，人们都开玩笑说他们夫妻是"双职工"。

2019年，欧阳罗发生已实现家庭年收入六万多元，与2014年相比，增加了三倍多。现在，欧阳罗发生一家已经顺利脱贫。还债，清欠，建设家园，只要人勤手快，再不愁回到穷苦日子了。有产业，有工资，医疗有保障，他们和所有的贫困户一样，驶入了后顾无忧的幸福快车道。

同样的蜕变，还发生在全村六平方公里的土地和十五个村组八十四户贫困人口身上。他们种白莲、种油菜、种脐橙、养鸡鸭，2018年便实现了全部脱贫。顺风顺水间，到2019年，洁源村级集体经济经营性收入已达十二万元。

# 四

如果从樟树下出发，穿过松树林往村子外围走几百米，你会看到一座方圆几百亩的大石山。山是喀斯特地貌，海拔不高，但奇峰峻峭，山上蕴含着丰富的石灰石资源。据《瑞金县志》记载，早在宋代，便有人在石山境内建窑烧制石灰。由于石头品质好，烧出来的石灰洁白如玉，因而名扬周边。洁源村之名，便取自于此，意为"洁白的致富之源"。

在你儿时的记忆中，石山底下，暗藏着许多曲里八弯的岩洞。那是一个多么神秘的迷宫啊，你曾背着外婆，跟随表哥等小伙伴一起钻进去探险，听见石燕或蝙蝠在耳边嗖嗖地飞过，被洞内的黑暗、凉气与阴森吓得尖叫。最终，你没有钻完那些地洞，乖乖地退了出来。有时候，你黏着外婆，去石山的边上放牛，野草一蓬蓬地胡乱长着，蔷薇也没有节制地伸展、开花。你还会听见，石山脚下，有机器终日隆隆地响着。那高耸的烟囱下，是一个大型的水泥厂。

你的三舅，就在水泥上做过采石工。三舅是一个天资多么聪颖的人，却生不逢时，一出生就遇上了大饥荒，大人们吃食堂时，他挨个扶着凳子拣难得掉落的饭粒吃。等到上学，又是跳级"大跃进"，高中毕业后不能参加高考，回到村里务农。为了摆脱穷日子，他买过补鞋机帮人补烂鞋子破袜子，买过爆米花机走村串户挣点小钱。他能帮人理发，还无师自通地学会了修理自行车、摩托车，甚至电风扇等小家电。即便劳碌半生，他仍然住着祖上的土坯房，似乎总也看不到出头之日。

有一天，你竟然又目睹了三舅的厄运。他在石山上采石时，被上面滚落下来的大片石砸伤，昏迷过去，人事不省。你看着他被村里的年轻人抬回来，又急吼吼地抬去医院，你不能跟去，只能坐在木门槛上不知所措地哭。你多么害怕，憨厚慈蔼的三舅从此回不来了。

自然，三舅最终安然地回来了。在你上师范的时候，他又和乡人去浙江割席草，因为工头跑了，工钱没要到，一路流浪回家。到了你上学的那个县里，辗转打听到你的班级，挑着铺盖卷儿找到了教室门口。你用不多的饭票去食堂打饭给他吃，又安顿他到男同学的寝室睡了一晚。你也是穷学生，你再给不了他更多。送他到马路边上拦车，看着衣衫褴褛的他从车窗伸出手来使劲向你挥动，看着那只手越来越模糊，你蹲下来，一个人号啕大哭。

现在，樟树下祠堂边的一排小洋楼里，有三舅的一栋。其实他住得并不多，表弟在广东中山买了房，娶了妻，生了子。他们老两口，便常住在中山了。春节期间，表弟会开着车，带着一家老小回到家乡，走走亲戚，热热闹闹地过个年。三舅说，等孙子上了学，他们就要回到樟树下长住。家里的环境，比城市里好多了。

如果愿意，闲不住的三舅还可以再到石山上去做事。比如当一个群众演员，做一个保洁人员，或穿上保安服，当个威风的安保人员。村里很多人都在那里就业，尤其是建档立卡贫困户的人家。工作不算辛苦，更没有从前那样的生命危险，一个月可以拿两千多元。一座石山，带动了全村的产业和就业。有头脑活络的村民，还在周边开起了特色小店。

对了，那座石山，已经被打造成了一个占地五百多亩的大型实战实景演艺景区。总投资六亿元，2018年11月开工建设，2019年12月建成运营，2020年1月6日正式开业。

多年来，石灰厂、水泥厂、采石场、采矿厂在这里不停开采，以至矿山地表裸露、支离破碎、尘土飞扬，整座石山像一只处处伤口、奄奄一息的巨兽。现在，外资进来了，设计师们变废为宝，保留的石山是原生态的战争背景，开挖的矿坑改造成景观湖，掘过的地面成为骑马的步道……露营区、射击区、野战区一一排兵布阵，妙手回春间，这里俨然已是人间的桃花源。在"重走长征路"体验区，游客们配上背包和枪支，越过敌人的突袭与爆炸，爬雪山、过草地、跨独木桥、钻铁丝网、躲防空洞。充满刺激的互动，让他们结结实实地过了一把红军瘾。

如今，整个洁源村有一百三十多人在景区当群众演员。"观光、采摘、体验、美食、看戏、民宿"，那些曾经为红色献出所有的樟树下人，终于收获了丰厚的回馈。你知道，景区边上，生意红火的生态阳光餐厅，也有你表哥的一支股份。曾经四处筹钱为表哥娶媳妇的大舅一家，早已摘下了穷帽子。去年秋天，大舅的大孙子结婚，在阳光餐厅热热闹闹地办了一场喜宴。妈妈是表哥用小车接去的，回到家里兴奋地说个不停。今年春天，大舅的第一个曾孙女出生，一生热爱人丁兴旺的外婆若还在人世，不知该有多欢喜呢。新的一代，新的生活，像老樟树新生的枝芽一样，在人间迎风招展。

临别时，你和一同采风的文艺家们在大樟树下合影留念，身后是一排红色大字："幸福，都是奋斗出来的。"你体味着一座村庄的前世今生，仿佛自己也成了一株樟树，立于时间之中，枝叶婆娑，周身浸透绿意。

哦，樟树下，外婆家。

# 一路向暖

初春。元田。

我行走在村中的小路上，看耀眼的阳光自头顶倾泻下来，看路旁洁白的栀子花迎风摇曳，看嘤嘤嗡嗡的蜜蜂钻进金黄的花蕊。一群散学归家的儿童奔跑着，咯咯地笑着，越过我，又回过头来，齐声叫："阿姨。"我一一分辨着那些裹着花花绿绿的衣裳的，都是谁家的娃。然后，笑肌被一种融融的暖意牵引、上扬。

时光多么像白驹过隙，转眼，我与瑞金市瑞林镇元田村结缘已是五年。作为一名精准扶贫干部，在这个瑞金最偏远乡镇的村子里，我将自身糅进一个村庄的命运中，也因此收获了一段额外丰厚而温暖的人生。

"钟秀华——"走在元田村的小径上，我忽然被一声乡音十足、清脆悠长的叫声止住步子。凭直觉，我便可以断定她是谢光法的妻子。

果然不出所料，她挑着一担水桶，快速地跃过来。近至跟前，她腾出一只手来拉住了我："走，到我家去食碗擂茶。"这个质朴得像一根铁线草的女人，连客气一些的称呼也没有学会。但是我知道，她的热情是从肺腑里涌流出来的。

谢光法夫妻是幸运的，生有三个子女，个个在学习上如鱼得水。天赋加勤奋，使他们成为全镇的学习尖子。村子里，不知有多少人羡慕着，以之为榜样教育着自己的孩子。

然而他们夫妻却又是不幸的。五年前，谢光法罹患眼疾，几近失明。多方求医，都不能诊断病因。积蓄全部花光，还欠着一屁股债，几乎家徒四壁。长期的操劳操心，妻子亦百病缠身，却从不肯去看医生，时不时买些便宜的药物缓解疼痛。谢光法原来有着当泥水工的手艺，他将许多人的家装修得敞亮洁白，却唯独没有钱让自己的家变亮堂。他们的屋子，只建了一层，里里外外红砖裸露，连石灰都没有抹过。

于他们，疾病可以拖延，日子可以清苦，唯独孩子的学费，却一刻也不能拖延。每次看到他们过早衰老的脸庞，我都感到压抑、疼痛，和一种无法释怀的沉重。

我试着联系上了几家长期进行助学活动的企业，并与校方取得联系，为他们争取免除了一些费用。后来，我领着几个企业负责人，又一次踏进谢光法那个简陋的家。一碗擂茶过后，客人从包里掏出一个大大的红包，塞进谢光法粗糙的大手中。我看见他那并不明亮的眼睛眨动着，早已泛红，有泪水在眼眶里直打转转。

此后有许多次，他们见到我，都喜欢紧紧地握住我的手，絮絮叨叨地说上一遍又一遍的感谢。我忽然想起刚刚进村的时候，我去他们家走访，女人用怀疑的目光看着我，问："你这是做什么啊？"我解释给她听，她冷冷地接上一句："精准扶贫？多半是糊弄人的。"而今，她僵硬的语调变得热情洋溢。想必，她心里已经揣上了这份温暖。

每次来到新角小组，我都要踏进六十多岁的谢光钿小店里，听他唠叨上几句。他瘸着一条腿，在柜台前忙碌穿梭，为进店购物的村民们取着各种商品。不熟悉的人，很难发现他那看似健全的身体里，藏着一条义肢。

前年春天，他抬起硬邦邦的一条腿告诉我，这条假腿安装在他身上已经十多年，早已超过了服役期限。可是眼下，他却没有钱可以更换它。他的儿子，也是一个残疾人，连个老婆都娶不到。老夫妻谁也指靠不上，只有时常泪眼相对。我想起残联的诸多助残项目，一番详细咨询后，确定谢光钿可以免费更换假肢。后来，谢光钿带着残联的证明，坐火车去了赣州。回来以后，他拖着新换的假肢，脸上有着孩子般的兴奋。

没事时，我喜欢绕着村庄信步而行。前面的山坡下，是已经竣工投入使用的元田小学新校园：高大的门面，宽阔的操场，明亮的教室，校园前面，是潺潺流过的小溪，还有郁郁葱葱的绿树。元田村的孩子们，彻底告别了没有操场，漏风漏雨的旧校舍。这里，还有一个大食堂，那些徒步跋涉十几里山路的孩子，可以在学校吃上热乎乎的饭菜，省去了迢迢的往返之途。

如果继续行走，还可以看见下屋小组的土坯房集中改造点上，体育设施安装起来了，一个开阔的休闲场所建设得和城市没有多大区别。把目光投向远处，可见两条用水泥红砖重新修葺的水渠，绕着村庄蜿蜒而过。从此，全村人不再为灌溉与浣洗之事犯难。那边，通往石壁下小组的河面上，架起了一座相对于小河而言堪称雄伟的钢筋水泥大桥，村民们蹚水过河的日子终于彻底结束。我忽然想起前些年，为了这座桥的顺利建成，挂点石壁下的扶贫干部梁寿华饱含深情写下一篇《梦里康桥》。是啊，你，我，他，还有很多人，都是这个时代的筑梦者。当更多人的梦想一朝成为现实，我们的内心，甚至比置身于梦想图景中的人更加幸福，更加温暖。

冬去春来，我看着落叶在寒风中轻盈地舞蹈，看着春草在村庄里放肆地绿，总有一种暖，载着希望，自心底升腾。时间就这样不停息地浇灌着四季，浇灌着一个村庄的春华秋实，也浇灌着赣南这一段特别的历史。日子终将远去，而某种隐匿的精神会扎下根来，以蓬勃的姿态生长、飞扬，奔赴辽阔的远景。

# 木梓的向往

　　等待一朵花的孕育是需要时间和耐心的，正如等待一篇文字的瓜熟蒂落。如果我没有犯常识性的错误，世间最经得起等待的花应该就开在赣南的红壤上。

一

　　这是秋天的赣南，我行走在瑞金市冈面乡渡头村的山路上，淙淙潺潺的清泉环绕着木梓山向下奔流。一丛又一丛洁白的木梓花将我包围，它们以纯净的清香袭击我、引诱我，让我恨不能做一只上下翻飞的高脚蜂。据说，高脚蜂是唯一能为木梓花授粉的蜂虫。它们在啜饮甜蜜的同时，又像最称职的月老，为雌与雄的结合牵下了红线。那些在秋天里完成了孕育的"新人"啊，须得满斟花蜜，敬它们一杯。

　　回忆总是像一触即亮的感应灯，在光束的辉映中，一些关乎木梓花的画面一帧一帧地回放出来。年少时期，我们何尝不像那只流连花丛的高脚蜂？我们被带着甜味的花香勾引，目光停留在金黄的花蕊中间，就在那金子般的一团里面，包藏着多么甜蜜的一汪清泉？扯一支稻秆，将上下两端的结节捻断，就是一支浑然天成的吸管。含着吸管将小嘴巴凑近一朵最大最艳的木梓花，轻轻一啜，一股蜜汁伴着甘甜与清爽的滋味灌入口腔，还有什么比这更美更乐的事？

这样的本领，似乎没有人教授，山村的孩子打小就具备了向大自然获取的本能，就像那些闻香而动的高脚蜂。木梓树就长在我们的房前屋后、田坎山坡。到了木梓花开的季节，我们贪婪地向花朵汲取甜蜜，连同花粉也成了涂在脸上嘴上的彩妆，我们唇齿留香，一直香到了今天。

孩子们最喜欢的，还有木梓花的衍生物。一种叫木泡，是木梓果的变异；一种叫猪耳朵，是木梓叶的变异。木泡和猪耳朵，都是木梓树赐给我们的美物。传说，它们都是被风吹胀的。每到冬天，猛烈的寒风呼呼地吹过山岭，一些被风劫掠过的嫩叶和嫩果便于一夜之间膨胀起来，长成了鲜美的果实。这样的果实结得太少，可遇而不可求，需要的是天时地利与人和。一般村前村后是难寻的，常常是随大人进入深山区砍柴火，忙碌的间歇，抬起头来，忽然望见木梓树上挂着一颗白嫩嫩、肥嘟嘟的木泡果，喜不自禁，采食之，口舌生津。复寻之，时而一无所获，时而偶有所得，于是大喜过望。

花开一般的甜蜜时光不会太多，乡村生活更多的是吃苦耐劳。我们握着由木梓棍制成的镰刀、柴刀，割芦萁、砍柴火；我们挥舞着由木梓棍做成的锄头、鑺锥，锄草、挖地……我们幼嫩的手上长着和木梓树一样密实坚硬的老茧。木梓树生长缓慢，木质十分坚韧，不容易折断和腐朽，成为乡村制作农具的最佳选择。那些打米果的米果棍，擂擂茶的擂棍，捣衣的捶棍，甚至捆芦萁的钩绳卡子，都是用木梓做成，结实耐用。就像那赣南乡村的孩子，经得起翻滚，抗得住摔打。

木梓花开之后，大人们最关心的还是木梓果的收成和出油量。我们村没有林地，木梓树不多，采果自然少之又少，所得木梓油尤为珍贵。炒菜是不舍得用的，煎炸果子更是不可能，得留着作用呢。比如家里有了孕妇、产妇，这时候就开小灶食木梓油炒的菜；比如新生的婴儿肚脐眼儿凸着，可以用木梓油每天抹抹；比如烧伤烫伤喉咙痛小孩鹅口疮，都能派上用场；还有那爱美的俏媳妇，用来抹在头发上，梳得油光光的……

由于很少吃到木梓油，往往偶尔尝到，都是存留已久，因此很多年来我一直以为木梓油就是苦味的。直到我因工作的缘故在瑞林镇元田村驻村，才知道原来新打的木梓油是如此香醇甘甜。瑞林镇盛产木梓油，村民不仅用来炒菜，还用来炸薯包鱼，香而不腻。瑞林人家里端出来的擂茶，表面总是漂着一层木梓油。主妇们还用木梓油封在豆腐乳表面，既得其香，又密闭保鲜。我是着实艳羡着他们的生活，把金贵的木梓油当成了家常食物来吃。

其实还不止于此呢，我们所驻的元田村，成立了油茶合作社，他们把几百亩的荒山开了，种上了绿油油的木梓苗。赣南的土地，是最适合种植油茶的。一个村在种，两个村在种，成百上千个村都在种。

用不了几年，所有生长着木梓苗的山上都会开遍洁白的木梓花。那些花儿，也会甜蜜愿意用勤劳的双手换取收成的人。

## 二

事实上，每一朵花开总有它的使命。有的妖娆了世界，有的妩媚了众生，虽则有昙花一现，也有无果而终，然而芬芳和悦目同样是奉献的一种。但其中，却鲜有像木梓花这样的，拥有最持久的忍耐，和最善始善终的美德。

现在，就让我们拨开花丛，透过油绿的木梓叶，你会看见些什么呢？不了解木梓的你或许会不由自主地惊叫起来："呀，这么多木梓果！"是的，那正是木梓花历经一年多时间孕育的果实，累累垂挂在枝头。木梓的奇特之处也在于此，金秋时节，既是木梓花的盛开之季，也是木梓果的采摘旺季。花果同枝，多么像一个魅惑的传奇。此刻，她既是梳妆打扮的新娘，又是足月临盆的少妇。其实，木梓夏天着蕾，秋天开花，冬天结果，隔年秋天方得成熟，这个过程，比之人类的十月怀胎，也是有过之而无不及的。满打满算的一年多时间，一枚木梓果端坐在这云雾缭绕的山岭上，该是得了多少天地之精华啊。

几乎是在同时，我听到嘹亮的山歌在木梓山上飘荡开来："木梓摘到岭崇脑，鸟比歌来人比早，篮满筐满心欢喜……"举目望去，只见一群身着蓝布花衣的客家女子，提着篮筐，一边摘下满树的果子，一边歌唱着丰收的喜悦。这采摘下来的满篮满筐的木梓果，很快就要制成金黄醇香的木梓油（山茶油）。美丽的笑靥掩映在木梓花间，客家山区的女人，眉宇间掩不住收获的欢喜。

一朵花开在人间，先是捧出蜜，然后捧出果，最后又捧出油。这样的孕育和等待，几乎可以称得上是伟大的。时间于它，每一个指针的走向都写着沉着。

木梓的品性，正暗合了赣南人最坚忍而耐久的等待。

在冈面乡，有两片特殊的木梓林，被当地群众称为"红军林"，是毛泽东、朱德带领红军兵工厂战士所种。说起来，这里面还有个动人的故事——

1931年到1934年，中央红军兵工厂迁建冈面。其时，红军战士时有伤病，却缺医少药。当地群众就将自己的土办法传于红军，用木梓油涂抹伤口，竟有奇效。后来，战士们又发现木梓油用来擦拭保养枪支非常管用，缓解了枪支保养油匮乏的问题。木梓油食用、药用、军用三效合一，战士们于是称之为"神油"。毛主席生在湖南山村，深知木梓的好处，于是带领红军战士种下了60余亩木梓林。1934年春，朱德见毛主席所种的那片木梓林已长得郁郁葱葱，于是也在山坡背面种下了200余亩木梓林。

第二片木梓林种下的当年，兵工厂撤离冈面乡，红军离开瑞金，开始了二万五千里长征。赣南苏区的人民，就和这两片"红军林"一起，开始了漫长的守望与等待。等待随红军一起出发的亲人，等待红色的光明重新辉映在这片天空下。

从1934年到1949年新中国成立，其间的日子何其漫长，何其煎熬？但苏区人民都坚持和忍耐过来了。就像这漫山遍野的木梓树，无论酷暑还是严冬，它们依旧开它们的花，结它们的果。

如果按照时间推算，1949年10月1日，正好是赣南大地上木梓花开得最灿烂的时候。

三

今天，"红军林"的故事远没有结束。它以一种光明的定义指向更为宏阔的远景。

起初，绿野轩公司就是被"红军林"所吸引，成立了自己的油茶产业。从几百亩，到几万亩，再到现在的近二十万亩；从冈面乡，到瑞林镇，再到丁陂乡，一项集油茶种植、加工、产品研发为一体的事业就这样在瑞金大地上蓬勃发展起来。

他们一年一年地优选优育，至今已培育种植到第13代木梓树。这样的木梓树，一年平均可以结出20斤鲜果。他们还到全国各地遍寻专家，最终将"水媒法"提取茶油技术引进公司。这样的茶油，把污染降到最低，又把出油率提到最高。他们把自己研发制作的茶油命名为"瑞金的金山上"，把红土变成金山，这是多么美好的譬喻啊。

站在隆隆作响的机器面前，公司的技术负责人用力提高嗓门为我们介绍一道一道生产线，从剥壳、烘干，到碾碎，再到分离、提取，最后出油，整个过程全部在机器的操纵下一气呵成，这些机器需要的操作工人并不算多，科技真正将人力解放了出来。我的一肚子疑问，也在这里得到了答案。

工作人员为我们倒上了小半杯茶油，品之清香润泽。那些由机器送出的茶油，如今盛装在精致的瓶子里，色泽金黄，清洌透明。我想起过去山区的那些落后的水槽油榨坊，榨油人辛劳自不必说，出油率却并不高。产出的油多半呈暗黑色，想必杂质和污染自是难免。

在渡头村的木梓山上，我遇上了好多穿梭在木梓林中的村民。随意的几句攀谈，感受到的是他们满心的欢喜——

"这些木梓山是你们的吗？"

"土地流转，都租出去了。"

"那么，你们的收入还好吗？"

"比自己管，收入高多了。可以拿租金，算分红。农闲时节到山上做事，还有工资呢。"

从小村小户的小规模自种自收，到如今的大面积上规模种植开发，中国2300年的油茶种植历史，在今天得到了最好的诠释。茶油，这种被誉为"世界上最好的食用油"，也将从赣南深山走向全国，走向世界，为更多人所熟知，所青睐。

木梓花开，盛放的不仅仅是美丽。

现在，木梓花还在开，而且会越开越多，越开越旺，开出洁白的向往，开出金色的希望，也开出赣南人蜜里调油的幸福生活。

# 莲花山下，有个凤岗村

一

出瑞金城，往东北行。阳光驱散初夏的云雾，远望苍山如黛，万物都在季节里葳蕤生长。在莲花山脚下，在赣江源头区大小支流的环绕和浇灌之下，坐落着一个古老的村庄——凤岗村。

丘陵起伏的黄土地，世代农耕的客家人。如果不深入村庄的内部，谁知在这平静的日月光景中，流布着怎样丰富的人间故事？

我来，是为一张照片吸引。一位年近九旬的乡村老奶奶，短发银白、目光慈祥，捧一张"全国脱贫攻坚奖奋进奖"的证书，畅怀地笑着，仿佛一生中的命运沧桑，全都在这笑中徐徐舒展开来。

她曾经是一个多么普通的乡村妇人，然而最近几年，却成了远近闻名的网红和致富带头人。

现在，人们常常忘记她的原名廖秀英，只异口同声地喊她廖奶奶。因为，以她为名的"廖奶奶咸鸭蛋"已经飞出了赣南的山窝窝，飞向全国九百六十万平方公里的土地，成为千万人口中的钟爱美食。她的咸鸭蛋，还带动了周边九十二户贫困户增收脱贫。

# 二

廖奶奶的身世可谓坎坷。她原本是一个地地道道的广东娃,抗战时期,日军侵占广东,十二岁,便被参加革命的父母送到瑞金山区避难。他们将她托付给当地一户可靠的老表之后,又一次踏上了革命的道路,再也没有回来。在最艰难的岁月里,是这一片诞生过中华苏维埃共和国的厚土,接纳并滋养了革命的后代。

十六岁,廖秀英嫁入凤岗村,满口的瑞金方言,昭示着一个外来女孩顽强的生存适应能力,还有身体和心灵的完整融入。

凤岗村,迄今已有八百多年的悠久历史。徜徉其间,遮天蔽日的千年古樟,古色古香的祠堂,潺潺流动的小溪,波光粼粼的池塘,翠色可人的莲田,千百年的农耕文明仍在其中生发更替。我撞见成群的鸭子在水中嬉游,一会儿将头埋进水中觅食,一会儿又憨态可掬地露出头来,扑甩着羽毛上的小水珠。凤岗村的人,素来喜养鸭,水源丰沛的江南,小鱼、小虾、草籽和谷物,都是鸭子们唾手可得的美食。

村民们还爱赶圩。圩场,在壬田镇街上。每逢农历的一、四、七,村民们挑担的、背筐的,三五成群往圩上走,就热热闹闹地汇集在一起了。赶圩的人,一般要走进熟悉的老店或铺寮,点上老三样——水酒、豆腐干、咸鸭蛋,滋味悠长地品咂。村民们大多是从事艰辛劳作的人,流汗多,吃几个咸鸭蛋下肚,浑身就又有了使不完的劲。如果没吃到,则一整天都觉得嘴巴寡淡无味。

凤岗村的妇女,古来擅长腌制咸鸭蛋,廖奶奶便是其中的佼佼者。从年轻时起,她便以售卖水酒、豆腐干和咸鸭蛋补贴家用。尤其是她做的咸鸭蛋,蛋白细嫩、蛋黄油亮、味道鲜美,人们都喜欢找到她的小店买咸鸭蛋吃。

从小媳妇变成子孙满堂的奶奶，她依然使用费时费力的古方子腌制咸鸭蛋。制作工艺，是凤岗村的女人们一代一代传下来的。她们在屋后的山上挖来黄泥土，细心地去除杂质，晾干，碾成粉，再和上一定比例的水和盐，将鸭蛋一个一个放进去，滚一身黄泥，再裹一身草木灰，轻轻放进瓦缸中存两个月，缓慢地等，耐心地等。

就这样，一个家庭式的小店开了几十年，日日苦做，顶多卖出几十个咸鸭蛋，生活依旧是清贫的。靠着山水和土地刨食，小打小闹、自给自足的光景，村子里谁不是如此呢。

## 三

然而今天，当我走进两千平方米的咸鸭蛋生产厂房，看见排列整齐的腌蛋瓷缸，看见流水线上的机器不停转动，看见穿着统一服装的工人熟练操作，看见墙上一行往高处走的大字："做一颗有梦想的咸鸭蛋。"廖奶奶的孙子张杨告诉我，这里每天要腌制一万颗咸鸭蛋，每年产值四百一十余万元，纯利润近五十万元。

挑选、清洗、晾干、裹上黄泥、撒上草木灰、蒸熟、包装、入箱……所有的流程秩序井然。配方还和从前一样，富硒的黄泥土，精制的草木灰，严格的盐巴比例，连腌制时间也还是两个月。只是，原本低效而辛劳的腌制过程，已经是机械与人工的通力合作。现代化的生产模式大胆地颠覆了传统，为多年藏于深闺的"廖奶奶咸鸭蛋"插上了飞翔的翅翼。

2015年，是中国大地上极不寻常的一年，也是"廖奶奶咸鸭蛋"变身"致富金蛋蛋"的关键年。这一年，脱贫攻坚的大幕拉开，电商邮乐购平台迅速跟上，进驻广大乡村，推出一村一品特色农产品。

当工作人员来到凤岗村，品尝过廖奶奶腌制的咸鸭蛋后，大腿一拍："就是它了。"原汁原味，土生土长，连名字都不用另取，就叫"廖奶奶咸鸭蛋"。

起初，廖奶奶是有顾虑的，她不懂什么网络，也不懂什么线上销售。她甚至不知道，向来易碎的咸鸭蛋，怎么能安全运到遥远的地方去。八十多年的人生经历中，她一直内敛而保守，没有太大的欲求，也不敢去沾惹大风大浪。

是政府工作人员给她吃了一颗定心丸："你只管像以前那样做咸鸭蛋，剩下的事情一切交给我们。"儿媳妇也是腌制咸鸭蛋的一把好手，更容易接受新鲜事物的儿孙辈们也劝她，不要紧，我们先试一试看。

没想到，经过一段时间的线上销售，"廖奶奶咸鸭蛋"立即以美妙的口感圈粉，回头客越来越多。销量由一个月卖几百个到一天卖几千甚至上万个。原来在村里只卖一两元一个的咸鸭蛋，经过包装输出，售价已经达到四元。

网络时代，"酒香也怕巷子深"，试水成功，廖奶奶全家尝到了甜头。

## 四

2015年12月，瑞金市壬田镇廖奶奶咸鸭蛋专业合作社正式成立，由廖奶奶的孙子张杨担任具体负责人。这一回，他们拉上了贫困户。廖奶奶铭记着年少时乡民们的庇护，她说："我也是吃过苦的人，就想让更多的人也赚票子，过上好日子。"

恬静的村庄从此变得不一样了。有人孵化鸭苗，有人养殖土鸭，一条源源不绝的供货、生产、销售线，像缠绕村庄的河流，生生不息地奔向增收的前方。从墙上密密麻麻的合作社成员名单中，我读到了熊桂娇、王科福、邓火生等几百个贫困人口的名字，他们靠在"廖奶奶咸鸭蛋"这棵大树上，或提供生蛋，或入厂务工，或入股分红，如今已全部脱贫。

今年五十六岁的王科福，是因病致贫的典型贫困户。2002年，他不幸罹患鼻咽癌，为了治病，花了很多钱，日子多年过得不景气。不成想2015年又雪上加霜，患上了肺癌，不得已做了肺切除手术。合作社刚刚成立起来，王科福就被吸纳为社员，捧上了盖有大红印章的红本本。

合作社的服务，是产销一条龙的。鸭苗，免费提供；养鸭技术，免费指导；鸭蛋，高于市场价回购。无须任何投入，也没有丝毫后顾之忧。身体日渐康复的王科福，领了两百余只鸭苗，兴致勃勃地当起了"鸭司令"。养鸭，是轻体力活，清晨赶到溪河里，傍晚它们自己就排着队摇摇摆摆地回鸭圈了。

养鸭第一年，王科福家就收获了五万多个鸭蛋，除去饲料等成本，净赚两万元。合作社分红，一年又有一千元。富余的时间里，他们夫妻就到合作社务工，妻子洗鸭蛋，一天可得工钱六七十元。王科福干些不太重的搬运活，每天有一百多元的工资。此外，他曾经是一个出色的泥水工，这两年身体越来越好，又有人请他出山去做活计。

眼前的王科福，穿戴齐整、身形匀称、头发乌黑，脸上还泛着滋润的光泽，怎么也瞧不出生过大病的痕迹。养鸭、种地、抹墙、带孙辈，王科福是越活越欢实。儿女们总是劝他多休息，但他还是闲不住。"现在村里产业多,还有烟叶、脐橙、蔬菜基地需要工人,想去哪里做都行。"王科福悄悄告诉我。当然,他们更多还是到廖奶奶家的合作社去干活。"吃水不忘挖井人",瑞金人谁不晓得这个理?

我来到厂房的时候,凤岗村村民杨金菊正在熟稔地将咸鸭蛋包装袋捏实,装箱。她说,农闲时来这里务工,可以挣到工资,又方便照顾小孩,比出去打工好多了。厂房里,像她这样的村民有十多个,她们来去自由,并不固定,家中有事就去忙自己的事。有意思的是,流水线上清一色都是女人,我问杨金菊,男人怎么不来做工呢?她乐呵呵地说:"他们哪,有的养鸭,有的种莲,有的种油茶,有的跑运输去了。"

是的,电商平台的跑火,还带动村里的脐橙、白莲、茶油、豆豉、糯米酒等土货摇身变成畅销产品。销路打开了,价格提高了,人们的心也像那"有梦想的咸鸭蛋"一样,越飞越高。

这是家门口挣钱的幸福滋味,这是"廖奶奶咸鸭蛋"形成的美好效应。

## 五

走进偌大的咸鸭蛋存放库房,只见廖奶奶和儿媳妇正在指导工人将鸭蛋装瓮。鸭蛋一层一层地埋进黄泥汤,上面再一层一层地撒上草木灰,比起从前一个一个裹,效率高多了。张杨伸出食指蘸了点黄泥,放进嘴里:"所有材料都是纯天然、无污染的,连这黄泥都可以入口吃,很香。"

去年,客家咸鸭蛋腌制技艺,被批准为瑞金市非物质文化遗产,张杨是传承人。"奶奶老了,手艺要靠我们一代一代传下去。"他说。他曾经在瑞金一家大型实业公司从事人力资源管理工作，收入不菲。为着将"廖奶奶咸鸭蛋"的事业做大做强做专业，2017年，张杨辞职回家，全身心地投入了生产基地的运营中。

2018年3月，以"廖奶奶咸鸭蛋"为代表的瑞金咸鸭蛋，正式批准为国家地理标志保护产品。是年夏，京东商城找上门来，诚邀"廖奶奶咸鸭蛋"入驻。协议签订，标志着由廖奶奶负责技术指导，孙辈们负责经营管理的家族式产业，正在越做越大。邮乐购、淘宝、京东，三大电商平台恰似三驾巨型马车，载着"廖奶奶咸鸭蛋"朝向更广阔的大地飞奔。

同年7月，红色故都瑞金正式脱贫摘帽，退出贫困县序列，翻开了历史的新篇章。曾经是国家级"十三五"贫困村，有贫困户一百二十二户，贫困人口约九百人的凤岗村，成为脱贫致富示范村。在凤岗村的示范带动下，附近的大柏地、叶坪、丁陂、黄柏等乡镇，也相继建立了蛋鸭养殖基地，共同投身到有滋有味的咸鸭蛋事业中。

"2020年，我们要帮助更多的人一起发家致富。"张杨信心满满地说。眼看端午节就要到来，他们做足准备，又迎来了一年一度的销量猛增季。仅四五月份，就卖出了五十万元的产品。

这时候，廖奶奶的儿媳妇端出一盘切好的咸鸭蛋。只见金色的蛋黄淌着油汁，简直要把人的口水馋出来，品尝一口，绵软松嫩，蛋黄起砂，咸味适中，不愧是传统秘籍腌制的咸鸭蛋。那样一种宜人的咸滋味，细细品呃，却又感觉尽皆是甜。

2020年春，新冠肺炎疫情凶猛来袭，"廖奶奶咸鸭蛋"经历了一场按兵不动的"战疫"。库存的咸鸭蛋，一个个收敛着翅膀等待飞翔的时日。2月7日，五百箱满载着爱心的咸鸭蛋，飞向江西省疫情定点收治医院——南昌大学一附院象湖分院，为坚守在战疫一线的医护人员送去红都人民的深情厚谊。

奋进，感恩，回馈，每一次坚实的步伐，都像破壳一个动情的梦。

今天，当人们打开网页，输入"廖奶奶"三个字，结果无不指向脱贫致富的动人事迹和倍受欢迎的畅销产品。腌鸭蛋、端鸭蛋、吃鸭蛋，廖奶奶的形象一次次被镜头捕捉。在各大门户网站上，她还是那样满足地笑着，像一粒从远方飞来的蒲公英种子，找到了扎根的土壤，并衍育出多如繁星的新鲜植株。

"谁无暴风劲雨时，守得云开见月明……"风吹动大院里的一株桂花树，透过玻璃，我看到初夏的阳光斜映入一群骨碌碌转动的鸭蛋上，仿佛在奔跑，又仿佛在飞翔。

# 脐橙，脐橙

## 一

"菊润初经雨，橙香独占秋。"我喜欢在这样天高云淡的秋天里亲近脐橙园，不仅仅为了大饱口福，更多的是因为丰收始终有着一种让人无法抗拒的力量，它能够带着我抵达真实的愉悦境地。

乘坐的是友人的私家车，但见车子的正前方，摆着两个金黄溜圆的新橙，弥散着一车的芳香。我打趣道："你可真馋啊，开车还要盯着脐橙一饱眼福。"友人笑笑说："这你就老土了，脐橙放在车上，吉祥啊，现如今你看看谁的车上不摆几个？"原来，"橙"与"成"谐音呵，我恍然大悟。

脐橙园里，正延展开一幅喜庆热闹的画面。整个山坡以金黄和碧绿为主铺缀着，黄的是橙，绿的是叶，将秋天的橙园装点得如此明媚。让人迫不及待地想要走进那片橙园，穿行其间，将丰收的味道，悉数盛满心间。

去往橙园的小道两旁，芦苇在秋风中轻轻地摇曳，白色的芦苇花随风飘散，有的竟调皮地扑到我的脸上来，让我猝不及防地接纳了一个个秋天的香吻。路边，间或有一两株白杨、枫树自由散漫地生长着，鲜红的、明黄的叶子，美得不染尘埃。

很快，橙园展露了它的全姿。在几百亩广阔的黄土地上，一万多株脐橙密密实实地由山脚至山顶排列开去。放眼望去，但见这些仅一人多高的脐橙树，棵棵枝繁叶茂，长势旺盛。更喜人的是，每一棵果树上都挂满了黄澄澄的橙子，在阳光下，明黄的果子闪着华丽、油亮的光泽。一串四五个的果子挨挤在一起，一齐仰起胖乎乎的可爱脸蛋儿，直叫人爱不释手，引诱得你禁不住要抚摸它，亲近它。

但是我却舍不得伸出手来扯下其中的一个。这些橙黄的果实，托在手上沉甸甸的，它们总让我想起一段无法言说的艰辛和过往，我不能不发自内心地爱宠着它们。

## 二

任何一种果物，必与乡村脐血相依，正如我扯开任何一段回忆，都走不出遥远的童年。

许多个宁静而瓷实的冬日，我都喜欢虔诚地剥开一瓣瓣的脐橙，试图塞进女儿小小的嘴巴里。我要告诉她的有很多，比如脐橙的营养，会让她的小脸蛋长得更漂亮。但我总是止不住要说："多吃点，妈妈小时候是吃不到这样好的水果的。"孩子别过脸去，将果汁洒得满地："不会去超市里买吗？"我几乎无言以对。

是的，富足者从来不懂得贫乏者的苍白无力。她不知道，我的故乡，我的童年里没有超市，也没有脐橙。

记忆又一次带领我飞临我命里的乡村，我的无法虚构的乡村。只要我稍一打开那扇门，自有一盏灯火会照亮那些被乡村掩藏的岁月，那些由毛桃、涩李、酸橘填充的饥渴的岁月。

我出生在1980年，小时候，无可避免地担当着家中放牛妹的角色，在一座生长着众多野草的荒山坡上，我牵着一头牛度过了许多年华。这座荒坡名叫粪箕窝。那时候没有电视，我望不到山外的世界，荒坡上蔷薇的嫩茎、多汁的草根，都能让我像吃到人参果那样尝到生活的甜头。我在上面搜寻着一切能够入口的野味，若是能遇上一棵结果的蒔田泡，用茅草串了，便是人间至高的美味了。

　　那是一段味觉饥馑的时光。我曾经为发现一颗青桃的皮色转红而暗自雀跃，为摘取一个并不可口的柚子而头破血流。为了获得它们，我心目中最真切的渴望，我觊觎、奔跑、争斗、脱逃，甚至毫无羞耻地流下口水。

　　这便是我的乡村，我的童年的真实版本，那些画面一直站在远处朝我翘首张望。从表面看，它们似乎已经悄无声息地沉入水底。今天，因着脐橙，我终于将它们用文字作桨打捞上来。

三

　　如果让我选择，我宁愿把人生的第一枚脐橙高高地挂在记忆的枝头。

　　我要感谢我的大舅，是他让我明白了荒地不仅能够生长野草，还可以孕育甜美的果实。第一次吃到脐橙的时候，我俨然已是一个半大的姑娘。那时的我已渐趋安宁，早过了垂涎一些青皮果子的年龄，但我仍然无法扼制地回到馋嘴的状态。当时我便认定，脐橙必定是世界上最好吃的水果吧。

　　大舅是全市最早从江西农业大学毕业归来的人，机关的生活最终没能束缚住他对于土地的忠诚和热烈。土地是他的根，他是土地的主人。最终，慈母的叹息、女人的泪水都没能阻挡他回归的坚定。也许他一生中唯一想做的一件事，便是认真完成大地布置给他的作业。

那是1990年代初，大舅的骨子里天生有一种昂扬的激情。他摒弃了一些鸡鸣狗跳，承包下二百多亩荒山坡，开始了一种近似于圣徒般的挖掘与劳作。这时的他，是真正沉稳的。

乡村并不热闹，但却往往能够生发奇迹。大舅种植的，正是脐橙。在瑞金这块土地上，尚属于鲜为人知的一种洋水果。没有人确信他能成功，但他凭着对土地的那份执着，还有对于所学知识触类旁通的灵活运用，硬是用挂满枝头的果实，回击了乡邻们猜疑的目光，乃至于暗藏的冷笑。

于是，我第一次吃上了脐橙，于是许多人第一次吃上了脐橙，于是更多人开始思谋着种植脐橙。

## 四

我常常这样漫无边际地放纵我的文字，使它们仿佛无从着陆。的确，我扯得有些远了。但我想，这其中必然有一个缘结，线索的起点，便是脐橙。

还是让我回到童年的粪箕窝吧。彼时的乡村，青壮年的男丁早已像候鸟一样飞走。我的母亲成为了生产队长，像我一样还未来得及飞走的人，留下来充当了全劳力。大种脐橙的号召是由政府发出的，粪箕窝是首当其冲要改头换面的荒坡。

那年暑假，我和许多农民一起，扛起了锄头与铁锹。太阳白花花地照耀着头顶，汗水顺着脖颈流入大地，人们的心渐渐变得澎湃、汹涌。大家一片缄默，埋头苦干，但似乎都看见了一串连着一串金黄的果实，闪亮着梦寐以求的光辉。

劳动如此痛苦，却又如此美好。我让自己一步一步地陷入泥坑，扯断纠缠的草根，偶尔扔出一两块白骨。在热火朝天的开拓里，我竟从未感到过恐惧。那些曾经捂得紧紧的渴望，借着双臂，借着铁锹，被奋力地挥动在一个正在改头换面的时代里。

终于完成了一个一米见方的树窝，生产队长——我的母亲走过来，她看着我全力以赴的红红的脸庞，一副赞赏与自豪的表情。再过几天，这个深深的土坑将要填满稻草，沤成肥料，土地的黄色与贫瘠需要重新洗牌。

第二年的春天里，粪箕窝——这个许多年来一直担当着放牛阵地的荒山坡，茅草和野果一去不返，取而代之的，是一排排整齐的脐橙苗。"瞧，它们长得多好！"人们的脸上挂满了笑意。

## 五

等到粪箕窝的脐橙园挂果之时，我坐着公共汽车行进在开往市区的道路上，忽然惊讶地发现，脐橙的种植在瑞金早已呈现如火如荼之势。一些我前所未知的信息像风一样刮过瑞金大地。

据说，赣南的地质、土壤和气候最适宜种植脐橙，政府正在下大力气打造品牌。许多无人问津的原野被迫不及待地开发出来，荒地从未像现在这样被人们热情讴歌。许多人开始奔走相告：承包脐橙园去！

此后，我到过沙洲坝镇的唐氏庄园，也到过黄柏乡的万亩生态脐橙观光园。虽然我只是一个打马而过的客串，但我总是忍不住要为成片成片的脐橙而惊叹。"红颗带芒收晚稻，绿苞和叶摘新橙。"那些一眼望不到边的画面亲切而温暖，足以让我消弭许多浮光掠影的猜测。庄园主挥舞着大手，滑动的手势指向远方。我仿佛能看到大把的钱就在他的手掌上摊开散落，这无疑是土地赋予劳动者的喜悦和幸福。

再后来，杨氏兄弟脐橙贸易公司成立了，上规模的脐橙产业越来越多……福音一段一段地飞翔在瑞金大地上，十五万亩呵，万亩连片果园三个，千亩连片果园二十二个，这一座座广阔的果园里，生长着多少结实的希望。

## 六

秋日的阳光暖暖地洒向大地，大舅母端坐在果园一侧，工人们大声地喊她老板娘。她的脸上挂满了风吹日晒过后的黝黑和慈祥，不复有最初的担忧的神情。现在，他们的果园里开设了"农家乐"旅游项目，许多瑞金的，外地的城里人都慕名而来。

脐橙已经成熟，它们乖觉地张开了翅膀，在等待人们的采摘。

大舅挑来一担大筐，给游客们各递上了一把剪子。滑溜溜的脐橙摸在手上，每一个都那么诱人，它们或隐或露，但只要掀开树叶，便全都一览无遗。许多人不住地发出"哇"的惊呼，大概是第一次看见这样多这样漂亮的果子。欢乐的激动的笑声不时从游客嘴里传出，回荡在橙园深处。

密集的果子就堆叠在眼前，是从上往下还是从左往右剪呢？很多人欲大刀阔斧又不知所措，初时不知情，往往连着枝叶一起剪，总觉得带着绿叶的果子更加好看。大舅连忙过来指导，剪脐橙还是要贴着果实剪，才不会因为突起的叶柄伤了其他果子，而且有些枝条是不能随便剪下的，或许那儿明年要结出许多果子来呢。每一件简单的工作，其实都蕴含着深奥的学问。这些年来，大舅比任何人都要明了。

前来游玩的人们越来越多，他们像赶赴一个盛会一样不约而同地纷至沓来。逼仄的都市生活让人心生厌倦，老套的旅游景点早已失去原有的吸引力。而这样原生态的绿色之游，则越来越受到人们的追捧。

"并刀如水，吴盐胜雪，纤指破新橙。"品尝着自己亲手采摘的最新鲜的脐橙，将醉人的甘甜与芬芳带回家中，何尝不是人生的一大乐事呢？

## 七

许多年以后我再次经过村庄，发现河岸边的李子正呈自由落体的姿势纷纷掉落，村里的孩子连伸出手去捡拾一个的兴致都没有了。我知道，此时的他们丰衣足食，此时的农村早已告别了我幼年时的饥馑。

如今，在瑞金的大地上，每到春天，田野山冈一派葱茏。散布在全市各个乡镇的十五万亩的脐橙园，无一例外地开满了洁白的橙花，芳香四溢、沁人心脾。夏天里，绿油油的果子结起来了，成千上万的果农穿梭在一棵棵橙树之间，剪枝、浇水、施肥，脸上满是幸福的期待。秋天，黄澄澄的脐橙挂满枝头，成为"农家乐"游客的绝佳去处。更多的村民们喜欢在正月走亲访友的时候带上一箱家乡的脐橙，儿女远行之时，亦要捎上一袋脐橙。没错，"橙"与"成"谐音，这一个个金黄的脐橙里，无一不寄予着"心想事成、事业有成"等等吉利的祝福之意。

谁能预料呢，这喜滋滋摇头晃脑的脐橙，有一天竟吸引了总理的目光。

2016年8月，李克强总理来到瑞金，专程前往黄柏乡坳背岗万亩脐橙基地考察。果农邓大庆告诉总理，他种了十六亩脐橙，去年种植脐橙的纯收入超过八万元。成为果农之前，他还是黄柏乡龙湖村的贫困户，和村里大多数人一样，靠着在自留地里种水稻勉强糊口。在瑞金，像邓大庆这样加入万亩脐橙基地的农户有三万之多。三万呵，一个多么可观的数字，连接着一种看得见的丰盈和希望。总理伸出大拇指，为脐橙，为脱贫的农户，点了一个又一个赞。

2016年11月26日，坳背岗的果农们委托村干部邓主平给总理写信，汇报丰收的喜悦，并寄去两箱脐橙，表达感激之情。12月3日，总理就给乡亲们回了信，还寄来了"购买"两箱脐橙的钱。再后来，总理点赞过的脐橙一箱一箱地飞向天南海北。提前预订，早早脱销，果农们的笑声啊，比那秋天的日头还要爽朗，还要热烈。

这就是我的故乡，这就是故乡瑞金的脐橙，它连着我已不再熟悉的乡村，就像一根长长的脐带，连着世间万物对于母体的所有记忆。它还连着祖国的沧桑巨变。看啊，就在我从童年一步步走向成熟安稳的几十年间，我的故乡已经变得富裕丰美。

# 八

"生津止渴，消痰化气，降低胆固醇，分解脂肪，滋阴清火，养颜美容，防癌抗癌，延年益寿，预防动脉血管硬化，减少有色金属和放射性元素在人体内积累。"作为瑞金人，我觉得自己有必要花上一些时间，将脐橙的这些功用背诵下来。

在广州的大巴上，一位当地妇女与我热烈地谈论起彼此家乡盛产的水果。她焦急地想要表达一种水果的名称，但是她那不标准的普通话却让她无能为力。其实打一开始我就猜到了，她说的是脐橙，瑞金的脐橙。除此而外，还有什么水果比脐橙更能辉耀瑞金这片红土地呢？

于是我发挥了我的背诵专长，并把那段话添枝加叶，尽力将大片橙园的宏阔景象铺展于她的眼前。我看见她不断颔首，言语中表现出对"农家乐"旅游跃跃欲试的兴趣来。旁边坐着的一位黑人女性，不知怎么听懂了我对脐橙的解说，她竖起了大拇指，由衷地赞赏了我家乡的脐橙："Good，very good！"

我的脸上便有了不可抑制的快乐。此时，脐橙俨然已成为瑞金的眼睛，眼神里充满着对全世界的探望。有一句话正要冲口而出——

"脐橙熟了，我们在瑞金等你！"

# 神山村的笑脸

神山村，光是名字便引人遐想。白云深处，群峰连绵，一座村庄，一些人繁衍生息于此，恰似安享仙境。

村庄坐落在井冈山黄洋界脚下，平均海拔八百多米。但凡传说中与神接近的地方，道路大多遥迢。汽车在罗霄山脉蜿蜒前行，起起伏伏中，不知拐过了多少道弯。忽然，见许多白墙黛瓦的客家民居卧伏在青山的襁褓之中，一条水泥公路便将我们牵引到了村部所在地。

眼下正是万物生长的春天，山间草木绿得葱茏恣意，绿得无边无际。我呼吸着甜润的空气，信步行走在神山村。一转身，便被一面"笑脸墙"攫住了目光。墙上，贴着二十七张笑容满面的村民照片，二十七张笑脸围在一起，组成了一个大大的爱心。我一一打量着那一张张笑脸，男的、女的、老的、少的，黧黑的、白净的，纹路纵横的、饱满娇嫩的，每一张脸上，无一例外都荡漾着愉悦的、幸福的、畅快的、得意的欢笑。

他们为什么笑得这样甜？

我迫不及待地想要探究那些笑脸背后的人和他们的生活。要知道，神山村曾经是一个出了名的"边、远、穷"村，耕地不足两百亩，贫困人口占两成以上，人均年收入不足三千元。山高坡陡、土地贫瘠、交通不便，村民们常常愁眉苦脸，只要能走的都不会留下来。一个顺口溜传神地说出了他们的满腔无奈："神山是个穷地方，有女莫嫁神山郎，穿的旧衣服，吃的红薯山芋当主粮。"

顺着笑脸的指引，我找到了神山村致富带头人左香云的家。

左香云是一名红军后代，他的曾祖父左桂林曾担任红四军第三十二团通讯员。1929年12月，为保护红军药库和掩护三个年轻小号手撤退，左桂林不幸牺牲。那时候，神山村几乎家家都有人当红军。这要从神山村的特殊地理位置说起，1927年10月27日，毛泽东率领工农革命军第一师第一团一千余人，到达井冈山的茨坪，开始了创建井冈山革命根据地的斗争。神山村距离著名的八角楼仅十八公里，正处于革命的风暴中心。

现在，左桂林的烈士证还挂在左家堂屋的正墙上。左香云的血脉里，流淌着曾祖父的红色基因。他常常说："当年曾祖父闹革命就是为了过上幸福生活，先辈们流血牺牲都不怕，我们还怕战胜不了贫困吗？"

二十世纪九十年代，年轻的左香云曾跟人外出打工，但没多久就毅然返乡。"一定要做出自己的产品"，是他为自己立下的誓言。为了摆脱贫困，他修摩托车、卖手工艺品……最终选定了竹制品加工的创业之路。在神山村周边的崇山峻岭中，毛竹年复一年生生不息，左香云充分利用这几乎取之不尽的毛竹，开办竹艺品加工厂，注册"神山竹"商标，打造神山竹酒，将产品销往全国各地，率先走向了致富路。不仅如此，左香云的厂子一年需要上万根毛竹，有竹林的村民家家户户都有了增收机会。

2018年，左香云当选全国人大代表。他从不讳言自己的生意经：

"一根竹子做笔筒一般卖六十元，现在做神山竹酒可以翻倍。还是要走特色创新之路，提高附加值。""实事求是，敢闯新路"，左香云的路子，与发源于此地的井冈山精神是如此贴近。

糯米饭的香气，吸引着我走进了左家的厨房。左香云的母亲彭冬莲在灶边忙碌着，原来她正准备打糍粑。灶膛里的火烧得旺旺的，火光映照在她的脸上，宛如开出一朵灿烂红艳的花。她牢牢地记着一个日子，2016年2月2日，是农历小年，习近平总书记顶着风雪来到神山村看望慰问老区群众，并与村民们一同打糍粑，留下一张经典的影像。照片中，彭冬莲就站在总书记的身后，笑得合不拢嘴。

后来，村里发展起了乡村旅游业，游客们纷纷前来品尝糍粑，体验打糍粑的乐趣。人们在总书记打糍粑的石臼边立了一块石碑，上面写着一句话："2016年2月2日，习总书记在这里打糍粑。"多么简单而质朴的表达，将脱贫致富，感念党恩的幸福心情，全都融入于一段真诚的铭记中。现在，"糍粑越打越黏，生活越过越甜"已是神山村民的真实写照。

说话间，彭冬莲已为我递上了热乎乎、香喷喷的糍粑。我咬了一口，真甜。这些年，左家也顺势而为，办起了农家乐。儿子左香云办产业挣钱，母亲彭冬莲和女眷们就在家里挣钱，做糍粑，办餐饮，卖山货……客人来得越多，彭冬莲笑得越欢实。"我一个农村妇女，这些事做了大半辈子，从没想过还能挣钱。"她乐呵呵地说。

我们在她家的货柜上挑选了一些土特产山货，笋干、茶叶、茶树菇等，钱是微信支付的，正担心路上大包小包带着不方便，她的儿媳说，把地址留下就行，直接快递到家。一个偏僻的小山村，现代文明带来的方便一样都不少，真好。

回头再看，"笑脸墙"的上方，彭冬莲夫妇举着"剪刀手"，笑得稚拙可爱。

老支书彭水生的照片位于"笑脸墙"正上方。现在，他正走在游步道中，为我们讲故事。八十岁了，他还是那样精神矍铄，红光满面。这几年，他担任着井冈山一家红色培训机构的宣讲员，每天忙得不亦乐乎。老支书担任过十九年村干部，拥有五十余年的党龄，目睹着神山村翻天覆地的蜕变。"我们村的变化实在太大了，不跟大家说道说道，我心里憋得慌啊。"和照片中一样，他笑得爽朗又畅怀。

在彭水生家门前，挂上了"神山老支书农家菜"的牌子，由儿子彭小华夫妇经营着。彭小华还养着几十箱蜜蜂，在漫山遍野的花香和蜜蜂的嘤嘤嗡嗡声中，享受着甜蜜的事业。加入"神山合作社"之后，蜂蜜的销售有了更畅通的渠道。下一步，他还想做蜜蜂种源培育和销售，让更多的村民倚靠大山，收获甜蜜。他说："养蜂虽然辛苦，但成本低，收成好。现在政策这么好，很多外出打工的年轻人都回来了。"

是的，一度只剩三十八个老人和孩子留守的神山村，这几年回家的中青年增加了一百多人。那些逃离山村的后生们回到村里，种黄桃、种茶叶、栽蘑菇、养山鸡、酿米酒、开民宿、做手工艺……在家门口创业致富，各显神通。

如今的神山村，崎岖的山路修成了崭新的柏油路，危旧土坯房变身修葺一新的客家民居，村里建起停车场、旅游公厕、活动广场，村里的农家乐与附近的八角楼、黄洋界等景点串成了旅游精品线路。全村年接待游客三十多万人次，村民人均年收入近三万元。

事实上，墙上的笑脸只是一些代表，一种象征。走进神山村的角角落落，这样的笑脸还有很多很多。正如村民赖福桥为我们演唱的自创山歌："自从有了好政策，穷村变成富裕村，家家变成幸福家，人人脸上笑眯眯。"他说："现在每每想起过去'房子下雨用盆装、晚上睡觉盖蓑衣'的生活，总是想用歌声表达今天的幸福感受。"是啊，在物质富足之后，他们自然而然地进入了精神的表达和追求。

这些年，我行走过许多城市村庄，遇见过无数张笑脸，但从没有在一个小村子里看到过如此密集，如此自如舒展的笑脸。那是一种发自内心的笑，一种抛下了包袱的笑，一种充满了底气的笑。

笑脸墙上，印着神山村民发自肺腑的一句话："党和政府只能扶持我们，不能抚养我们。"诚哉斯言。

# 桑叶沃若

　　进入征村乡吴坪村的时候，一场急雨刚刚歇住了脚，厚厚的云层从天空中渐次消散。不远处的青山之间，还萦绕着白色的雾气。山下的屋宇和田园，便都像置身于仙境中了。村民们似也贪恋这雨后的清新，纷纷行至村头新修的游步道上，闲闲地话着家常。

　　万物都现出被清洗过后的清澈与透亮。视野之内，树木、蔬菜和青草绿得不染一丝杂质。不经意间，我的目光掠过一位老人乐呵的脸，忽觉那自然漾出的笑意，也有洗过的纯净。

　　这是江西省修水县的西南郊，一个国家"十三五"深度贫困村。一条平整宽阔的柏油路直插沃野，新耕的水田像镜子一样复制云雾的万千姿态。穿过一幢一幢灰瓦白墙的农家宅院，我试图寻找贫穷的迹象，却始终无果。一辆高大的农用拖拉机威风霸气地驶过侧畔，车尾还粘着湿漉漉的新泥，像极了一个得胜回朝的将军。

　　复前行，横平竖直的田间铺展开一望无边的桑林。桑树不高，却枝叶葱茏，每一片叶子都肥美而多汁，绿得精神，绿得恣意。底部的枝条已被采摘得光溜溜的，顶部仍在不停地抽出鲜嫩的新芽。这样的长势和桑叶产量，是我幼时所见枝叶稀落的野桑所无法比拟的。自然，它们的使命是喂养蚕宝宝。而后是茧，是丝，是琳琅满目的丝制品，是村民们走出贫穷，奔向致富的依凭。

"三斤毛铁半斤钢，打把锄头去栽桑，一条田塍栽三转，三条田塍栽九行。"歌谣从蚕乡征村婉转流传开去，像沃然茂盛的桑树，遍布山坡田垅。地处赣西北山区的修水县，蚕桑生产的历史可谓悠久。早在宋代，书法家张商英便在《黄龙崇恩禅院记》中有载：分宁"桑阴阴而被野"。至清代，修水还因产丝居全省之首而获"绢出义宁州"之誉。蚕桑传统延续至今，更成为全县产业发展的一部重头戏。仅我们脚下的吴坪村，便建有二百零八亩桑蚕产业基地。

桑田一侧，矗立着四座标准化养蚕大棚。随着乡村干部的指引，我们走进了其中一座。但见偌大的空间，整齐地排列着方格簇。底层厚厚地撒着消毒的石灰，上面再垫一层新鲜的桑叶。一些蚕宝宝仍在不倦地啃食，一些蚕宝宝已经爬上了属于自己的蚕屋，进入生命最后的涅槃。我的目光停留在一个小小的木格中，见一条身子黄而透明的蚕，正从口中牵拉出晶莹透亮的细丝。它不停地快速摇动脑袋，仿佛这分分秒秒的光阴都是用来抢的。于一条蚕而言，将身体里的精华悉数倾吐，躺进一只密实的茧中，也许是它最完美的结局。

蚕的一生，如若撇开化蛹和成蛾期，须经历四次休眠蜕皮。在此期间，它们变得脆弱易感，稍不留神就患病死亡。尤其是第四次蜕皮，时间长，过程艰难，死亡风险大，直接关系着最后的产量。千百年来，蚕农们秉承着祖上代代总结的传统经验，一季又一季地侍弄着蚕宝宝。从蚕种催青，到孵化、收蚁、饲养、上簇、择茧……无不凭借简易的蚕具和蚕室，劳心劳力，产出却常与付出和期望不成正比。

"现在不一样了。"一位扶贫干部告诉我，"我们不仅有养蚕大棚，还建有小蚕工厂。在最关键的时期统一消毒，统一管理。蚕农只需养中间的十几天，避开了休眠期，几乎零风险。"小蚕工厂，不正相当于人类的保育园吗？我想象着一个宁静的夜晚，无数只黑黑的蚁蚕，在小蚕工厂里挨挨挤挤地蠕动，像小兽一般昂着脑袋噬咬桑叶，沙沙沙，沙沙沙——该是怎样一曲悦耳动听的交响乐。

然后，它们休眠、蜕皮，变白、变胖，被蚕农们小心翼翼地捧回家，像照顾稚嫩的幼儿般悉心地爱怜着。再然后，它们和我眼前所见的熟蚕一样，被送往大棚。最后，择一个小方格为归宿，走完短暂而辛劳的一生。我又禁不住想象另一幅画面：某一日清晨，管理员打开大棚，无数只洁白的蚕茧卧居其间，像刚刚下过一场盛大的新雪，又像刚刚开掘了一个宝藏，里面堆满白花花的银子。

听着扶贫干部的介绍，我悄悄地算了一笔账。2019年，养蚕大棚在吴坪村建成投用，2020年全村第一批蚕即收益三万余元，比上年同期增收一万多元。接下来，蚕农们还将饲养第二批、第三批……天时地利人和桑叶足的年月，可以养到十批甚至更多。自从扶贫工作队来了以后，村里成立了蚕桑生产专业合作社，贫困户优先成为社员和股东。从流转整地、购苗栽桑、技术指导，到蚕茧收购，全部由合作社牵头，统一进行。桑蚕鲜茧的价格，也由保险公司统一承保，遇上丰收的年成，再也不用担心价格大跌了。当所有的风险和问题被一一解决，蚕农们放下了曾经的后顾之忧。现在，他们只需专意种桑养蚕，凭着勤勉付出便可安心地等待收益分红。

这一路上，我围绕着修水县的土地转了大半个圈。从吴坪村，到征村乡，到整个县域，无不见桑树遍布沃野，郁郁葱葱。我看见因车祸而截肢的男人胡经明，用一把竹椅支撑着残损之躯，在桑田里奋力地挖地锄草；我看见一位从打工地返乡务农的男人樊南星，带着身患"渐冻症"的妻子下地，双手并用飞快地采摘桑叶；我还听见吴坪村的贫困户石根感慨地说："用好国家政策，自身勤劳肯干，就是最好的脱贫药方。"是的，他们都凭借着政策与勤劳，走出了贫困的樊篱，走向了更美好的生活。

何止于他们呢？在修水，九万八千亩的桑园，十个五千亩蚕桑乡镇，二十个千亩蚕桑村，一百五十个百亩专业组，三百七十五户十亩以上大户……承载着三万多蚕农的希望，也连接着丝绸企业三亿元的年销售收入，还有两千多在家门口就业的人。现在，桑园还在一亩亩扩大，蚕农的野心还在一天天变大。随之而来的，还有桑果休闲采摘、桑葚酒、桑葚饮料、桑叶茶、桑芽菜、蚕丝被、食用蚕蛹等副产品的开发。日子，正一天天青枝绿叶地往前走。

我携着满身通透的绿意退出桑园，抬起头来，见天边早已云开雾散。前方，有看得见的光亮。

# 花开汤桥

　　一株月季，攫住了我的目光。大黄的花朵密密实实地站满枝头，开得明艳，开得恣意。风一吹，摇散一缕若有若无的幽香。花圃中，茶花尚未结苞，青草平整铺展，处处昭示着主人的情趣和审美。

　　我疑心自己进入了别墅区。独门独栋的小洋房一字儿排开，门楼宽阔大气，前后腾挪有余。整个住宅区还有配套齐全的活动场所，各色各样的健身器材。这样的一种生活，是多少久居套房的人连做梦都想拥有的。然而，村头大理石墙上的一行艺术字，明明白白地告诉我，这里是汤桥村姜家坳易地扶贫搬迁安置点。

　　而我们正走近的这一排新屋，正居住着从山区、矿区、库区或地质灾害区搬迁而来的三十户贫困户。

　　一栋房子敞开了大门，实木的大餐桌摆在厅内，液晶屏的大电视挂在墙上，冰箱、沙发、洗衣机一应俱全。主人万继华从里屋迎了出来，略显腼腆地搬凳子让座。看见扶贫干部，急欲端茶倒水，被大家叫住。几句攀谈下来，万继华感慨万千："还是搬出来好啊，以前山高路远的，孩子走路去上学，一趟就要四十多分钟。"

　　位于赣西北的九江市修水县，是个山区大县，山地面积占了八成。万继华一家，从前便居住在大山深处。那可是"一方水土养不起一方人"的边远山区啊，田地收入少，就业务工难，孩子上学远，看病就医困，生活处处受限。万继华夫妻俩生有四个孩子，妻子一人在外务工，年年入不敷出，穷了大半辈子。

"起初也有很多顾虑，怕搬出来没着落。没想到现在靠着种菊花，很快就脱了贫。"说起这几年的变化，万继华有着倾吐不完的心声。2017年12月，万继华一家兴高采烈地搬进了三室两厅的新居，孩子们各自有了自己的空间，告别了全家人挤一间房的困窘。学校在新居旁边，走几分钟就到了。两百米外，就是汤桥主街，采买十分方便。

关于生计，政府早就为他们做好了规划。村里成立了碧水菊花合作社，统一流转土地，免费提供给贫困户种植菊花，连种苗、有机肥和技术指导也是免费的。等菊花采摘后，还由合作社保底价统一收购。这无本的买卖，让万继华心里乐开了花。他领了四亩地，全部种上了菊花。万继华是个勤快人，浑身上下似有使不完的力气。他每天早出晚归，精心侍弄花苗。人勤地生宝，第一年，他的四亩菊花就带来两万元纯收入。

初尝甜头，万继华是越干越有劲。他想，政策这么好，一定要充分利用才行。闲不住的他又发展了近八亩油茶，还购买了一辆农运车跑运输。一年下来，他为自己算了一笔账：菊花收入两万元，跑农运车收入三万元，加上一些其他劳务收入，全年纯收入在五万元以上。可以想见，等到油茶采果时，他的收入还将噌噌地往上蹿。

脱贫，于万继华早已不是问题。"现在，想的是怎么致富增收了。"他乐呵呵地望着大家，脸上好似开了一朵大菊花。

从安置点往外缓行百余步，便到了碧水菊花合作社。几名女工着白衣、戴白帽，正将菊花放进透明的包装盒里，一朵一朵，一层一层地压实。金黄的花朵儿朝外，外形美观，色泽艳丽。其实，这还是品相等级略低的菊花。上好的菊花，被单朵独立包装，可以卖出高价钱。修水已有几千年的菊花栽种历史，这里的菊花又称金丝皇菊，因其形态美、汤色好、滋味甘，一直颇受市场欢迎。

而这些在合作社种菊、采摘、烘干、包装的人们，尽皆是汤桥村的村民，其中多为贫困户。在家门口务工，既挣了钱，又照顾了家庭，何乐而不为？花朵的事业，馨香了沃野村庄，也馨香了村民的向往。全村仅金丝黄菊这一产业，就为贫困户创收七十余万元。

如果深入汤桥村的内部继续徐行，会看见连片的月季花基地，红的、粉的竞相争妍。几位戴着草帽的村民，正在为月季除草施肥。那些与花为伴的女人，脸色似乎也格外的红润有光泽。还会看见村民在院坝里晾晒金银花，干燥的花儿仍保留着花色的明丽，散发出清幽的药香。这些花朵，连同村里的药材产业合作社，为勤快的村民带来了实实在在的收益。村里还有林果合作社呢，这时候蜜桃正擎着满树青青的果子，等待成熟的夏天。我想象着初春桃花开放，这一大片的果业基地，一大片的粉红娇嫩，该是多么梦幻，多么美好。

那么多的花儿围绕着一座村庄，那么多的花儿最后都变成了真金白银。那么多的村民开始在房前屋后栽花种草，将自己的幸福日常香香地包裹着。我知道，真正的富裕不仅在于物质的丰饶，还在于精神的追求。以花为媒，在汤桥村，我全都看见了。

有人递过来一只透明的水杯，杯中正泡开一朵金丝皇菊。那么多细长的花瓣伸展开来，仿佛灵魂的触角，自由探问着明天。

# 带着村庄上路

　　每一个村庄，都有着自己的体温、性格和表情。元田，也不例外。这个位于瑞金市瑞林镇的村庄，多少年来一直为巍巍的青山和滔滔的梅江河水滋养，有着敦厚的性格以及温煦的表情。2013年的春天，我作为瑞金市委宣传部的一名精准扶贫常驻工作队员，乘着岁月的轻轨，一寸一寸地融入元田的山水，深入了一个村庄的脉搏和心跳。

## 一份接纳

　　当我从车上卸下被褥和箱包，环顾一个陌生的村庄的时候，心中是惶惑的。扑面而来的，是一股清新的山风，路旁立着一排排破土而出的新竹，蔷薇花的粉色花瓣在风里摇曳。呵，它们是在张开双臂迎接我的到来吗？一切都是那么纯净自然、亲切朴实的样子，恰似我曾乡居多年，时常填充我梦境的家乡。

　　我抬起头来，望见一张张陌生而又熟悉的脸庞。村里的干部，还有附近的村民，他们的热情和微笑，他们搓着手的局促而又欢喜的模样，使我想起我的父老、我的兄弟、我的姐妹。那么，我这是又一次回到自己的家了。一双手，两双手，许多双手争相地搬运着我的生活用品，在一个环境幽静的农户家安顿下来。房子的主人，是一个年过六十的阿姨，围着一个大大的铁锅团团地转。开饭了，端上桌的，有野生的蕨菜、鲜嫩的竹笋……一切绿色的，天然的，都是我所喜好的。我仿佛又一次回到了儿时，看到烛光照耀下端菜的奶奶慈祥的脸。

元田是一个不设防的村庄。我从村头走到村尾，任意敲响一户居民的门，发现无论主人是否居家，几乎没有一户是上闩上锁的。有的，干脆敞开了厅堂，任由你仔细地打量。大多女主人都热情好客，定要拉了你的手，坐下来喝一碗擂茶。刚刚坐定，随之便摆上了几样农家的油炸果品，不停地让着。桌下的狗儿早被主人驯服，乖顺地逡巡着食物。你只要张开了嘴吸溜上一口擂茶，长长的瓠勺马上又伸了过来，把面前的碗续得满满的。

我把驻村工作联系牌拿出来，表明来意之后，一些村民见我个子不高，立即端出高凳相助，还有的则干脆接了过去，自己动手，把牌子钉得高高的。在元田，我常常被村民对扶贫工作的理解和支持所感动。这一份接纳，像一个马力十足的发动机，给予我无比的欣慰和无限的信心。

## 一种信赖

在白色梧桐花铺盖着的乡村小道上，我不得不一次又一次地放慢了走访的脚步。我必须耐下心来，倾听一个又一个幸福抑或心酸的故事。这是一种缘自于村庄的最朴素的信赖。在社会日益复杂的今天，他们还没有学会保留城府。显然，他们从一开始就已经把我们当成了自己人，当成了可以为他们排忧解难的贴心人。

留守村庄的，大多是家庭主妇。她们用粗大的嗓门充塞着山村的空旷，也倾吐着生活的艰辛和酸涩。一个叫九秀的女人，一声一声地叹着气。儿子在外打工，带回一个外省的女人，婚礼已经操办过，女人也为她们家生下了一个小孙儿，只差补办结婚登记了。原以为，日子可以就这样平顺地过下去，孰料女人突然消失，再不回来。她担心着自己的儿子，很难再找一个女人结婚，而孙儿的户口也成了一个老大难的问题。那个四岁的小男孩，调皮可爱，抢了我手中的笔，认真地练习写起了"1、2、3、4……"他知道这个世界上还有一个人叫"妈妈"吗？我望着这个眼睛里透着机灵的小男孩，心情却无比沉重。九秀，她知道的，我恐怕无法为她的担忧提供切实的帮助，但她还是一五一十地对我诉说。

　　因了这样的信赖，我总是无法抑止这样的心酸，总是无法果断地从一个倾诉者的家中拔出脚步。当冰山的一角被掀开，总会有更多更冰凉的事物浮出水面。从一个个村民的嘴里，不断地翕动着诸如骨质增生、脑中风、心脏病等等词。所有的贫穷都和疾病如影随形。它们是一对孪生兄弟，拖垮着一个个手无寸铁的农民。真正能把病人送到大医院里治疗的少之又少，仅凭诊所的几支药水，维持着生的顽强和希望。"我们把人送进城里看病不方便啊，在村里看病要是能报销就好了。"他们满含期待地看着我把这些记在本子里。

　　在一个叫美香的妇女家里，我在一碗生草药做的擂茶面前犯了难。我喝过一口，但终于无法下咽，我为自己感到无比羞愧。没有想到的是，她一把接过了我的碗，说："你喝不下，我自己喝掉吧。"那一刻，我看到她开放在皱纹里的笑，那么纯净，那么完美。那种对我，对扶贫干部的绝对信赖，几欲将我的泪水逼出眼眶。

# 一片期盼

那是我所看过的最家徒四壁的家。有人曾劝我叫户主到小店里来问询，但我还是坚持着走进了谢光增的家。触目所及，除了脏和乱，还有被砸坏的玻璃和家什，一股难闻的气味直冲鼻腔。主人言语木讷，但叙述的不幸却足以令人唏嘘。

二十年前，他的大儿子才三岁，便落进水井里淹死了。谁知屋漏偏逢连夜雨，三年以后，二女儿竟然在同一口水井里溺亡。还有什么比这样的打击更摧毁一个母亲活着的信念呢？她疯了，终日意识混沌，四处游逛，还经常搞一些破坏。可怜谢光增一边照看疯妻，一边拉扯两个小儿子，长期粗衣糙食，顾得了头顾不了尾。而今，他唯一的期盼，是早日把妻子的病治好。他把种种的顾虑，都说给我听。当我向农医局咨询，告诉他如果鉴定了重性精神病可以免费治疗的时候，他的眼里闪过一丝亮亮的光。对一个大字不识的文盲而言，一方面要撇下两个尚读小学的孩子，一方面要带着病妻踏上寻医之路，他要面临的，还有很多很多。但总算，看到了希望。

在一栋最古老的土坯房里，我正欲拍下最原始的天井，以及生长在屋子里的一蓬蓬野草。一个老人走过来，拉住了我的手，请我为她的另两间土房子照相。"以前有人来照过相，但是我们两个老人家，没钱做新的，只好一直住在这里。"老人说。她从黑乎乎的屋子里拉出了她的丈夫，两个人肩并着肩，笔直地站在那两间老屋门前，等待我按动快门。"照了相，看上面能不能派人来帮我们解决啊？"老人浑浊的眼里满是渴盼。

当我进入村庄的腹地，一点一点地深入村庄的灵魂，所触碰到的期盼，又何止是这一桩两桩。半个多月来，我们的驻地，已经成了当地村民的求助站。大到贷款建房，小到生产生计，甚至于琐事纷争，无论清晨、黑夜，他们把握着任何一个可以说出期盼的时间。是的，他们有理由将满肚子的话向我们倾吐。多少年来，这个村庄里，何曾像这几年一样进驻过扶贫干部，进驻过可以随时随地倾听他们心声的人？

我的心被一种强烈的责任感激荡着。如果可以，我愿意尽己所能，让那些仍在远风中摇曳的期盼，落地生根，化为现实。我愿意将自己的心跳，贴紧元田，贴紧这一个有血有肉、有笑有泪的村庄。

# 乡居纪事

## 禾塘有戏

"禾塘村有戏看啰！"在沉寂的乡村里，这样一个好消息不啻于一块重磅巨石，在一池静水中迅速搅动起一道道涟漪。原来，赣州市委宣传部、赣南采茶歌舞剧团到瑞金市瑞林镇送戏下乡来了。四邻八乡的人们，不禁欢呼雀跃，奔走相告。就连我们所驻的元田村，虽相隔甚远，也几乎是男女老幼，无人不知，无人不晓。我决定，晚上也去凑个热闹。

禾塘是个好听的名字，总使我想起诸如《荷塘月色》这样清新的篇章来。今晚禾塘村的月色果然不错，清辉遍洒。穿行在去往禾塘村的乡村公路上，夏夜的清风拂面而来，不觉身心俱怡。青蛙在路旁的草丛里尽情地鸣唱，一阵紧似一阵，仿佛给今晚的演出拉响了前奏曲，"稻花香里说丰年"这样的诗句又不禁要脱口而出了。与同行的几位镇干部谈起如今的乡村道路，他们都很有感触。以前，这儿连烂泥路都没有一条，禾塘村人的出行，全靠小船摆渡。如今村村通公路修了起来，送戏下乡的车子也能开进偏僻的小村了。一路上，步行的、骑行的村民三三两两，尽皆往禾塘村赶去。听说，离这远的村民，得走一个多小时的村路才能赶到。他们都早早地吃了晚饭，甚至于举家出动，只为赶一场乡村的盛会。热情高涨至此，着实令人感慨万端。

到得禾塘村委会，但见两排规划整齐的新房，中间正好隔出一条宽阔的街道。而演戏的舞台，就搭在这条街道的一头。舞台前方密密麻麻的条凳上，早挨挨挤挤地坐满了人。没抢上好位置的村民，有的将摩托车支在后面，自搭座椅仰头观看；有的站在两旁的屋檐下，引颈张望；有的干脆走到舞台后方，新奇地看着演员出场，单为听戏。村干部见我们来，特地容了几张方凳，在舞台的右侧方挤了个位置看。村里的狗儿早收敛了凶狠的一面，夹着尾巴在人们的胯下钻来钻去。蚊虫也从四处赶来，聚拢在舞台的泛光灯下，嘤嘤嗡嗡，上下飞舞，仿佛也想来一场华丽的表演。

不多会儿，演出拉开了帷幕，节目是赣南村民最喜欢的采茶剧。只见小丑、小旦且歌且舞，一前一后出了场，矮子步、单袖筒、扇子花等身眼手法一一亮相。舞台一侧，伴奏的乐师适时地配上勾筒、锣、鼓、钹等乐声，气氛逐渐热烈。演出的剧情是一律的喜剧，加之经常冒出一两句客家方言，让台下的观众时而会心一笑，时而俯仰大乐。最专注观戏的莫过于六旬以上的老人，他们深陷的眼窝里此刻正释放着光芒，一刻也不愿错过舞台角色的一举一动、一颦一笑。连手臂上有蚊虫叮咬着，也只是模糊地挥手一拍，舍不得低下头来查看战果如何。哺乳的妇女哄着怀中哭闹的孩子，不时抬头关注着剧情，实在哄不住了，就掀开衣服，把奶头塞进孩子嘴里，好落个自在看戏。孩子们是最快乐的了，因为看戏的夜晚，大人多半会给一些零花钱。他们才不会认真看戏呢，为的只是可以敞开了买零食。你看他们一手举着饮料，一手提着零嘴，到处窜动，和伙伴们攀比、炫耀着手中的食物，比过年还高兴。我想起儿时，家乡偶有电影和采茶戏看，也是这样的热闹，也是这样的快乐，但买零食，却是连想都不敢想的事。而今农村生活翻天覆地的变化，从细微处亦可见一斑。

演出到中场时，一个有奖问答的环节掀起了一阵小小的高潮。主持人尚未脱下小丑的戏服，问答的腔调也幽默至极。让我惊奇的是，那些关于"精准扶贫""四改一整治"等问题，就连小孩子也高高地举起手来，答得丝毫不差。答题之踊跃，声音之响亮，令我这个当过老师的人也为之汗颜。"精准扶贫"政策如此深入人心，除去礼品的诱惑，还应归功于扶贫干部工作的细致到位吧。"想想从前乡村干部收统筹征提留，担谷牵牛，吓得老百姓看见干部就躲。看看现在，政府不仅不收我们的钱，还给我们发补助，处处为老百姓着想。如今，扶贫工作队还把戏送到我们家门口，大家当然举双手欢迎工作队了。"禾塘村一位老者深有感触地说。是啊，用真心换取真情，把农民的疾苦和需求装在心上，何愁农民不把你放在心里？

演出结束，已是夜晚十点多了。剧团的演员们，匆匆收拾了行装离开禾塘。明天，他们又将奔赴更多的乡村，为更广大的村民送上一场精神的盛宴。

## 老　昌

午后的秋阳暖融融地裹上身来。我走在通往老昌家的小路上，一座小山将他家的养殖场抬得很高。夏天开过的栀子花，已经结了半个山腰的金黄果子。

我朝大铁门喊着："老昌，老昌。"一只萨摩耶最先嗅到我的行迹，门一开，便摇头晃脑地扑上身来，又是舔，又是蹭，像迎进一个久别重逢的亲人。一只大狼狗刚好相反，频频发出不友好的吠叫声，幸而它被大铁链锁着，不然我是要惊慌失措的。

老昌老了，虚岁已九十，愈发显得慈眉善目。他喝退一群半大的小狼狗，将它们关进里间，然后笑模笑样地给我让座。

我问老昌："最近你儿子养殖做得怎么样啊？"每次走访的开场白，都像是一个模子里刻出来的，真让我暗自羞愧。但回头想想，事关老昌家的脱贫大计，我的确是不能不关心。

老昌的身世不简单。1931年春天，老昌还未见面的父亲撇下怀孕的新婚妻子参加了红军，直到牺牲在长征途中，再也没有回来。老昌是1931年12月出生的，他和母亲一同等来的，是一张光荣烈士证。后来，母亲带着他改嫁他乡.不承想老昌刚刚成人，母亲又不幸离世。老昌要寻回自己的根，一个人回到了祖居元田村。

那时候是上无片瓦，老昌在叔伯爷爷辈的支持下搭了简易的住所，安顿下来。穷家穷业的，难有女人上门。老昌人到中年方娶上妻，生了一个小他五十一岁的老满子，那个金贵得哟，宠溺得不成样子。临到老年，老昌的妻子瘫痪在床，还得靠老昌一日一日地悉心照顾。儿子身无长技，外出打工也是三天打鱼四天晒网，压根没攒下钱。村里家家户户都建了钢筋水泥的新屋，就他们还住在危旧的土坯房里。

危险终于在某个大雨倾盆的夜晚降临。那晚的雨下得奇大，老昌家的房子地势低，水漫上来，十之八九要被淹。我和村干部冲到老昌家的时候，水已经没到小腿肚了。将老昌和他妻子转到安全地方之后，每个人都长吸了一口冷气。

"这样下去怎么行呢？得将老昌的儿子扶上路。"大家都这样想。村里正好有座荒着的小山坡，最适合种养。连项目都替他规划好了，就养野鸡，好卖，价格高。老昌的儿子起初犹犹豫豫，谁不知道搞养殖又脏又累，还不自由。"但你得担起家庭的责任呀。"我仗着是他的同龄人，苦口婆心地劝，"老人家年纪大了，总归要咱们后人来照顾。"他又说没钱投资。我告诉他不用担心，贫困户发展产业，好政策一堆。想了半天，他终于点了头。

　　一排小平房搭起来，一笔五千元的产业发展扶持金进了账。老昌的儿子到邻县去学习，买了种鸡回来。本钱不够，又帮他申请了八万元贴息贷款。这块山坡开阔得很，老昌的儿子养了野鸡，养了狼狗，养了萨摩耶，还在场院里种了桂花、枇杷、李子、桃子，像是要干一番事业的样子。

　　我担心老昌的儿子手痒又去摸麻将，便时常上门敲打敲打。老昌总是笑呵呵地说："不会不会，他晓得想事了。"逢上市里或镇里有技术培训，我会第一时间通知老昌的儿子去参加。有时候，技术员也上门，去瞧瞧养殖场里有没有需要提醒或改进的地方。这些，都是免费的。

　　养出来的第一批野鸡，卖了个好价钱。老昌的儿子像换个人似的，穿一件饲料厂送的蓝色劳动服，天天在山坡上转来转去，眼睛滴溜溜地亮，像是土地里藏着金子。

　　老昌一一向我"汇报"着儿子的表现。末了，又主动凑上前来："今天要不要拍照？"对哦，我一高兴，竟差点忘了每次走访的例行公事。我们站到门前的桂花树下，咔嚓一声，定格下两张开怀的笑脸。

# 被重塑的记忆

　　桂花的香气弥漫在南方的秋天里，趁着长假，我踏上了阔别多年的返乡路。自从父母搬到市区生活，我已经有十多年没有回老家看看了。推开车门，远远地眺望，一排排外墙贴着白瓷砖的崭新楼房矗立在乡间，一条弯曲的水泥公路正向远处延伸。我不禁驻足犹疑了：这还是我记忆中茅檐低小、道路泥泞的家乡吗？

　　瑞金，九堡，麦菜岭，这是烙印在我生命中的地域符号。我一直以为，它的样子已经在我脑海中生根，无论我走得有多远，无论光阴流转了多少年，我都能像熟识母亲的脸谱一样熟识它。但是今天我发现自己太过自信了，面对一幢幢外观大致相同的房屋，我险些迷失了方向。唯有村头那棵巨大的冬青芽树，像迷航中的灯塔一般，安定了我忐忑不安的心。

　　此刻，人们或出门赶圩，或窝在屋内休闲，少有人站在自家门前，我无以分辨哪一幢楼房是属于我熟悉的哪一个乡亲所有。暴露身份的，是大门上钉着的一块块驻村工作联系牌。我一一地念出那些熟悉的名字，一阵源自内心的暖流一遍遍涌上全身。

　　忽然，我眼前一亮，看到"同飞"这两个字。他，曾经是全村最穷最苦的人，竟然也建起了钢筋水泥的二层半楼房？还记得许多年前，他打光棍到三十多岁才勉强娶了一个半痴半傻的女人为妻，妻子多年不孕，待到真正怀孕时，没钱问诊，竟然听信巫婆的话，以为是患了肚子肿胀的病，吃了很多土方子的打药。最后是我母亲好心带她去看医生，才保住胎中的孩子。他的儿子到了上学年龄，又交不起学费，当时正好是我的学生，还是我帮他联系了一个部队官兵，一直资助到他小学毕业。我离开家乡到市区工作的时候，他们一家三口还住在祖上分下来的一间土坯房里。生火做饭、吃喝拉撒，所有的日常起居，都在十几平米的逼仄空间里完成。眼前的景象，完全颠覆了我的记忆。

这时候，住在隔壁的招娣奶奶听到动静，从屋子里走了出来。她手搭凉篷，对着我打量了许久，方才认出我来，不由得欣喜万分，大声招呼着把我拉进了她家。她今年有九十多岁了，几年前就听说她患了眼疾，什么都瞧不见了，真没想到今天却能认出我来。我惊奇地问："招娣奶奶，你的眼睛治好了吗？""对哟对哟，感谢政府的好政策，我去看病做手术是公家出的钱，还是驻村干部帮我联系的哩。"她高兴地竹筒倒豆子一般说。招娣奶奶的几个儿子家境都不好，她生怕连累了他们，就说自己反正没有多少年好活了，一直没让上大医院看眼睛。真没想到，这个结还是让驻村干部给解开了。的确，再好的政策，也得让老百姓知道才行啊。

不一会儿，好几个带着小孩的大妈婶子聚拢来，七嘴八舌地对我说起村子里的变化。我又一次把话题转向同飞一家，桂花婶说："你不知道吧，同飞的儿子在外面打工，都娶了媳妇回来，还生了儿子呢。""是呀，前几年，国家有土坯房改造政策，驻村干部来动员，说建楼房政府给补助。现在全村的土坯房都拆了，大家都建了楼房。

同飞一家用打工的钱，加上政府补的钱，也做了新屋，再也不用一家人挤一间屋了。要不然哪，他的媳妇还难娶进门呢。"兰英大妈接着说道。望着那一张张荡漾着笑意的脸，我的心中感慨万端。曾几何时，农村人的梦想就是"楼上楼下，电灯电话"。乡村振兴规划的实施，让多少农民的梦想变成了现实啊。

兰英大妈刚刚说完，口袋里的手机忽然铃声大作。她接通电话，朗声大笑着："三儿，这么快就要到家啦？"揣好手机，她急急地往外走，来到村村通的公路旁，翘首望着从不远处驶来的一辆小汽车。原来，她的三儿子伟明从福建开着车载着妻儿回家过中秋节了。大家相跟着出去，看着小汽车渐渐驶近。伟明摇下了车窗，一声声起劲地按着喇叭。

记忆被重塑，如新生的秧苗重新生长于心田。那一刻，我仿佛听见了大地内心的欢唱，那是一曲用幸福谱写的乡村奏鸣曲。

# 青山下的田园理想

## 引　子

顺着蜿蜒曲折的村组公路，前往瑞金市大柏地乡横江村，沿途是莽莽的青山。屋舍、田园、溪流被悉数包裹其中，四周安然恬静，阒寂无声。间或有一两声不肯南去的鸟鸣，嘹亮山乡的秋日。

纯白的云朵低低地飘游下来，我仿佛闯进了世外的桃源，不禁想象在厚厚的丛林里，隐藏着多少生命的四时勃发，又哺养着多少靠山吃山的男女老幼。

我们此行的目的，是去寻访黄泥杰小组的养殖专业户曹晓红。

曹晓红的故事早有耳闻，从前是走投无路的贫困户，后来是出了名的"羊司令"，再后来，竟成了"瑞金市脱贫攻坚奖奋进奖"获得者。

公路一直伸入村庄，映入眼帘的是一栋三层的小洋楼，外墙贴着明黄的瓷砖，大铁门外，竖着一块大字招牌——瑞金市晓红家庭农场。一个年约四十的女人坐在门前挑拣油茶籽，驻村干部走上前去，一眼认出这是曹晓红的妻子。"不不不，我是他女朋友。"女人一面开着玩笑，一面掏出手机唤曹晓红回家。

不多时，突突突的摩托车声响起，穿着蓝色劳动服的曹晓红风尘仆仆地赶了回来。秋天的阳光和暖地照临家园，这对曹晓红而言，是多么平常的一天。羊圈、鸡场、家园，他日复一日地奔忙于三点一线，就像坪前的那条山溪，周而复始，潺潺流淌。

## 一

四十三年光阴流转，一个只有小学文化的山区穷小子，曾经历过怎样的人生坎坷，又是如何拥有了今日的破茧成蝶？

故事还需要慢慢地捋。眼前的曹晓红，敦厚、憨实、自然，不愿对自己的生活添上丝毫的渲染之色。显然，这是一个讷于言而敏于行的人。

1977年，曹晓红在横江村黄泥杰小组出生。和那个时代的大多数山区孩子一样，他在艰苦和贫穷中长大，甚至没能获得更多更好的学校教育。交通不便，经济落后，种地收入低……二十世纪九十年代，外出打工，几乎是乡村青年唯一的出路。

曹晓红也跟着乡亲们，背上包裹走向了外面的世界。外面的世界很精彩，外面的世界也很无奈。没有文化，没有技术，他能选择的工作又能有多少？无非是坐成一尊木雕般的工厂流水线，无非是出卖苦力气的建筑工地……几年下来，钱挣得不多，唯换来一身疲惫与厌倦。

当多数年轻人在浩荡的人海中迷乱了眼睛的时候，曹晓红却刻骨地想念家乡的青翠群山，想念那在草木间自由奔跑的日子。

"外头再繁华，再美好，终究不属于自己。"他说。事实上，他的心中自有主张，大柏地的自然资源并不匮乏，有青山，有绿水，有干净的空气，还有浓郁亲切的乡情。就像一株土生土长的野柿子树，只有在家乡，才能找到自在生长的感觉。

发展种养产业，是曹晓红萌生并持续了多年的梦想，也是他内心坚信的最为切实可行的致富之道。二十四岁那年，他在本乡娶了妻子，便下定决心从此安定下来，再也不外出打工了。一来，他想扎扎实实干一番事业；二来，他希望一家人能安安稳稳地生活在一起，而不是颠沛流离，顾头不顾尾。

2000年前后，正是瑞金市各乡镇开始大力发展脐橙产业的时期。曹晓红也跟着这股大潮流，借款三万元，投资了一块脐橙地，种下了两千多株脐橙。令他没有料想到的是，由于当时缺乏总体规划，大大小小的脐橙种植户一窝蜂地跟进，而技术培训与销售渠道等配套措施却并不成熟，两千多株脐橙并没有迎来他希望的好收成。

折腾了好些年，虽然有扶持政策，免了地租，但种脐橙的人工、肥料和农药投入很大，又没有系统的技术指导，产量不高，加之那时售价也不高，销售又不易，真是处处愁煞人。一边是需要还清的借款，一边是需要奉养的双亲，另一边是需要哺育的一双儿女……生活的重担时时处处压在曹晓红的肩膀上，简直令他透不过气来。

为了及时止损，他变卖了脐橙园，一场持续几年的种植梦以亏本告终。

与此同时，曹晓红的老父亲腿脚麻木，失去知觉，无法正常行走，母亲更是患有眩晕症，分不清东西南北。每一年，老母亲至少要去住一次院，每年的看病、吃药、营养等须花费一万多元。更糟糕的是，老母亲不知何时竟感染了艾滋病，又有心衰竭，长年需要以药续命，还需要有人看护。

长辈的病痛，加深了曹晓红的困苦，让原本贫困的家庭几乎陷入了绝境。此时他们是家徒四壁、举步维艰，一家老少的衣食住行都成了问题。"那时候，真是看不到一点希望。"他说。

面对现实加之于身的一层层困窘，曹晓红完全无计可施，心中像是打翻了五味瓶，各种滋味漫涌而出。春节期间，他看到那些外出打工的年轻人衣着光鲜地回到家乡，感觉自己在别人面前都抬不起头来。

难道返乡创业的选择真是错误的吗？他一遍一遍地问自己。

## 二

幸而天无绝人之路。一次命运的机缘，让曹晓红再一次扬起了希望的风帆。

2010年，恰逢一个早年认识的朋友在家乡养山羊。朋友见他一筹莫展的样子，便好心地建议他跟着自己养山羊试试。毕竟，山羊是一次性投资的养殖业，只要买了种羊，后续侍弄得好，便可等着产出了。

曹晓红咬咬牙，又一次举债，在屋后的山坡上搭好了一排羊舍，跟着朋友到福建购买了十九头种羊回来，开始了放羊倌的生活。除了松针和木梓叶，山羊是一种见青便吃的动物，整个横江村密密麻麻的野生植物，足够它们日日饱腹，不需要另外投放饲料。

曹晓红是一个勤快人，他不怕苦不怕累，只怕没有好路子。山羊养了四年，也积累了一些经验，但一直在小打小闹中度过，勉强够维持家庭生活。一来缺资金，二来缺技术，他不敢把规模做大。

2014年，全市实施精准扶贫政策。瑞金市公路分局驻村扶贫干部找上门来。详细了解到曹晓红一家的实际困难后，他们觉得，这样的家庭，太需要帮扶了。于是，通过曹晓红本人申请，村民开会评议一致认可通过，曹晓红列为贫困户，再经过"七步法"的程序建档立卡。

所谓扶贫先扶志，被列为贫困户是一个契机，但真正达到脱贫致富，还得通过自己的不懈努力。他的结对帮助干部——瑞金市纪念馆书记赖军了解到他会养殖山羊，忽然眼睛一亮。他想，曹晓红扎根于家乡，若将山羊养好，产业做大，脱贫致富不正指日可待吗？

此后，赖军便隔三岔五地往他家跑。有时候是带着技术员上户指导，有时候是告知他一个好政策，有时候是通知他去市里或乡里参加技术培训。有一次，赖军还搬来一台冰箱送给他。多年来，村支书蔡长发对他家的窘境了如指掌，也是看在眼里，急在心里，里里外外地关心他。这一桩桩、一件件，曹晓红都历历在目，心怀感激。

一次次的培训，加上技术员的现场指导，使曹晓红的养殖技术得到了迅速提升。什么时候要调整羊舍，什么时候要预防打虫；时间节点的把握，母羊和仔羊的精细管理，都在这一次次的理论和实践中逐渐清晰。

曹晓红清楚地记得：从前他是不知道母羊产了仔要打消炎针的，现在，他会自己配药水，自己给羊打针；从前，他只知道初生的母羊怕痛，不肯给仔羊喂奶，现在他知道需要帮助母羊将乳头那一层薄薄的膜揭开，新生的小羊才能吮吸到乳汁。

2015年，赖军帮助曹晓红申请了八万元的贴息贷款，一举扩大了养羊的规模。从十几头到五十几头，再到八十多头、两百多头，曹晓红的养殖产业是越来越红火，赢利也越来越多。不仅还清了欠债，还让全家过上了富余的小日子。

每天午饭后，曹晓红打开羊舍的木门，将栏里的山羊放归自然。山羊们在山坡上悠闲自得地啃食草叶，既不需要看守，也不需要喂食。待得夕阳西下，吃得肚儿圆圆的山羊又排着队回到了自己的窝里。这时候，曹晓红便去数一数归栏的羊数，一头不少，关了栏门，又回家安歇去了。除了怀孕生产的母羊需要移至育婴室，特别伺候，其他时候所有的羊只需任其自然生长。

乡邻纯朴，山羊并无丢失之虞。所谓"鸡栖牛羊下，君子亦安息"，这村居的日子，过得简直和诗一样。

我们共同算了一笔账，以2015年为例，共出栏六十多头羊，一头羊大约三十多斤，每斤售价三十元，纯收入便有六万多元。

这一年，曹晓红光荣地脱贫了，还被评为脱贫致富先进个人。

三

脱贫后的曹晓红，有了经验，有了底气，有了信心，更有了胆识。

养了几年山羊，没想到羊肉烹饪技术竟成了一绝。有一次，几个朋友来曹晓红家玩，他们一家以全羊宴招待之。朋友吃过，拍案叫绝。他们情不自禁地说："以后请客吃饭就在你这了，你们干脆开一家羊餐馆吧。"

曹晓红夫妻二人没有犹豫，在自己家开设了晓红生态羊庄。由于羊肉品质地道，加工后味道鲜美，吃过的人们口口相传，根本不需要打广告。大柏地乡位于瑞金、宁都两县交界处，十里八乡的人便都驾车前来品尝。一传十，十传百，慕名而来的人越来越多。每逢周末，就得开个三四桌，不提前预订的还吃不上。

几年过去，曹晓红家已经是年入十几万元的富裕家庭了。

自己致富，不忘乡亲。在横江村，王小生、黄小生都是建档立卡的贫困户，致富无门。曹晓红主动和他们交流脱贫经验，鼓励他们一起养山羊。他带他们去买种羊，又把经验和技术毫无保留地传授给他们。当他们需要帮助时，曹晓红总是热心前往。有人说："大家都养，不是撑了你家的生意吗？"曹晓红不以为意："生意各做各的，不愁没销路，只怕不勤劳。"

现在，这几位贫困户都依靠养山羊脱了贫，年收入达四五万元。

循着浓烈的羊膻味，曹晓红领着我们穿过溪边的小径，往后山去看他的羊舍。茅苇草迎着风摇摇曳曳，黄豆粒大的羊粪散落一地。这山，是村民的，俨然也是山羊们的了。

时值上午，为了不让山羊沾染有露水的草叶，导致腹泻，他从不在午饭前将山羊放出圈舍。黄的，白的，黑的；大的，小的；长角的，不长角的，六十多头皮毛光滑的山羊憨憨地望着生人，竟不叫唤，也不胆怯。四周扎着密密的竹围栏，其中一角，设有几个独立的育婴室。

曹晓红说："我们从去年开始慢慢减少了养羊规模，现在，只养了六十多头。"我想到最多的时候，栏里住有两百多头山羊，场面定比如今壮观得多了。

因为一些村民在山坡上种了脐橙，而山羊会吃掉脐橙的枝叶，养山羊便需要看着了。"乡亲们待我们宽厚，我们不能损害了别人的财产。"于是，曹晓红的妻子便充当了放羊女，每天下午守着山羊同进同出。这样，养羊的人力、时间等成本投入便增加了。

"那么，你缩小规模不是降低了收入吗？"我充满疑惑。事实是，曹晓红早已想到了其他的路子，并付诸了实践。他将自家的毛竹林进行改造，种下了二十亩油茶，如今已然挂果。更大的产业，则转向了养鸡。

曹晓红骑上摩托车，又突突突地领着我们朝养鸡场行进。

用来养鸡的山是他们家的祖山，一道山门挂了大锁。打开，山路陡峭，朝山顶攀升，却修了一条水泥路，可供汽车行驶腾挪。

我们在山腰的一处开阔地停下来，望见四面搭了许多幢矮矮的鸡舍。刚走近一处，便有浓烈的鸡屎味扑鼻而来。许多半大的小母鸡钻出鸡舍，在不远的范围内随意嬉戏或啄食。见到生人，它们一溜烟地躲进了里面。

曹晓红打开了一侧的门，有些得意地让我看他的鸡雏们。保温灯亮着，地面上挨挨挤挤地站着伸头探颈的小鸡。我无法估算小鸡的数量，曹晓红自豪地说："这间鸡舍大约有五千只鸡。"他看着这成群结队的心爱的鸡雏，目光中像是含着一层抚摸。

是的，这里是他的养鸡王国，他对他侍弄的对象如此熟悉，如此亲热，如数家珍。

五

从养羊到养鸡，曹晓红的人生实现了一次华丽转身。

2018年，曹晓红开始了鸡倌的生涯。刚开始，他只是想到自家的山岭辽阔广袤，却并未被充分利用，有些可惜了。彼时山区许多地方已经兴起了养鸡热，他便去别人家看、学，越来越觉得自己的条件特别适合养鸡。

最初是养了几千只公鸡，挺顺利的，当年就实现了赢利。但他发现，公鸡的销售有点麻烦，得自己找买家。经过与鸡饲料公司的接触，得知养母鸡可以签订合同，公司一方面提供饲料，一方面负责收购成鸡，价格有保障。于是，曹晓红果断转型，开始养母鸡。

到2019年，曹晓红又一次扩大规模，养了二万多只母鸡。

除了第一幢鸡舍请了泥水师傅，其余这散落在山里的十几幢鸡舍，全是曹晓红自己搭建的。他运来水泥砖，自己当起了泥水工。十来年的磨炼，俭省、吃苦、耐劳，成了曹晓红的制胜法宝。

养鸡也是技术活，尤其是成批量地养，特别需要精心照看，防疫免灾。这一次，仍然是扶贫政策帮了他的大忙，一有培训就喊他去学，又有技术员主动前来指导，曹晓红渐渐摸着了门道，懂得了因地制宜、因人制宜，懂得了理论联系实践，也懂得了与季节和气候周旋。

曹晓红与乡里的其他养鸡户时有交流和互动，喂药、打疫苗、防禽流感，他们都有商有量。到了集中打疫苗的时候，他们便互相帮着一起打，因为一个鸡舍的鸡必须在规定的时间打完，否则就乱了。他满意的是，横江村水质好，生态好，由于做好了防疫，管理得精心，自己养的鸡从未发生过疫情。

一台暖风机呼呼地运行着，眼前这幢鸡舍里，住着刚出生二十余天的小鸡苗。从小鸡苗买回来，到它们长成大点的小母鸡，为鸡舍保持每天三十六度的温度，是他最重要的活计。晚上，他就住在山上，给小鸡烧炕、保温，然后将管道封上，将鸡舍外的保温布遮上。

他穿着那件耐脏耐磨的蓝色劳动服，精心地侍弄着这些鸡宝宝，就像对待自己亲生的孩子。"真的，看着它们活活跳跳的，一天天长大，我就是感到非常开心。"他的脸上漾出笑意来，他是真的热爱着这份事业，真心对养殖工作充满兴趣和执着。那种欣喜，那股劲头，那份乐趣，是外人所无法体会的。

我可以想象其中的付出，脏、累、苦，没日没夜。我们在栏外就捂鼻难忍的气味，于他，却早已习惯成自然。他每天都需要走进去，停留多时，为小鸡们投放饲料、清水，铲除鸡粪，或者及时感知它们的精神状态。他告诉我，其实最苦的不是这些，是驮饲料。每天要添两次料，百来斤一袋的饲料，一袋一袋地驮上山去，又驮进鸡舍，再冷的天，都累得满头大汗。可是，养了这么几万只鸡，他竟从没雇过人帮忙。养得越多，他就驮得越欢。

2020年上半年，曹晓红出栏三万多只母鸡，除去鸡苗、饲料、药品等投入，净赚十多万元。他没有忘记，年初疫情期间，各地封路，禁止禽畜流通，他养殖的鸡有好多滞留，又是帮扶干部赖军书记帮忙联系买主，把滞留的鸡全部销售出去了。

现在，疫情已过，一切风平浪静，日子朝着美好的方向滑行。曹晓红像一个昂首挺胸的司令员，领着我们里里外外地参观了他的鸡场。我们所看到的，正是他补养的第二批鸡苗，共一万多只。等年底出栏，又将是一笔丰厚的收入。

除了进货和购置生活必需品，曹晓红几乎很少离开横江村。如今，全村的青壮年也就剩下他们夫妻俩在家了。幸而妻子性格开朗，爱开玩笑，他们都想着，生活要有点乐趣才行嘛。问及天天守在这山里会不会寂寞，他说："其实刚回村时会有点不适应，但现在已完全习惯这样的生活了。我不羡慕别人在外面奔波，这样全家人在一起，又照顾了老人，又照顾了小孩，是最好的。"

我想起刚进村时，看见曹晓红的老母亲，坐在屋檐下，安闲地晒着太阳。她已经八十多岁了，多年的疾病如影随形，老人却仍硬朗地活着，多么好。

　　关于未来，曹晓红没有想太多。他说，就这样做下去，做到六十岁应该是没有问题的。一个凭着勤劳过上好生活的人，想得最多的，仍然是"做"。做下去，就会有丰衣足食，就会有幸福生活。

　　是啊，青山栖万物，故土厚归人。守着这青山、这事业，由贫而足，而富，活在自己的田园理想中，何乐而不为？

# 水激扬兮，苍生兴

　　峡江，又名玉峡。何以称玉，总归与水相关。

　　千里赣江，一路浩阔奔行，却在峡江县巴邱镇收了一下腰，江面狭窄，水流湍急，尽显曲线之美，也尽得地势之显要。诗云："击电浮霜浪作堆，峡江试险眼初开。"江西最大的水利工程——峡江水利枢纽工程在此修建，便是取其得天独厚的地理优势。从高处俯瞰，合围的堰坝恰似为赣江束上了一条结结实实的腰带。

　　只是，这腰带一束，牵一发而动全身。古来万物生灵依水而生，缘水而居，以赣江为轴心的广袤天地，早已形成一套韵律悠长的生存体系。一座大坝的截流，四十六米深的蓄水位，意味着吉安市的峡江、吉水、吉安、青原、吉州三县两区十八个乡（镇、街办）、一百一十二个行政村的生存体系被彻底打破。

　　那么，古老的村庄和扶老携幼的村民怎么办？万顷的良田和生息的庄稼怎么办？江鱼的游弋和繁衍的命题怎么破？

　　天气晴好，云在天上轻轻地飘，水在江中缓缓地流，山在两岸静静地绿。

　　在峡江水利枢纽工程总工程师刘祖斌的引领下，我们沿着赣江防洪堤一路上行，去往实地一一寻找答案。

# 一、鱼道，君子有好生之德

峡江水利枢纽工程下游，江岸游步道。

一座翘角的休憩亭安立江边。从这里平视赣江，江水晶莹、温润、安宁，有着玉一般的色泽和质地，似在印证玉峡之名并非虚得。

复上行，始见蓝色的水面上，偶有细细的白浪翻起。"快看，有鱼。"眼尖的人发出惊呼。我戴上眼镜细看，果然在白浪间发现群鱼逐浪嬉戏。鱼多，水清，岸边青草碧绿，新栽的树木正井然而立，泛出翠色。看来，赣江的生态平衡并未因水利工程的实施大受影响。

熟悉鱼类生殖繁衍规律的人都知道，上溯洄游产卵是多数野生江河鱼的生活习性，也是保证它们生生不息的必要条件。赣江有数十种鱼类在此繁衍、栖息，每年春夏季，都有大量洄游鱼类溯流而上，从鄱阳湖经南昌、丰城、新干，最终到达峡江以上的赣江中上游段产卵，此后鱼卵随着激流向下游漂浮孵化，已经形成了特定路线。

我望着前方巍然屹立的工程大坝，心中升起了几丝疑惑。

"我们在坝段右侧设计有鱼道的。"刘祖斌说。鱼道，这个词语于我何其新鲜。于他们，却是六年反复调查研究和科学试验的结果。

天地之间，万物皆有其存在的规律。人有人道，鸟有鸟道，鱼有鱼道，各自为之，天之道也。君子有好生之德，于是，便有了精心设计的人工建造鱼道。

站在高处眺望长长的鱼道，只见水泥制的挡板左隔右挡、高低起伏，曲折环绕间，极尽纷繁复杂，像编排了一出花样的大戏。鱼道，并不是简单地为鱼留一隅通道。流速的控制，坡度的选择都极有讲究，既要符合鱼儿们逆流冲击挑战水浪的天性，又不能因难度系数太高而阻挡了鱼类前行的步伐。为了照顾游泳能力相对弱一些的鱼类，他们又在鱼道底部适当加糙，降低了流速。种种个性化的设计，包含的，尽是对鱼儿们体贴入微的呵护。

对于那些科学的解释和专业的术语，我不甚了了。只是很自然地联想到蜿蜒在崇山峻岭间的盘山公路，山路十八弯，一环一环，极具耐心地慢慢回旋，于是，再高的山都有人和车能够攀登至顶。鱼道便是这样吧，将鱼类无法纵身一跃的坡度，一段一段地拦隔、放缓，把迅猛的流速降低，四十多米高的大坝，就这样迂回地越过了。

这条长九百多米的鱼道，造价不菲，耗时耗力巨大。"但是，值。因为，生态是件大事。"刘祖斌说这话时，目光中就含了温情。

沿旋转的楼梯下行，入鱼道观察室。此时人已在水平线下，和鱼道之间，仅隔着一道透明的玻璃。眼前水浪轻轻翻滚，不疾不徐，有着恰到好处的流速，对于喜爱破浪逆行的鱼儿们，也有着恰到好处的吸引。

我将脸贴在玻璃上感受水流的涌动，忽然，一条小小的江鱼从下方游过来，奋力搏浪向上游去，阳光透过江水照射下来，它的通身闪着耀眼的金光。我用目光追随着它的尾翼，不一会，它已经游向前方的水池，直到金色的身影消失不见。显然，它找到了属于它的自由之门。

"现在鱼不多，要是洄游的旺季，从这儿可以看到密密麻麻的鱼穿梭而过。鳜鱼、大眼鳜、银鲴、鳊鱼、黄颡鱼都有，平均每日过鱼数量有一千多尾。"说起这些，刘祖斌如数家珍。这时候，他憨厚的脸上，就洋溢着满足的神情。要知道，这曾经是工程勘测设计中的一道重量级难题，破解便意味着胜利，意味着给江鱼开启了一道生命的绿色通道。

在鱼类增殖放流站，一座连一座的鱼池正在履行着另一重使命。正值高温天气，骄阳似火，烧烤大地。从透明的池水中，能看见大一些的鱼儿们懒洋洋地躲在水底休息，想必它们也嫌热。不嫌热的是那些刚刚孵化出来的小小鱼，在池里"噗噗噗"地冒出水花和气泡。

"这里就是育婴室了，我们给这些小鱼喂豆浆，长得很快。"刘祖斌说起小鱼，就像说着自己的孩子，怜惜有加，"再过些时候，它们会长大，一个鱼池里就容不下它们了，要像幼儿园的小朋友那样分班。"

多么有意思呀，忽然觉得，在这炎热的暑气里，这大大小小的鱼池瞬间有了童话的美好，有了无限的诗意。再往后，小鱼长大到可以独立生存时，就将放归赣江，成为穿过鱼道、搏击浪花的又一支生力军。

当天中午，我们在赣江边的一个餐馆坐定，端上来的菜品里，鱼是主打。鱼汤入口，我的味觉被鲜美攫住，回味良久。他们说，这里的鱼，都来自赣江。

"西塞山前白鹭飞，桃花流水鳜鱼肥。"生灵之幸，何尝不是人类之幸？

## 二、抬田，大地有载物之厚

吉水县水田乡，抬田片区。

一块块方方正正、平平整整的水稻田，郁郁葱葱，绿得精神，绿得发亮。千里沃野，放眼望不到边，恍惚间让人有置身于北方平原的错觉。

时值夏日正午，阳光热辣辣地横扫万物。我们虽头戴草帽，还是热得纷纷躲进树荫。而那些正在拔节分蘖的禾苗，却丝毫没有发蔫的样子，只是一棵棵精神抖擞地竖着脑袋，长势喜人。同行的几位当地村民，望着前方那丛丛簇簇的绿，仿佛望见了丰收的金黄，面含喜色，惬意地抽起了烟卷。

靠山吃山，靠水吃水。以农耕为生的水田人，许是深谙了水之于田的亲密关系，将世代居住的地方取名为水田。水润良田，仓中有粮，遇事不慌。朴实的字眼，包含了他们最朴素的愿望。谁能想到呢，几年以前，这大片大片生机盎然、欣欣向荣的水田，还只是宣传的干部们为他们搭建的一座"空中楼阁"。

峡江水利枢纽工程在建之初，总指挥部就把土地的事情惦在了心上。他们深知，田地是农民的命根子，这个问题处理不好，接下来的移民，难度更大。大量的行走、踏看，还请了设计单位做规划，他们试着向村民们提出了抬田的想法。

"什么，抬田？"有的村民听了，就像听一个神话故事，"听过抬水抬树抬花轿的，没听过抬田的。"他们瓮声瓮气地回答工作人员。

"把有肥力的良田淹了，到从来没种过庄稼的地方种田，那田好作吗？产量能和原来一样吗？"村民们无不疑虑重重。

是的，他们要做的，是一件世间少有人做过的事，这无异于大胆吃螃蟹。他们已经把事情想得周周全全，但心里还是不能有十足的把握。他们可不想拿老百姓的饭碗开玩笑，那就，先做做试验看。

2010年7月1日，峡江水利枢纽工程正式开工。几乎与此同时，水田乡富口村的二百零六亩实验基地开始了真刀真枪的抬田试验。他们把田地分成四大块，要按照农田的土层结构再造新田。先是起基底，厚厚的基础料层铺上了；再是防水分流失，黏土层也铺上了；最后是保肥力，把旧田表面的耕作土铺在上面。村民们三五成群地围过来看新鲜，心里却在犯嘀咕："好不好，看看庄稼收成才知道。"

二百零六亩新田全都种上了水稻，也开始了实验对照。为了减少村民的损失，又发放了每亩四百元的产量补贴。第一年，产量略有下降；第三年，产量已经和从前无二；往后，增产的数据噌噌地往上升。大胆吃螃蟹的人，硬是把大面积集中连片抬田做成了全国的范本。

这一来，总指挥部有了信心，水利部门有了信心，当地政府也有了信心。更重要的是，生生世世热爱着土地和粮食的村民有了信心。"真没想到，还能发明出这么科学的门道。咱们祖祖辈辈都靠双手开荒种地，这下开了眼界喽。"村民们抚着金灿灿的稻穗，心服口服。

再后来，抬田工程的推广就变得容易多了。同江、陇州、槎滩、郴塘、樟山……凡水利枢纽工程所涉水下三米以内的浅淹没区，无一例外地实施了抬田。三点七万亩新造的田地，三点七万亩新栽的水稻，勾连成片、纵横交错、恍若给大地铺上了崭新而齐整的绿毯。

田间种禾，坎上栽豆。等到库区全面蓄水，旧的农田都被淹没，种地的村民们依然日出而作，日落而息，过着和从前一样春生夏长、秋收冬藏的耕作生活。更让村民们欣喜的是，由于抬田效果好，实施范围广，每家每户的田亩不仅没少，反而多了。

再细细寻味，村民们的耕作又和从前有了诸多的不一样。

新修的水泥路，像一根根长绳，串起了东西南北。翻耕土地时，耕田机突突地开进来，犁铧牛耕、效率低下的原始方式成了过去。庄稼收获时，收割机突突地开进来，肩担手提、辛苦劳累的打谷挑谷方式也成了过往。

新开的排罐沟渠，像一张张大网，覆盖了万亩良田。清流淙淙绕渠来，水，就来自截流后的赣江。"以前啊，为种几亩地，不晓得几辛苦。现在好了，水就在田边，天再旱，也不用操半点心。"村民们想起从前大旱时土地龟裂、担水抢水的情景，由衷地发出感慨。岂止如此呢，往年若遇大雨，洪水泛滥，田地经常被淹得颗粒无收。旱能灌、涝能排。现在，他们是整个儿跃进粮仓里了。

大地有载物之厚。有田，就有希望，就有未来，就有生生不息的底气。如果越过辽阔的田野往远处看，沟渠延伸的远方，是人们祖祖辈辈赖以生存的赣江。闲下来的村民们望着远方，眼中就有了画，心中就有了诗。

同行的几位女作家雀跃着奔向田野，摆出各种曼妙的姿势拍照留影。红裙、白衫、蓝衣，与身后无边无际的绿，相映成趣，定格成一幅美好的图画。

"信彼南山，维禹甸之。畇畇原隰，曾孙田之。我疆我理，南东其亩。"这抬出来的良田，是粮仓，又何尝不是风景？

### 三、移民，百姓有重生之福

吉水县水田乡，孔巷移民新村。

土地平旷，屋舍俨然。庐陵古韵风的三层小洋楼错落有致地排列其间，飞檐翘角，青砖黛瓦。大气的门楼内，又有足够回旋的小院落，和城里的高档别墅区几乎并无二致。

村民胡昌寿从自家的新屋里迎了出来，背微驼，黧黑的肤色里，仍显现着种田人的本色与实诚。他伸出粗糙的大手，不停地用手势弥补普通话说不好的缺憾："我们家，有一百四十八平米。我活了七十五岁，还是头一回住上这么漂亮的房子哪。"

可不是嘛，从前的孔巷村，就处于水淹区。水患一来，大水能将屋里的床铺淹没。水一退，他们就得忙着打捞家具，清点家禽。周而复始，年年如此。村民们无心，也无力建造漂亮的屋子。"以前一下雨，路上全是这样的泥巴，踩一脚，溅一身脏。"胡昌寿指了指花圃里的黄泥说，"现在好了，政府给修了水泥路，走到哪里都是干干净净的。"

只是，起初听到移民的消息时，村民们的心里却是抵触的。都说金窝银窝不如自家的狗窝，那古老的祠堂、祖先的坟茔，那看惯的老树、走惯的小路，那屋前的鸡舍、屋后的青竹……平时虽然并不是时时挂在嘴上，念在心里，但是想到这些都得一股脑全抛下，就忽然觉得心里像压着一座山，慌慌的，沉沉的，胸口的闷气怎么也顺不出来。

宣传移民的干部三番五次地上门，把往后的光景描绘了又描绘，但他们心里却不为所动，他们甚至，懒得听干部们许诺的种种好条件。那段时间，村民们一碰头，说的都是关于移民的事。他们憋闷得难受，搬一次家，就相当于把一棵老树连根拔起呀，那庞大的根系、熟悉的土壤，摸着黑都能找到的家门，哪一样都难舍难分。

其实，他们心里也知道，修建水利工程，是利国利民、泽福后代的事。搬迁，也是不能更改的决定。他们便把怨气撒在干部身上，他们还想看看那些平日里"高高在上"的干部，是不是真心关爱他们、尊重他们。于是，他们在桌面上摆出了吃饭的大碗和自酿的米酒，对着不分白天黑夜上门做工作的干部说："要我们听你的，就先把这碗酒给喝下去。"没想到，干部端起酒碗，二话不说就喝了个精光，连平时滴酒不沾的女干部也如此。

他们有自己质朴的逻辑和义气，看到了干部的诚意，酒喝过了，气也畅了。他们也知道，听政府的，没错。喝酒，其实也只是找一个出口，好宣泄胸中憋闷多时的伤感和郁结。

2011年11月，孔巷移民新村开始动工建设。三百六十亩的土地，宽敞、阔气，是推了几座大山平整出来的。那些移出来的土方，就填在他们的新田上。全村四百四十户人家，家家有房、户户有田。而那些完全无能力新建住房的五保户，则由政府出资，专门建起了一栋保障房。村里的小学，选址在新村一侧，也同时破土动工。想到往后孩子们上学的道路更近更方便了，村民们造房的干劲又添了几分。

大地从不吝啬它的怀抱。新修的村庄，背靠青山，面朝绿水，村前有高大的牌楼，桥头有雅致的望江亭，房屋鳞次栉比，栋与栋之间间距宽阔。2013年春节前，孔巷村的村民兴高采烈地搬进了新居。

搬过来之后，村民们渐渐体会到了新居的好。由于牛栏、猪圈统一规划，与住房分开，加上有了新的保洁措施，污水集中处理，蚊子苍蝇少了，花香稻香浓了。更让村民们欣喜的是，村中留有两眼水塘，塘中长廊横跨，塘边杨柳依依，风景秀丽，行走在村庄里，和在城里逛公园一样。

他们保留着从前种自留地的习惯，在房前屋后的小花圃里，种枇杷、种橘子、种豆角、种辣椒，有的，还把玉米种上了屋顶。曾经只在田间生长的作物，如今一举两得，又成了美化环境的绿植。

他们还在村边种蜜柚、种樱桃、种白莲、种玉竹，一种就是几百亩。他们又在山脚下养牛、养羊、养鸡鸭，一养就是成百上千。有规划，有引领，产业旺起来了，村民的收入也多起来了。"现在，好多城里人来我们这里旅游呢。"胡昌寿挥动着大手，不无得意地说。可以想见，当几百亩油菜花在春天一齐开放，几百亩荷花在夏天里绽放幽香，那世外桃源般铺天盖地的美景，能不让人闻香而至？

此心安处是吾乡。当我随意走进一家民居，抬头一望，就发现了一个新搭的燕巢。一只燕子喳喳地飞进飞出，仿佛也在欢庆着它们的重生之喜。俗话说："燕子不进愁门之家。"它们，和孔巷村所有的生灵一样，进入了新的安定之门。

树绕村庄，水满陂塘。赣江边上，防洪堤修建得稳固严实。再也不用担心家园遭遇水患了。那斑驳的老屋，落后的生活，一去不返了。移民，移出了一片新天地，也移出了美好富裕的新生活。这，何异于一次幸福的重生？


夜晚，漫步在赣江沿岸，街灯次第亮起，璀璨夺目。不用猜，那点亮城市乡村的用电，必来自峡江水利枢纽工程吧。

防洪、发电、航运、灌溉，一座巨大的水利工程犹如一只神奇的上帝之手，慈悲地调拨着世事。它使下游南昌市的防洪标准由一百年一遇提高到两百年一遇，它使赣东大堤的防洪标准由五十年一遇提高到一百年一遇，它平均每年可发电十一亿度，它让良田得以灌溉，粮食得以增产，百姓得以安生，生灵得以滋长……

水激扬兮，苍生兴！

# 万安：村庄记

## 银杏村

画面打开，银杏树站在中央。没错，它们曾经是村庄的配角，现在俨然已经成为主角。

村庄里的人都去了哪儿？一千多米的海拔，他们把这一片地方叫作高岭，也许是高岭太高，也许是繁华太远。人们纷纷搬走，迁徙，奔向了新的生活。留下这六十多棵银杏树，愈发伸展自如地活着，活得比谁都长。

银杏是挪不动了，也不想挪。四百多年了，它们看见过一茬一茬的人，像叶子一样长出来，又落入泥土。相传是唐朝大将郭子仪后裔的一个分支，由定南洪州迁至万安县五丰镇西元村，在这一片山地上垦荒定居。一群跋山涉水寻找居处的人，该有多么热爱这一种树木，才会随身携带着银杏树种。这一栽，竟构建起一座村庄四百多年后的格局。

银杏们从不招摇，它们几乎看不见自己的美，从它们身边搬离的人大概早习以为常，并不多看重这美。在大山深处，日出日落、雾气晨曦，以及一棵树的春夏秋冬都是自然的。万物都嵌在坡和坎的跌宕，沟与壑的俯伏中，人一走，山间便更加安静了，安静得能听到银杏们一寸一寸拔高着身子的声音。就像酒在深巷子里酿着，管他有没有人来闻，管他有没有人来沽。

草木就这么一日一日地深下去，银杏也这么一日一日地长下去，如果不是人重新进入正在撂荒的村落，它们就这样屏气凝神地长一千年，也未可知。

据说，最初是几位摄影家，不知怎么来到了高岭。那必然是一个深秋，山风不紧不慢地吹着，落叶纷纷扬扬地寻找归宿，满天满地都是沉醉的黄金。于是，银杏的美遇到了善于捕捉的眼睛和镜头，它们的身段被剪裁，枝叶的细部被放大，一种藏于深闺的矜持被示于众人。

朋友圈，是这个时代传播最为迅捷的媒介了。美，近似于一种容易传染和裂变的细胞。人们习惯四处打问，然后蜂拥而上。毕竟，多数人早已摆脱了单为衣食而活着的日常。他们更愿意，也有条件去猎奇，去休闲，去娱乐，去享受更多未竟的感官愉悦。

再后来，便有了一拨一拨的人纷至沓来。之后的一天，又列入了我的行程。我来的时候，它们已经被诗人吟哦过，作家书写过，画家描绘过了。但我知道，更多的人只是带着眼睛和心灵来的。人的心灵总是喜欢不断地出走与回归，世代生长在村庄里的人，千方百计地往城市里奔，而久居城市的人，又挖空心思追求大自然中的放空和自由呼吸。

比如我，便是这样的人。去到南方的每一座村庄都像回到了故乡，看见每一件熟悉的物事都能勾起深浓的乡愁。但是若留我在这里住下来，劈柴生火、淘米煮饭、放牛喂猪、下地劳作，我又能坚持多久？真不知道。

刚入村口，我就被田坎上两棵枝干粗壮、华盖硕大的银杏树惊住了。这时是冬天，而南方的草木还停留在秋天的序列里。金黄的叶子大多还未熟落，它们铺开在树冠上，那样丰满，那样阔大，我以为最美的事物莫过如此，停下来不住地拍照。及至后来朝山的高处，村落的深处行走，才知道一整个银杏群落构成了多么浩瀚的美，简直要将我淹没，而且是那种找不到出路，也不想寻找出路的淹没。

小径弯弯曲曲地朝高处延伸着，我是踩着一地的黄金往上行走的。从山脚，到山腰，再到山顶，整个原野和山冈，银杏树都以一种主人的姿态将我小小的身影裹在怀中。有时候落下几片叶子，轻轻拍打我的肩膀；有时候弯下身来，为我搭一座童话般的拱门；有时候它们并成一排，在相互的摇晃和碰撞中发出唰啦唰啦的响声，似乎正在热切地致欢迎词。这盛大的、铺张的金黄，遮蔽了天，也遮蔽了地，让人的心里、眼里，过去、未来，便只剩了这金黄，这银杏，这满目的成熟和摇曳。

这时候，那群山，那梯田，那老屋，那菜畦，尽皆成了银杏的陪衬。人也一样。

谁能想到呢，一座曾经被废弃的村落，因为银杏一朝成名。来的人多了，自然就成了景点。林业局干脆又在这山野间补种了五十九棵银杏树，偶有一两户从村落里搬出的人，又回到这里升起了炊烟。而那些外墙斑驳的土坯房和垫着青石板的小径，还有高高低低的木栅栏，竟都还保留着原样。似乎一不小心，就会触到四百多年前的生活场景。

一座土夯的旧屋前，一位大叔正在禾坪上爆米花。米花在一声轰响中四散开来的时候，屋旁那棵巨大的银杏树，正将黄叶子轻盈地撒在屋顶的青瓦上。大叔在这里售卖一些自家酿的糯米酒，还有蘑菇、笋干等山货。其他的季节，他还回到山下去。问他日子过得可好，他点着头，一脸的笑意像银杏那样灿烂。

从前那许多年与银杏相伴的日子里，总觉得更好的风景在远方。回头再看，这里又全都是风景。现在，人们干脆把这个村落叫作银杏村。因为，它们才是这儿的主角。

## 游戏村

夏木塘，光是名字就美到不可方物。我猜，一定有森森的树木，一定有方方的池塘，一定是一个恬静的村庄。鸭子在池塘戏水，家狗卧在门前晒太阳，青石板的小路伸向田畴，这样的场景，我再熟悉不过了。

停留在记忆中的印象，容易使人先入为主。然而，他们告诉我，这些只是村庄的一小部分。它还有　个名字，叫中华民间游戏村。一个仅有三十多万人口的小县，居然专门建有游戏村，这是我闻所未闻的。

我生性顽劣，从小爬树攀竹、戏水吹火，在大自然中撒野奔跑。游戏于我，从来不是有名有姓的某一个项目，而是诸如捉萤火虫、粘知了、捕天牛这样无师自通的本领。我会用韭菜花扎一个大毽子来踢，也会用番薯叶梗做一对长耳环来戴。在我的生命里，从来没有人为我的童年建构过一个游戏的天堂，也从来没有一个村庄是专为游戏而存在的。

直到我遇见了夏木塘。

入口处，竖着高高的木牌楼，将村庄的名称和身份标明无疑。平整的水泥路指引着入村的方向，夹岸是密密的修竹。阳光从竹隙间倾泻下来，照在干打垒的矮墙上。爱美的女人，早已被羁绊住脚步，摆弄着姿势拍起照来。我们不知道村庄还有多宽阔，前方还有多少美景，只觉得所有的美都不容错过。年纪渐大，愚顽之心日渐消退。顾影自怜，在精选或美颜的形象中认可自己，或也可视为生命游戏之一种。

　　复往前行，成百上千根竹杠搭建起一个不规则的人字架，渐高或渐矮的变化，赋予坚硬的竹子流水般的动感。我钻进去，从这头，到那头，拐弯，隐藏，又出现，只有阳光斑驳地画我一身斜纹。许多经验里的情景复现，儿时的声音在耳边响起："快出来，我已经发现你躲在哪了。"是诱引，也是策略。这个时候，还有谁会与我捉一次迷藏？还有谁会躲在不远处等我自投罗网？

　　然后是秋千架，两个成排地并列在沙坑上。它们比童年时藤制或草绳制的简易秋千显然要完备得多，也安全得多。我还记得村里一位姐姐，疯了似的让别人推她，像一只鸟那样飞着，咯咯地笑着。然后青藤断裂，她飞了出去，摔了个狗啃泥。但她并不哭泣，爬起来，仍像一个好汉。她现在已经变成一个臃肿的中年妇女，想必，再也无心飞翔的事情了。幸而她曾经年少过，也在风里放肆地飞过，这多好。夏木塘的孩子们，还有许多从别处来的孩子们，不也应该拥有这样的美好时光吗？甚至，连同我这样的大人。有时候我想，这么多年了，我的身体仍旧保持轻盈，是否就为了还能在秋千架上一次次地飘荡，像蝴蝶那样。

　　我必抛下岁月里的滞重，我必展开身体里的斑斓。年华算什么，那些旧索套里的观念算什么。我也许不再去冒险，不再去挑战体力的极限，但真正的游戏，必将贯穿人的一生。一朵花的开放从不需要理由，尤其是，对于一个在心中建立了精神乌托邦的人。

我得承认，在我的家乡麦菜岭，没有这么干净的村庄。梯形的池塘用鹅卵石砌了岸，又用木栅栏围了沿，只有巨大的樟树还是老样子伸展了枝叶，日日在池水中照着镜子。错落精致的老屋是贴切的，爬满泥巴墙的藤蔓是贴切的，青砖砌就的拱门是贴切的，甚至土墙上挂的筛箩，木几案上的裂缝都是贴切的。仿佛一座村庄本该如此，一直如此。

在一座老祠堂里坐下来，脚下踩着古老的青砖，耳边听到的，却是新鲜不过的故事。有许多年，枧头镇的夏木塘村曾与贫困和闭塞为伍，村里的孩子要到很远的地方去上学。那些绘本馆、图书室、手工作坊对他们而言，遥远得像在天边。渐渐地，有条件的村民都往外搬，夏木塘成了一个空心村，杂草丛生、田园荒芜。偶有舍不得搬走的老人留守，却再也无法抵挡村庄的颓势。

我想，那个最初萌生要将夏木塘做成游戏村的人，一定有一颗永远的童心。空下来的村庄，白墙青瓦的老屋、盘根交错的古树，都依了原来的样子，保留着从前的格局和肌理。只是添了匠心，添了创意，添了木栈道、竹篱笆，还添了射箭场、游戏园、茶馆、咖啡屋、酒吧和民宿……他们，还给这个村子取了一个别名——趣村。

该是多么有趣的人来做这些有趣的事呢？2018年，夏木塘举办了第三届国际高校建造大赛，清华大学、同济大学、香港大学、美国雪城大学等二十一所的高校的年轻建造师都来了。据说，一个名叫赵海涛的建筑师，为了在夏木塘设计一个别出心裁的乡村读书会，竟至于寝食难安，他天天痴迷地绘画、涂鸦，还去捡拾村里的废弃物。一度，有村民以为他是个疯子。一个进入癫狂状态的艺术家，用他亲手创造的作品，征服了今天的我。城市和乡村，从来没有如此和谐地融合在一起。

而那些从村子里搬出去的村民，又回来，成为管理员、保洁员、销售员，重新亲近了连着脐带的老家。不出意外的话，他们还能定期分到一定的红利。他们眼看着城里人来这里拾趣，在弯弯曲曲的小径上摇摆着身体，在田间地头追逐着季节的风声。今天的生活已经不再是活着本身，它无限地延伸开来，有精神世界的构建，有对诗和远方的追求，还有对乡愁的寻找和归依。

一百八十多亩的土地，二十余种民间传统游戏，散布在夏木塘的角角落落。我无法一一去体验它们，无法穷尽其中所有的奥秘。只有在一座老屋改造的咖啡馆前坐下来，围着精致的小圆桌，托着腮，看竹影横斜，看日色偏移。如果累了，还可以在这里选一家民宿安歇。再过几天，万安县的高铁就要开通。新修的高铁站，离夏木塘步行仅二十分钟之遥。

世间并不是每一个村落都将生长成这副样子，但夏木塘已然给出了方向。

## 画　村

去高陂镇的田北农民画村，我亲手拍下的图片不多。翻开来，最方正而端庄的，是一座悬有"理学正宗"牌匾的古老宗祠。是典型的江右民居，灰白搭配的马头墙，朱漆的大门和梁柱，左右而立的石质门当，无不显现出年代的久远和作为历史建筑的厚重。尤其是门楣上的匾额，令我产生了探究的兴趣。

每一座村庄，必定怀揣其来路。当我查找资料往时间的深处回溯时，方知它已经历六百多年的岁月沧桑了。最早，是明代理学家、地理学家、嘉靖状元罗洪先同宗同族人自泰和迁徙而来。罗洪先这个名字，实在是眼熟极了。再仔细回忆，原来他正是我追寻国家级非遗时检索到的一个堪称重要的人物。在会昌县百匾堂，悬挂有一块他为友人胡庄溪题写的"庄溪草堂"匾。这块匾，见证着他与胡氏父子几十年的真挚情谊。我见到的匾额那么多，但罗洪先题的这块，我没有经过一丝儿犹豫就写进了自己的文章里。

此番前来，见罗氏一脉的宗祠在村庄中赫然伫立，还有一块笔力雄浑的匾额悬在眼前，忽觉一切皆是定数。时间、空间、地理和文化自有其玄奥之处，总在某个特定的时候，生发着这样那样的联系。

罗状元将他的理学精神流布于宗族，流布于田北村，也流布于吉安之外的广大地域。这样一座具备深厚文化底蕴的古村，该有怎样的今天，才配得上它的历史和先祖？相比于追寻一个村庄的来处，我更愿意关心它的前途和出路。

蓝绸子似的天空下，铺展开来的大地就是一幅巨大的画卷。古老的樟树、巨大的红枫、微波粼粼的池塘，整个田北村，都是画中的一部分。如果这时候站在高空俯瞰，这幅画的色彩一定斑斓而多姿。因为现在的田北村已经是世人皆知的农民画村，还是国家4A级旅游景区。

这幅画构图饱满，灰色的水泥路回旋环绕，绿色的草地镶嵌其中，高高低低的屋子错落有致，它们既相互亲近，又彼此疏离，为生活其中的人、鸟、畜、鱼留足了空间。这幅画色彩明艳，屋子的外墙上装饰着五彩斑斓的农民画，画中有百花盛开的春，有四野丰收的秋，也有碧空和蓝天，青山与绿树，处处彰显着作为农民画的村庄主题。这幅画充满着生活的祥和与暖意，行人在曲折的回廊间漫步，浣衣人在河流边上搅动轻波，留鸟叼起成熟坠落的柿肉，村民院墙内的枇杷树正作势开花，池塘里的枯荷凋零成一段弦歌。

占地一千多亩的村子太大，往村庄深处走，要经过村前宽阔的篮球场，要经过栩栩如生的"神龟出海"，还要经过丹青湖、笔洗湖、知画湖……然后，我们走进了中国农民画精品展示馆。

我曾经以为，农民画就是农民画的画，当我真正了解了这一个画种，才知道理解偏差太大。虽然参与农民画创作的人，有相当一部分是农民出身，但许多专业美术院校出身的画家也在其中。农民画的定义更多在于表现的主题，画面的饱满，色泽的浓烈，相对夸张的手法。那些乡村生活的喜人图景，通过画家细腻的勾画和颜料填充，呈现出强烈的表现力。站在我身边的，是此次一同前来采风的农民画家，巧的是，我们正好站在了他的获奖画作前。画面中，一列火车载着一车人，兴高采烈地奔往前方。他说，这幅画，他构思了许久，创作亦花了几个月时间。他把他的每一个亲人，都画进了这幅画中。在欣赏了多幅精美画作之后，我忽然明白了，农民画，更多的是喜庆和欢乐，是诉说光阴中明亮的故事，是表达老百姓对美好生活的憧憬，对幸福生活的渴望。我似乎也明白了，为什么近年来农民画在各类画种中异军突起，大有燎原之势。

在笔耕人家美术馆小院里，一个本村农民出身的画家用他的作品折服了我。无论书法、绘画、根雕，他都经营出了自己独特的风格。不是科班出身，一切都来自热爱，自主的琢磨和学习，以至于，通过艺术改变了命运的走向。据说，在田北农民画村，这样的人不在少数。

跟随一个管理村庄的女孩一路徐行，头顶是一个迂回曲折的丝瓜架，两边是泛着泥土清香的广阔田畴。这个季节，丝瓜苗大多已经枯萎了，留下一个个大丝瓜，老而轻地挂在藤萝间，有的已经掉落地下，还有的老瓜肉早已脱尽，露出洁白的丝瓜络。也许是太多了，村里也没人收拾起来。我捡了两个，珍宝似的握在手心。从前在农村，丝瓜络是洗碗的神器，不油腻，不藏污纳垢。有心灵手巧的妇女，还压平了用来做鞋垫，特别吸汗防潮。我以为只有女人懂得它们的宝贵，往后一看，几位男艺术家各自捧了满怀的老丝瓜，歪歪斜斜地走着，竟走出了轻喜剧的片段。再想想，等到来年春天，新的丝瓜苗吐了绿，满田园的油菜花都开起来，游弋于这样一幅画中，不知该有多香，多美。

再往前，是紧挨着的另一个村庄，叫画里人家。一个老妪正在竹篾搭上晒新煮的红薯干，她在阳光下眯缝着眼睛，慈祥得像一尊佛。她的房屋像一幅画，她日日起息的村庄也像一幅画，她就这样生活在画中，安静地活着，也许，可以活成一尊佛那样长久。万安的作家周卫红买了一些红薯干递过来，入口是儿时的味道，软而糯，香而甜。一群书法家、画家、作家就这样在趣石园的草地上团团地围坐下来，一边吃着红薯干，一边畅谈着悠游于画中的感受，自然，还有各自操持的艺术。如此，我们全都成了画中的一个人，一处景。

田北村，始于文化，光大于艺术。罗洪先如果有知，应该是满意的。